Für alle, die um ihre Träume kämpfen.

Der Verstand kann uns sagen, was wir unterlassen sollen. Aber das Herz kann uns sagen, was wir tun müssen.

— JOSEPH JOUBERT

Zweite Chance in Paradise
Emma S. Rose

1. Auflage
August 2022
ISBN: 9798842552511

Rogue Books, Inh. Carolin Veiland, Franz - Mehring - Str. 70, 08058 Zwickau
emma.rose@gmx.net

Buchcoverdesign: Sarah Buhr / www.covermanufaktur.de unter Verwendung von Stockgrafiken von Thomas; Johnstocker / Adobe Stock

Printed by Amazon, Germany

Bibliografische Information der Deutschen Nationalbibliothek.
Die Deutsche Bibliothek verzeichnet diese Publikation in der Deutschen Nationalbibliografie.

Nica 1

»Ihr habt *was*?«

Fassungslos starrte ich meine Eltern an. Ich wusste nicht, was ich zuerst fühlen sollte.

Wut?

Entsetzen?

Trauer?

Irgendwie überwältigte mich alles gleichermaßen.

Soeben hatten meine Eltern meine komplette Welt aus den Angeln gehoben, doch meine Mom lächelte nur. »Dieses Angebot konnten wir nicht ausschlagen, mein Schatz. Der Mann hat wesentlich mehr bezahlt, als wir verlangt haben. Weißt du, was das bedeutet?«

Ja, das wusste ich. Sehr gut sogar. Und bei dieser Aussicht brach zusätzlich auch noch mein Herz.

Seit Jahren sprachen meine Eltern davon, dass sie den Pub verkaufen und anschließend die USA bereisen wollten. Ein Lebenstraum, den sie sich bislang nie hatten verwirklichen können. Kein Geld, die Verpflichtung. *Ich*. Nun hatten sich offensichtlich zwei dieser Punkte in Wohlgefallen aufgelöst – eigentlich sogar alle drei. Immerhin war ich nicht mehr das kleine, pubertierende Mädchen, das ihnen ständig Probleme bereitete. Im Umkehrschluss hieß das, dass sie fortgehen würden. Für lange Zeit. Sie würden mich zurücklassen. Ihre Freunde. Ihr Zuhause. Alles.

Meine gesamte Zukunftsperspektive fiel in sich zusammen. Wie ein schlechtes Kartenhaus, das nie eine Chance gehabt hatte. Unser Pub. Mein Pub. Mein *Zuhause*.

Einfach so fort – an irgendeinen Fremden verkauft?

»Wer ist es? Kenne ich ihn?«

»Nein, er ist nicht von hier, zumindest kennen wir ihn nicht. Aber das spielt ja auch keine Rolle. Vielleicht tut es uns gut, wenn etwas frischer Wind hier reinkommt.«

Frischer Wind? Ich hörte wohl nicht recht! Was unsere Kundschaft wollte, war ihr gewohnter Rückzugsort. Ich führte seit Jahren immer wieder dieselben Gespräche, schenkte dieselben Getränke aus und sah dieselben Gesichter – weil sie das so wollten. *Frischer Wind.* So ein Schwachsinn! Krächzend räusperte ich mich. »Ab wann?«

Dad schlang seinen Arm um Moms Schulter. »Ab Oktober …«

»Das ist ja schon in wenigen Wochen!«, fiel ich ihnen entsetzt ins Wort. »Wisst ihr, was das bedeutet? Was es für *mich* bedeutet?«

»Nica, beruhige dich«, fiel Mom mir ins Wort. »Der Käufer war an einer schnellen Abwicklung interessiert, und du weißt selbst mehr als genug, wie lange wir bereits darauf warten …«

»Also verkauft ihr an den erstbesten Schnösel, der euch genug Geld bietet? Was ist mit mir? Ich liege euch bereits seit Ewigkeiten in den Ohren, dass ich den Pub übernehmen will!«

»Nica«, erhob mein Dad streng das Wort. »Du weißt, dass wir uns mehr für dich erhoffen als eine kleine Kneipe in einem winzigen Ort. Dir steht die ganze Welt offen, doch wenn du dich schon jetzt für eine derartige Verpflichtung entscheidest …«

»Kann ich ja nicht mehr«, fiel ich ihm schnippisch ins Wort. »Diese Entscheidung habt ihr schließlich einfach ohne mich getroffen.«

Spätestens jetzt, wurde mir klar, war ich zu weit gegangen. Doch Wut und Enttäuschung tobten zu wild in mir, um ihrer Herr werden zu können.

Meine Mom richtete sich kerzengerade auf. »Zu Recht, immerhin ist es ja auch unser Pub, und die Entscheidung treffen daher am Ende dein Vater und ich.«

»Super«, murmelte ich leise. »Dass ich ab Oktober womöglich ohne Job dastehe, spielt also gar keine Rolle, ja?«

Das löste erstaunlicherweise ein breites Grinsen bei den beiden aus. Dad schüttelte den Kopf. »Das wird nicht geschehen, Muffin.«

»Ach ja?«, schnaufte ich. »Und was macht euch da so sicher?«

Nun antwortete Mom. »Wir haben einen Extra-Passus in den Vertrag aufnehmen lassen ...«

»Was?«, fiel ich ihr ins Wort, unsicher, wohin das jetzt führen würde.

»... der ihm verbietet, dir zu kündigen. Mindestens ein Jahr lang wirst du weiterhin für ihn arbeiten dürfen, und was darüber hinaus passiert, werdet ihr dann immer noch besprechen können.«

»Er wird dich sicher nicht gehen lassen, wenn er sieht, wie hart du arbeitest«, bekräftigte Dad meine Mom.

Und ich? Starrte die beiden nur an. Unsicher, was ich sagen, was ich denken sollte.

Hatten ... die beiden mich *verkauft*?

Auch wenn ich begriff, was sie damit eigentlich beabsichtigt hatten ... es fühlte sich verdammt nochmal genau danach an.

Keinerlei Worte mehr mächtig, schüttelte ich den Kopf. Meine Eltern schienen das als endgültige Zustimmung anzusehen, denn auch sie hörten auf, mir diese schrecklichen Dinge um die Ohren zu hauen. Ob sie wirklich nicht bemerkten, wie es mir damit ging? Hatten sie beschlossen, komplett zu ignorieren, dass ich damit zu kämpfen hatte? Oder waren sie derart in ihrem Freudentaumel, dass keinerlei negatives Gefühl darin Platz fand?

Betäubt sah ich zu, wie mein Dad eine Flasche Veuve Clicquot köpfte und uns einschenkte. Mir war nicht nach Feiern zumute. Genau genommen wollte ich am liebsten schreien und verschwinden, mich für die nächsten Stunden oder Tage in meiner Wohnung einschließen und diese neueste Entwicklung grummelnd verarbeiten.

Alleine.

Doch ich blieb sitzen. Nahm das Glas entgegen, das Dad mir freudig strahlend überreichte, und stieß mit meinen Eltern an, die soeben alles zerstört hatten, woran ich all die Jahre geglaubt, worauf ich hingearbeitet hatte.

Meine Augen prickelten.

Der *Ol' Mans Pub*. Mein Zuhause für lange, lange Jahre, ein Ort des Wohlbefindens.

Verkauft an irgendeinen dahergelaufenen Fremden.

Konnte dieser Tag überhaupt noch schlimmer werden?

Noch am selben Abend stattete ich meiner ältesten und besten Freundin Tracy einen Besuch ab. Ich kannte sie bereits mein ganzes Leben – zumindest mehr oder weniger. Auf jeden Fall, seit ich denken konnte, und deshalb war sie auch die erste Person, an die ich mich wandte, wenn mir etwas auf dem Herzen lag. Leider war sie wesentlich unflexibler geworden, seit sie ein Baby hatte. Früher war sie mindestens einmal die Woche in den Pub gekommen, um mir Gesellschaft zu leisten. Seit der kleine Liam sie auf Trab hielt, konnte ich froh sein, wenn sei es einmal im Quartal schaffte. Insbesondere, seit er angefangen hatte, die Welt auf zwei Beinen unsicher zu machen. Auf sehr wackeligen zwei Beinen.

Gruselig, wenn man mich fragte.

Tracy lebte mit ihrem Mann Ben und dem kleinen Terrorzwerg in einem niedlichen, hellblau angestrichenen Holzhaus nahe dem südlichen Ufer von Paradise. Tracy hatte bereits mit zwölf steif und fest behauptet, dass sie eines Tages dieses Haus kaufen würde. Damals hatte dort ein älteres Ehepaar gelebt. Es stellte sich heraus, dass es sich bei ihnen um die Großeltern väterlicherseits von ihrem zukünftigen Ehemann Ben gehandelt hatte. Noch heute kam es vor, dass ich sie damit aufzog, dass sie Ben nur wegen des Hauses genommen hatte, doch jeder in Paradise – verdammt, jeder im gesamten County – wusste, dass dies nicht der Wahrheit entsprach. Ben und Tracy passten zusammen wie die Faust aufs Auge. Das wussten sie, seitdem Tracy, frech wie sie war, am Abend vor ihrem fünfzehnten Geburtstag über den Zaun geklettert war, um sich das Haus von allen Seiten anzusehen – und dabei dummerweise geradewegs auf Ben gestoßen war, der im Garten gesessen und irgendwelche Comics gelesen hatte.

Es gab keine Zeugen für jenes erste Aufeinandertreffen, nur die Berichte von Ben und Tracy selbst, und die gingen weit auseinander. Was aber jeder, der klar bei Verstand war, schnell begriff, war, dass sich damals ein unzertrennliches Band zwischen den beiden geknüpft hatte.

Eines, das selbst durch unterschiedlichste Krisen nicht hatte erschüttert werden können.

Klebrig süß. Dieser Tage schien jede Beziehung in Paradise genau so auszusehen. Nicht, dass ich etwas dagegen einzuwenden hatte. Es war nur einfach nicht ... mein Schicksal. Zumindest bislang. Und jetzt hatte ich sowieso erst einmal ganz andere Probleme.

»Da bist du ja!« Tracy erstrahlte, als sie mich entdeckte. An jener Stelle, wo sie damals über den Zaun geklettert war, befand sich mittlerweile ein kleines Gartentor, und genau das hatte ich genommen, weil ich bereits von weitem gehört hatte, dass sie draußen war.

»Hey!« Ich winkte ihr zu, schob das Törchen mit dem Hintern zu – und hatte ungefähr eine Dreiviertelsekunde, ehe Tracy mich durchschaute.

Ihre Miene wurde düster. »Was ist passiert?«

»Nichts«, erwiderte ich eilig, obwohl das die größte und fetteste Lüge war, die ich in meinem Leben je über die Lippen gebracht hatte. Und das sollte schon etwas heißen. Ich war weiß Gott keine Heilige.

Tracy warf einen eiligen Kontrollblick auf Liam, doch der beschäftigte sich gerade intensiv mit irgendeinem quietschbunten Gegenstand, der knisterte. Dann sprang sie auf die Beine – und direkt auf mich zu. Ehe ich wusste, wie mir geschah, zog sie mich in ihre Arme, und ich musste einige Male sehr fest schlucken, um meine Fassung nicht hier und jetzt zu verlieren.

»Wer war es diesmal?«, murmelte Tracy direkt an mein Ohr. »Wen muss ich verprügeln?«

Ihre Worte waren wie die berühmte und absolut benötigte kalte Dusche. Irritiert schob ich sie von mir. »Wieso denkst du automatisch, dass es mit einem Kerl zu tun haben muss, wenn ich mal etwas auf dem Herzen habe?«

Tracy musterte mich streng. »Weil es bislang immer so war. Du und ich, wir wissen beide, dass dein Umgang mit der Männerwelt in der Vergangenheit nicht gerade der Gesündeste war …«

Schnaubend trat ich an ihr vorbei und schlenderte zu Liam, um mich neben ihn auf die Decke fallen zu lassen. »Warum genau bist du eigentlich noch wach, hm? Ist nicht längst Schlafenszeit, Kleiner?«

»Klar ist es das«, erwiderte Tracy gedehnt. »Aber das interessiert den Zwerg nicht. Aber keine Sorge – *Ben!*«

Ich zuckte heftig zusammen, weil Tracy so urplötzlich losschrie. Wenige Augenblicke später steckte besagter Ben seinen Kopf durch die Terrassentür. »Was ist?«

Tracy deutete auf Liam. »Du bist dran«, erklärte sie zuckersüß. »Nica ist da.«

»Habe ich gesehen«, brummte er. Dann winkte er mir lächelnd zu. »Was habt ihr vor?«

Ich warf Tracy einen Blick zu. »Eigentlich hatte ich gedacht, wir würden hierbleiben.«

Meine Freundin zuckte mit den Schultern. »Können wir machen, mir ist das egal. Oder wir holen uns schnell einen Milchshake bei *Ginnys*, ehe sie schließen, und machen es uns irgendwo am Ufer bequem. Noch lassen die Temperaturen das zu.«

»Verdammt gute Idee«, erwiderte ich überrascht. Ein flüchtiger Blick Richtung Ben zeigte mir, dass er mit diesem Vorschlag einverstanden war. Er grinste uns zu.

»Gib mir eine Sekunde, ich hole nur schnell meine Tasche, ja?«

Wortlos beobachtete ich, wie Tracy drinnen verschwand. Kurz darauf tauchte sie wieder auf, die Haare etwas glatter, eine Tasche über die Schulter geschlungen, lächelnd. Ich wurde Zeuge, wie sie sich erst von Ben, dann von Liam verabschiedete. Ich winkte dem großen und dem kleinen Mann zu, ehe Tracy mich am Ellenbogen packte und mit sich zog. Wir verließen den Garten, wie ich ihn betreten hatte – durch das kleine Tor. Kaum befanden wir uns auf der Straße, atmete ich tief durch.

»Ich gebe dir Zeit, bis wir mit Milchshakes bewaffnet unseren Platz gefunden haben. Dann wirst du mir alles erzählen.« Tracys Blick wurde ernst. »Oder ist die Story nichts für die Öffentlichkeit?«

Obwohl ich mir da tatsächlich nicht so sicher war, schubste ich Tracy mit der Schulter. »Hör auf, direkt vom Schlimmsten auszugehen! Darf man auch einfach mal schlechte Laune haben, ohne dass es direkt auf ein Drama begründet ist?«

»Darf man«, erwiderte Tracy, ohne mit der Wimper zu zucken. »Aber das ist dann schon auffällig.«

Darauf erwiderte ich nichts. Was hätte ich auch sagen sollen?

Bis zum *Ginnys* war es ein Fußweg von vielleicht drei

Minuten; einer der vielen Gründe, die Tracy das Haus damals so schmackhaft gemacht hatten. Unterwegs trafen wir auf kaum eine Menschenseele – an einem lauen Sonntagabend wie diesem überraschend, aber nicht völlig abwegig. In weniger als zwanzig Minuten würde die Eisdiele schließen, die Geschäfte auf der Hauptstraße waren sowieso zu, und ich hätte darauf gewettet, dass mindestens vier Fünftel aller Anwohner von Paradise auf dem heimischen Sofa saßen, um das frühabendliche Fernsehprogramm zu konsumieren.

Oder bereits schliefen, wenn ich an die ganz Kleinen dachte.

»Gibt es Neuigkeiten zu Scott und Julias Hochzeit?«, fragte ich Tracy, um mich – und sie – auf andere Gedanken zu bringen. Vor ein paar Monaten hatte Scott Fitzpatrick Tracys Schwägerin einen unglaublich kitschigen Antrag gemacht. Seitdem fieberte ganz Paradise auf ein rauschendes Fest hin.

Tracy verzog ihr Gesicht. »Ja, tatsächlich. Wenn sie dabei bleiben, wird es vermutlich bereits im Oktober soweit sein …«

Auch ich verzog das Gesicht. Zum einen, weil Tracy mich wieder geradewegs zurück auf den dunklen Pfad geschubst hatte, dem ich seit heute Mittag folgte. Zum anderen, weil mich dieses Tempo überraschte. »Wieso das? Haben sie es eilig?« Ich atmete scharf ein. »Ist Julia schwanger?«

Tracy lachte auf. »Nein, zumindest nicht, dass ich wüsste. Ich schätze, sie können es einfach nicht abwarten. Du weißt schon, junge Liebe und alles.«

Nein, wusste ich nicht. Es war sehr, sehr lange her, dass ich etwas empfunden hatte, das Liebe nahekam. Zumindest in Verbindung mit Männern – oder Frauen, wenn wir schon einmal dabei waren. Liebe fand in meinem Leben irgendwie keinen Platz. Anziehungskraft, Flirterei, ein bisschen Spaß, ja. Aber darüber hinaus? Fehlanzeige. Dennoch nickte ich pflichtbewusst.

Wir hatten das *Ginnys* erreicht. Tracy stieß die Tür auf,

und das kleine, helle Glöckchen ertönte, das vermutlich älter war als Tracy und ich – zusammen.

Ginny und Carlo standen beide hinter der Theke, ihre Köpfe zuckten nahezu synchron in die Höhe.

»Tracy! Nica! Wie immer kurz vor Schluss, eh?«

Ich verzog mein Gesicht peinlich berührt, wohlwissend, wie unangenehm Gäste kurz vor Ladenschluss sein konnten, doch Carlo lachte wohlwollend auf. »Wie können wir euch den Abend versüßen?«

»Hallo Carlo, hallo Ginny«, begrüßte Tracy das ältere Pärchen, dass die hiesige Eisdiele bereits seit mehreren Jahrzehnten führte. »Wir hatten gehofft, ihr könntet uns noch schnell einen Milchshake zum Mitnehmen machen, ehe ihr schließt.«

Ginny strahlte uns an. »Was auch immer ihr wollt, Mädchen.«

»Dann zweimal den Erdbeertraum, bitte«, bestellte Tracy mit einer Selbstverständlichkeit, die nur in langjährigen Freundschaften herrschen konnte ... doch ich korrigierte sie eilig.

»Für mich bitte die Schokoladensünde.«

Das brachte mir einen überrascht-kritischen Blick meiner besten Freundin ein. »Was? So schlimm?«

Auch Ginny musterte mich mitleidig, ehe sie sich an die Arbeit machte.

Ich verkniff mir ein gereiztes Schnauben. Eine Frau durfte doch wohl noch einen Schokoladenshake trinken, wenn ihr danach war?

Als wir kurz danach die Eisdiele verließen, nicht ohne dem gutmütigen Ehepaar einen schönen Feierabend gewünscht zu haben, wusste ich nicht, ob ich mich darauf freuen sollte, meinen Shake genüsslich zu trinken, oder ob ich mich vielmehr vor dem anstehenden Gespräch fürchten sollte. Irgendwie war es eine Mischung aus beidem. Mein Magen verknotete sich, während ich darüber nachdachte, was mir heute offenbart worden war.

»Wie wäre es mit da vorne?«, schlug Tracy arglos vor und deutete auf eine Bank, die halb von einem der vielen üppigen Ahornbäume überschattet wurde. Noch stand er in einem satten Grün, doch schon bald würden sich die Blätter in kräftige Rot-, Orange- und Gelbtöne verfärben.

»Ne, lass uns direkt an den Strand gehen«, erwiderte ich und beschleunigte meine Schritte. Auf gar keinen Fall wollte ich auf einer der Bänke direkt an der Promenade sitzen. Auch wenn Paradise mittlerweile wirkte, als wäre es ausgestorben – sollte ich doch emotional werden, wollte ich mich nicht auf dem Präsentierteller befinden. Eilig sprang ich die Stufen hinab, die uns von dem schmalen Sandstreifen trennten, und plumpste ein paar Meter weiter links auf den weichen Untergrund.

Ächzend sank Tracy neben mir zu Boden.

Ich nahm einen großen Schluck von meinem Schokoshake – nicht ohne mir ein Stöhnen zu verkneifen, weil dieser seinem Namen vollmundig und klebrig alle Ehre machte. Wahrscheinlich würde ich danach ein Jahr lang keine Schokolade mehr essen können, aber das war es mir wert.

Heute waren mir alle Mittel recht.

»Also gut«, stellte Tracy fest. »Wir sind hier. Wir haben unsere Zuckerdosis. Und wir haben Zeit.« Sie warf mir einen überdeutlichen Seitenblick zu, den ich gekonnt ignorierte.

Oder es zumindest versuchte.

Natürlich ohne Erfolg.

»Komm schon, sonst bist du doch auch nicht so zugeknöpft.« Sachte stieß sie mich mit der Schulter an. »Ganz gleich, was dir auf dem Herzen liegt, wir werden es schon wuppen. Du weißt doch, ich kenne eine Antwort auf alles. Ich weiß sogar, wie man tiefe Löcher gräbt …«

Obwohl die ganze Situation so dramatisch war, musste ich lachen. Tracy spielte auf eine ganz bestimmte Aktion vor einigen Jahren an. Damals hatten wir gerade unseren Führerschein bekommen und beschlossen, einen Ausflug aufs Festland zu machen. Es hatte bereits gedämmert, als es plötzlich laut knallte. Erschrocken hatten wir angehalten und ein Bild des Grauens entdeckt. Ein paar Meter hinter uns hatte auf dem Seitenstreifen ein Leichnam gelegen. Ein Waschbärleichnam.

Damals waren wir völlig panisch geworden. Um unseren jungfräulichen Führerschein bangend, hatten wir beschlossen, die Sache nicht zu melden und den Leichnam einfach zu entsorgen. Es hatte an besagter Panik gelegen, dass wir einige Dinge nicht beachtet hatten, während wir ein paar Meter in den Wald hinein mühsam ein Loch in den steinharten Boden gegraben hatten.

Erstens: Besagter Leichnam war erstaunlich steif gewesen.

Zweitens: Nirgendwo war Blut gewesen. Auch keine nennenswerten Macken am Auto.

Am Ende, und das war uns erst bewusst geworden, als wir ein Gespräch im Pub überhört hatten, hatten wir gar keinen echten Waschbären zu Tode gefahren. Wir hatten ein ausgestopftes Tier vergraben, das die Mitchells unterwegs verloren hatten, als sie von einem Flohmarkt in Swanton zurückgekehrt waren. Wir hatten kein Lebewesen auf dem Gewissen, hatten uns aber auch nicht mehr erinnern können, wo genau wir dieses gruselige Andenken verbuddelt hatten.

Eine Sache, über die wir bis heute schwiegen. Zu verrückt, um wahr zu sein. Doch genau so war es geschehen.

Ich schüttelte den Kopf. »Es wäre schön, wenn es nur um so etwas ginge.« Ein Seufzen, so tief, dass es dem Mariannengraben hätte entspringen können, entrang sich mir, ehe ich schließlich den Tatsachen ins Auge sah: Ich würde den Pub verlieren, ob ich es totschwieg oder nicht. Ich konnte es also auch einfach hinter mich bringen.

»Mom und Dad haben einen Käufer gefunden.«

»Einen ... Käufer?« Es dauerte einen Moment, bis Tracy

begriff. Als sie es tat, breitete sich eine fast schon karikaturistische Mischung aus Schock und Überraschung in ihrem Gesicht aus. »Scheiße, Süße. Ich nehme mal an, dabei handelt es sich nicht um dich?«

»Nein«, erwiderte ich deprimiert. Ich hatte mir die vergangenen Jahre den Arsch aufgerissen, jeden Cent zurückgelegt, um Eigenkapital anzusparen. Hatte gehofft, dass ich meinen Eltern den Pub würde abkaufen können.

Alles umsonst.

»Mist. Das ist wirklich übel.«

»Schätze, da helfen uns deine Buddelkünste auch nicht mehr weiter, hm?«, stellte ich lakonisch fest.

»Na ja«, erwiderte Tracy gedehnt. »Wenn wir den Käufer vergraben …«

Ich lachte auf, klang dabei jedoch eher verzweifelt als begeistert. »Schön wäre es. Aber leider ist der Vertrag bereits unterschrieben. Mom und Dad haben Nägel mit Köpfen gemacht, ehe sie mich eingeweiht haben. Vermutlich, weil ihnen klar war, wie ich reagieren würde.«

Schweigen breitete sich zwischen uns aus, einzig durchbrochen von den gelegentlichen Schlürfgeräuschen, dem leisen Schwappen des Lake Champlains und Gelächter, das irgendwo hinter uns die Abendluft durchschnitt. Schwer drückte das Wissen in meiner Magengrube. Ich schluckte dagegen an, wurde dessen jedoch nicht Herr.

»Wie geht es nun weiter?«, drang Tracys Stimme sanft an mein Ohr. »Jetzt – und überhaupt?«

Ich zuckte mit den Schultern. »Erst einmal kann ich dort weiterarbeiten. Aber es wird nicht mehr dasselbe sein.«

Und das war die absolute Wahrheit.

Es würde immer noch der *Ol' Mans Pub* sein, ja. Aber die Dinge änderten sich drastisch.

Schon bald wäre die Kneipe nicht mehr im Familienbesitz. Wahrscheinlich konnte niemand verstehen, was das für mich bedeutete. Wie eng ich emotional mit ihr verwoben war.

Der Pub würde einem Fremden gehören. Einem Mann, der mit Sicherheit nicht halb so wertschätzend damit umgehen würde, wie ich es tat.

Und dafür hasste ich ihn schon jetzt.

Vielleicht ... würde ich Tracys Buddelkünste ja doch noch in Anspruch nehmen müssen. Verbissen bohrte ich meine Fersen in den Sand, als würde ich mich auf diese Weise erden können. Doch heute brachte einfach nichts Abhilfe. Weder ein Gespräch mit Tracy noch Schokolade – oder meine sonst so beruhigende Heimat.

Es fühlte sich an, als hätte ich einen wichtigen Menschen verloren – und diese Art von Verlust steckte man nicht einfach so weg.

Miles 2

»Du hast *was*?«

Grinsend starrte ich meinen Bruder an. »Überraschung gelungen, hm?«

Scott blinzelte, offensichtlich keinerlei Worte mächtig. Das sollte schon etwas heißen, denn normalerweise hatte er immer eine ganze Menge zu sagen – vor allem, wenn es mich und meine Entscheidungen betraf. Er nahm seine Rolle als großen Bruder viel zu ernst.

Zufrieden lehnte ich mich auf meinem Stuhl zurück. Wir saßen auf der vorderen Veranda seines Hauses. Des Hauses unserer Großeltern, das er in liebevoller Arbeit, mit viel Schweiß und Nerven und etwas Unterstützung einiger lokaler Handwerker saniert hatte. Seine Verlobte war hinten im Garten, wo sie mit Noah spielte oder was auch immer tat. Neuerdings hatte sie angefangen, sich dem Unkraut zu widmen. Hoffnungslose Aufgabe, wenn man mich fragte, und so dermaßen *langweilig*.

Scott räusperte sich. »Also, nochmal. Du hast den Pub gekauft.«

»Jepp.«

»Einfach so.«

»Nicht ganz. Ich habe schon darüber nachgedacht …«

»Also einfach so.«

Ich knurrte.

Scott kniff die Augen zusammen. »Ich habe nur eine einzige Frage.«

Ich wedelte mit der Hand. »Dann schieß los, Bruderherz.«

»*Wieso?*«

Das entlockte mir ein weiteres Lachen – wenn auch etwas unsicherer als zuvor. Denn ja, diese Frage war wirklich exzellent. Ich zuckte mit den Schultern. »Wieso nicht?«

Scott beugte sich vor, die Ellenbogen auf die Knie gestützt, und schielte zu mir rüber. Sein Gesicht war eine Maske aus Zweifeln und Überraschung.

Um ehrlich zu sein, nervte mich das schon wieder. Angriffslustig reckte ich das Kinn.

»Versteh mich nicht falsch. Ich zweifle deine Fähigkeiten als Geschäftsmann ganz sicher nicht an, und ich bin davon überzeugt, dass du normalerweise weißt, was du tust – aber jeder macht mal Fehler, und das hier schreit förmlich nach einem.«

»Es reicht!«, knurrte ich gereizt. »Nur weil du ›Mister Unfehlbar‹ bist, heißt das nicht, dass du deine vorgefertigte Meinung über mein Leben stülpen darfst. Warst du schon mal in der Kneipe? Sie ist solide – und als einziges Etablissement dieser Art in Paradise auch eine sichere Einnahmequelle!«

Scott starrte mich an. »Da haben wir aber auch schon den Knackpunkt.«

Mir war klar, worauf das hinauslief. Mehr als klar sogar. Dennoch stellte ich mich dumm. »Was denn? Die sichere Einnahmequelle? Du bist doch derjenige, der sagt, man sollte sich mit Investitionen absichern. Du machst nichts anderes, seit du Weston Trademark verlassen hast …«

»Paradise«, fiel er mir knapp ins Wort. »Die Investition befindet sich in Paradise. Also wiederhole ich meine Eingangsfrage, und dieses Mal möchte ich eine richtige Antwort. *Wieso?*«

Obwohl mein Blut kochte, nahm ich mir die Zeit, tief durchzuatmen. Scott stellte die richtigen Fragen. Das tat er fast immer. Wo er ruhig, besonnen und konzentriert war, war ich impulsiv und aufbrausend. Man konnte es positiv betrachten und sagen, dass wir einander ergänzten. Oder man konnte negativ an die Sache herangehen und sagen, dass wir viel zu unterschiedlich waren, um miteinander klarzukommen.

Am Ende befand sich die Wahrheit irgendwo in der Mitte.

Ich wölbte meine Augenbrauen. »Du darfst also spontan ans Ende der Welt ziehen und dort ein neues Leben anfangen, während es ausgerechnet bei mir falsch ist, ja?«

Scott richtete sich abrupt auf. Er wirkte, als müsse er ein wildgewordenes Tier beruhigen, wie er so die Hände hob und diesen beschwichtigen Tonfall anschlug. »Nein, auf keinen Fall. Ich will es einfach nur verstehen, das ist alles. Wann immer du uns besuchst, lässt du keinen Zweifel daran, dass dich Paradise nervt. Wie du eben treffend gesagt hast – für dich sind wir hier am Arsch der Welt. Warum um Himmels willen solltest du also den Pub kaufen? Selbst wenn du Personal einstellst, das sich darum kümmert – du wirst noch regelmäßiger herkommen müssen. Und zu guter Letzt ... wieso solltest du eine solche Verbindung zu Paradise haben wollen?«

Damit hatte er so ziemlich den Nagel auf den Kopf getroffen.

Ich atmete tief durch. »Dir hat ein Ortswechsel gut getan. Womöglich brauche ich den auch?« Ich hasste es, dass die Aussage wie eine Frage daherkam, aber ich konnte die Worte nicht rückgängig machen, also machte ich gute Miene zum bösen Spiel.

Scott wölbte die Augenbrauen. »Ach ja? Was ist passiert?«

Ich zuckte mit den Schultern. »Was ist nicht passiert? Keine Ahnung, Scottie. Ist nicht mehr dasselbe, seit du weg bist.« Ich hielt inne – und fühlte die Worte. Fühlte sie so sehr. Die Wahrheit lautete: Ganz gleich, wie oft wir schon miteinander gestritten hatten, am Ende war mein Bruder das, was mir an Familie geblieben war. An Familie, die zählte. Unsere Eltern hatten sich auf sehr schmutzige Art und Weise getrennt, als Scott gerade Anfang zwanzig gewesen war – und ich nicht einmal volljährig. Währen Scott zu jenem Zeitpunkt nicht mehr zuhause gewohnt hatte, hatte ich es noch getan und daher viel zu tiefe Einblicke in diesen schrecklichen Streit gewährt bekommen. Mehr noch als das, meine Eltern hatten mich eiskalt zwischen die Fronten gezogen. Kanonenfutter. Ich hatte den ganzen Scheiß ausbaden dürfen, bis sie endlich getrennte Wege gegangen waren – und mich zurückgelassen hatten wie einen Haufen alter Lumpen. Wen würde das nicht verletzen? Bis heute hatte ich kaum Kontakt zu ihnen. Scott hatte diese Haltung geändert, als Noah zur Welt gekommen war, hatte versucht, die Beziehung wieder aufleben zu lassen, doch selbst an ihrem Enkel hatten unsere Erzeuger kaum Interesse gezeigt. Sie steckten in ihren neuen Leben fest, mit neuen Lebensgefährten und neuen Lebenszielen, die uns nicht einschlossen. Früher hatte es mich fertig gemacht. Ich war deshalb sogar eine Weile vom Weg abgekommen, hatte eine Therapie gemacht und Gott und die Welt verflucht. Es war Scott, der immer für mich dagewesen war. Scott hatte mehr als einmal meine Scheiße ausgebügelt, meine Fehler bereinigt, mir einen sicheren Rückzugsort geboten. Auch wenn ich diesem Chaos mittlerweile entwachsen war, hatte es doch seine Spuren hinterlassen. Dass mein Bruder vergangenes Jahr seine Zelte in New York abgebrochen hatte, hatte mir mehr zu schaffen gemacht, als ich zugeben wollte. Als dann auch noch meine Mutter Kontakt zu mir aufgenommen hatte, um mich über ihre *Hochzeit* in Kenntnis zu setzen – und mir gleichzeitig mit ihrer typischen, schlangenartig subtilen Art zu verstehen gegeben hatte, wie wenig sie von meinem Lebenswandel hielt ... nun. Ich schätze, da sind einige Sicherungen bei mir durchgebrannt. Wie schon einige Male zuvor hatte ich meine Sachen gepackt, um für eine Weile in Paradise unterzukommen. Nicht, weil ich es hier so mochte, sondern weil mein Bruder hier war. Auszeit. Familie. Menschen, die mich so nahmen, wie ich war.

Eines Abends war ich alleine in den Pub gestiefelt, hatte

zufällig ein Gespräch der Besitzer überhört und daraufhin einen spontanen Entschluss getroffen. Spontan war nicht unüblich für mich. Doch die Reichweite meiner Entscheidung ... schon. In diesem Fall definitiv.

Scott brummte. »Wenn du Sehnsucht hast, kannst du es einfach sagen. Du musst nicht gleich eine Kneipe kaufen.«

»Sie ist solide«, wiederholte ich knapp. »Mir schweben ein paar Veränderungen vor. Darüber hinaus wurde es Zeit, ein paar Entscheidungen zu treffen. Und tada – hier bin ich.«

Scott musterte mich nachdenklich. Ich konnte überdeutlich sehen, wie es in seinem Kopf ratterte, doch ausnahmsweise hielt er seine Worte zurück.

Ich atmete tief durch. »Wie auch immer. Ob es dir nun gefällt oder nicht, der *Ol' Mans Pub* geht in meinen Besitz über. Wollen wir doch mal sehen, ob ich aus dem Altherrending etwas Zeitgemäßes machen kann ...«

»Nimm dich in Acht«, warf Scott ein. Ein kleines Grinsen umspielte seine Mundwinkel. »Die Anwohner von Paradise sind nicht unbedingt offen, was Veränderungen angeht. Du hast es doch selbst gesagt, der Pub läuft. Vielleicht solltest du es einfach dabei belassen.«

Ich erwiderte sein Grinsen. »Oh, du kennst mich, Bruder ...«

Scott seufzte auf. »Deshalb sage ich es dir ja.« Er schüttelte den Kopf. »Nun, du wirst es sehen. Herzlichen Glückwunsch zum Kneipenkauf. Wie geht es nun weiter?«

Ich atmete tief durch, ehe ich die nächste Bombe platzen ließ. Eine, von der ich selbst noch nicht wusste, wie ich sie finden sollte, die mir jedoch zwangsläufig vorkam. Als würde ich einem Plan folgen, der mir vorbestimmt worden war, ob ich es nun wollte oder nicht. »Jetzt ... werde ich mir wohl eine Bleibe suchen müssen.«

Darauf hatte Scott erst recht keine Antwort.

Wenig verwunderlich, um ehrlich zu sein.

An diesem Abend schlenderte ich mal wieder zum Pub. Ich hatte gehofft, dass Scott mich begleiten würde, doch die Abendstunden mit Julia waren ihm nach wie vor heilig. Vielleicht wollte er auch nur nicht vor Augen geführt bekommen, was ich jüngst getan hatte. Julia war wesentlich aufgeschlossener gewesen, als Scott ihr von meiner Errungenschaft erzählt hatte, auch wenn für einen kurzen Augenblick so etwas wie Bedauern in ihren Augen aufgeblitzt war.

Wieso auch immer.

Ich hatte die beiden gebeten, vorläufig nicht darüber zu sprechen. Erst einmal musste ich selbst realisieren, was ich da getan hatte. Ich brauchte keinen Kleinstadt-Tratsch. Zum Glück konnte ich ihnen in dieser Hinsicht vertrauen.

Seufzend blieb ich auf der gegenüberliegenden Straßenseite stehen, um die Fassade des Pubs auf mich wirken zu lassen. Alles in allem machte er einen etwas heruntergekommenen Eindruck auf mich. Ein neonfarbenes Leuchtschild verkündete den Namen; dieser war gleichzeitig auch noch in abgeblätterten Lettern auf die Zarge des Eingangs gepinselt worden. Die Fassade zierte ein schmutziges Orangebraun und würde einen Anstrich dringend benötigen; etwas, das ich als erstes angehen würde, sobald die Kneipe offiziell mir gehörte.

Ähnlich schäbig war der Laden auch von innen, wenn auch auf saubere Art und Weise. Nicht aufgrund von Schludrigkeit, sondern vielmehr, weil er bereits in langjähriger Nutzung war und einer Renovierung dringend bedurfte. Wie ich Scott gegenüber erwähnt hatte, schwebten mir bereits einige Ideen vor, wie man den Pub zu einem jüngeren Selbst verhelfen konnte. Ich wollte einige Kostenvoranschläge einholen und mit einem Freund von früher sprechen, der mittlerweile zu den angesehensten Architekten Manhattans gehörte. Vielleicht konnte ich ihm einen Trip nach Vermont schmackhaft machen, um mir seine persönliche Einschätzung einzuholen.

Vielleicht sollte ich ihn aber auch lieber nicht fragen. Wahrscheinlich würde er mir mit demselben Unverständnis begegnen wie Scott.

Ich schüttelte den Kopf, bohrte die Hände tief in die Hosentaschen und überquerte die breite Straße, die um diese Uhrzeit nur noch selten frequentiert wurde. Eine verdammte Geisterstadt im Vergleich zum pulsierenden New York, wo ich mein bisheriges Leben verbracht hatte. Nicht einmal jede Straßenlaterne leuchtete, was der Umgebung zusätzlich einen surrealen Eindruck verlieh.

Die halb verglaste Tür, deren Scheiben bereits blind waren, schwang auf, ehe ich sie ergreifen konnte. Überrascht hielt ich inne – und sah mich einer kleinen Gruppe Frauen gegenüber. Sie verstummten abrupt, als sie mich erblickten. Eine von ihnen, eine hochgewachsene Blondine, musterte mich schamlos von oben bis unten, die Lippen zu einem lasziven Lächeln gekrümmt, die vollen Lippen dunkelrot und glänzend. »Hallo, Fremder«, hauchte sie mir zu – so aufgesetzt rauchig, dass es beinahe lächerlich klang.

»Komm schon, Sheila«, ertönte eine weitere Stimme, und im nächsten Moment schob das Grüppchen sich schon an mir vorbei, die Blondine offenkundig unfreiwillig.

Ich blinzelte; unsicher, ob mich die Begegnung amüsieren oder irritieren sollte.

Genau so stellte ich mir eine Provinztusse vor. Aufgesetzt, künstlich, von sich selbst überzeugt – und drüber. Viel zu weit drüber. Ob sie mit dieser Masche bei Männern landete? Bei mir jedenfalls nicht, so viel stand fest.

Befremdet betrat ich die Kneipe. Wie üblich war die Luft drinnen etwas stickig – hier würde eine vernünftige Lüftungsanlage in Verbindung mit einem Klimagerät wahre Wunder wirken –, die Musik deutlich zu hören, ebenso wie das laute Klacken von Billard-Kugeln, die kraftvoll gegeneinanderstießen. Für einen Montagabend war die Bar überraschend gut gefüllt. Ich ließ meinen Blick schweifen – und spürte wieder dieses Kribbeln, das mich erfasst hatte, als ich beschloss, diese Bar zu kaufen. Der Grund, wieso ich es überhaupt getan hatte. Scott handelte stets mit durchdachtem Kalkül – zumindest, was seinen Job betraf. Ich dagegen war immer schon eher der Typ Bauchgefühl gewesen. Bislang hatte mir das keine Probleme bereitet, und ich hoffte, dass es dabei bleiben würde.

Bis heute war ich nicht vollständig davon überzeugt, dass die Idee langfristig war. Ich würde es als Projekt betrachten. Etwas für mein Portfolio. Die Vorstellung, diesen heruntergekommenen Laden zu einem Juwel zu schleifen und anschließend gewinnbringend zu verkaufen, war in jedem Fall verlockend – und würde mich eine Weile beschäftigen.

»So wird es geschehen«, murmelte ich mir zu, unsicher, ob ich mir gerade lediglich Mut zusprechen oder mir etwas vormachen wollte.

Langsam durchquerte ich den Raum Richtung Theke. Es gab einige großzügige Sitznischen, aber auch viele Stehtische, um die in einem unglaublichen Chaos Hocker in allen Formen und Farben gruppiert waren. Sämtliche Wände waren mit Bildern, Metallschilder und verblichenen Postern vollgekleistert, was die Unruhe des Interieurs zwar verstärkte, aber definitiv für Atmosphäre sorgte.

Zumindest, wenn man auf diesen Straßen-Kneipen-Stil stand.

Provinziell, schoss es mir durch den Kopf. Dieser Pub wirkte definitiv provinziell.

Ich suchte die Theke ab – und Bingo. Da war die Frau, die mir mehr oder weniger untergejubelt worden war. Nica. Die Tochter der Noch-Besitzer und die einzige relevante Bedingung, die sie gestellt hatten. Ich würde sie mindestens ein Jahr beschäftigen müssen. Zum Glück kannte ich sie bereits ein wenig und hatte ein paar Mal gesehen, wie sie arbeitete. Sie schien gut zu sein. Sonst hätte ich mir wirklich in den Arsch gebissen.

Als ich nun auf einen der Barhocker glitt, ließ ich sie nicht aus den Augen. Gerade spülte sie einige Gläser und wirkte abwesend. Das Lächeln, das ihre Lippen sonst immer umspielt hatte, war verschwunden, stattdessen sah sie nachdenklich aus. Das tat ihrer Attraktivität keinerlei Abbruch, war jedoch schade. Wir hatten uns bereits ein paar Mal unterhalten, und jedes Mal hatte ich das Bedürfnis verspürt, ihr dieses hübsche Lächeln zu entlocken. Auch jetzt wollte ich, dass der nachdenkliche Ausdruck verschwand, dass sie mich anstrahlte – wollte mir einbilden, dass ich der Einzige war, der diese Reaktion bei ihr hervorrief.

Ob sie bereits wusste, dass ihre Eltern verkauft hatten?

Womöglich.

Unentschlossen, ob ich mich zu erkennen geben sollte oder nicht, wartete ich, bis sie meine Anwesenheit bemerkte – was noch eine Weile dauerte. Erst, als sie einen Schwung Gläser schnappte, um sie in das Regal hinter sich zu stellen, nahm sie mich wahr – und augenblicklich verwandelte sich ihre Miene von nachdenklich-brütend zu strahlend-locker. Na also.

100 Mäuse, dass sie *nicht* wusste, dass sie ihrem zukünftigen Boss gegenübersaß.

»Oh, hi. Gar nicht bemerkt, dass du da bist. Ich hoffe, du wartest noch nicht allzu lange?«

Ihre flapsige Art hatte mir bereits gefallen, als ich das erste Mal hier gewesen war und noch keinerlei Ambitionen gehabt hatte, die Kneipe zu kaufen. Auch jetzt musste ich grinsen. »Nein, alles gut. Ich kann ja sehen, dass du schwer beschäftigt bist.«

Das quittierte sie mit einem schuldbewussten Grinsen.

»Ein Bier bitte«, sagte ich lächelnd. »Vom Fass.«

»Kommt sofort.«

Mit dem für sie typischen Elan wirbelte sie herum, um

meiner Bestellung nachzukommen. Machtlos meinen Gewohnheiten gegenüber, ließ ich meinen Blick über ihre Rückansicht schweifen. Sie trug knackig eng sitzende, dunkle Jeans, die ihren Hintern perfekt betonten, und darüber ein rotes Top, dessen Saum so gerade eben bis zum Bund reichte. Schon früher war mir ihre schlanke, durchtrainierte Figur aufgefallen, und ich fragte mich unwillkürlich, wie es sich anfühlen würde, ihre Taille zu umfassen. Unter anderen Umständen hätte ich es vielleicht darauf ankommen lassen. Doch nun, da ich wusste, dass wir mindestens ein Jahr lang miteinander klarkommen mussten, war diese Idee vom Tisch. Frauen schafften es in den seltensten Fällen, objektiv zu bleiben. Insbesondere, wenn es um unverbindliche Affären ging. Komplikationen dieser Art brauchte ich nicht. Nicht, ehe die Kneipe überhaupt in meinen Besitz übergegangen war.

»Et voilà – ein Bier vom Fass.« Schwungvoll stellte Nica das Glas vor mir ab, zog einen Bleistift aus ihrer Hosentasche und kritzelte etwas auf den Bierdeckel. Ich kannte keine andere Bar, in der so etwas getan wurde.

Grinsend nahm ich das Glas, prostete Nica zu und trank einen großen Schluck.

Sie stützte sich mit beiden Händen vor mir auf dem Tresen ab und musterte mich mit diesem offenen Lächeln, das sie scheinbar für jeden ihrer Gäste übrig hatte. Jepp. Ich war mir zu neunundneunzig Prozent sicher, dass sie *nicht* ahnte, wer ich war. Mein Magen verknotete sich. Sollte ich mich zu erkennen geben?

Bei dem Gedanken spürte ich Widerwillen, also schob ich ihn beiseite. Vorerst.

»Also, schöner Fremder. Du bist ein Fitzpatrick. Ist das richtig?«

Grinsend deutete ich auf sie. »Bingo. Scott ist mein älterer Bruder. Den kennst du ja.«

Nicas Grinsen wurde breiter. »Wer nicht? Noch heute tuschelt die Hausfrauenfraktion gerne über ihn. Schätze, das wird erst aufhören, wenn er und Julia erfolgreich in den Hafen der Ehe eingefahren sind.«

Augenblicklich musste ich an Blondie von vorhin denken – und verzog mitleidig das Gesicht. »Der Arme.«

Nica zuckte mit den Schultern. »Oder du. Wenn du jetzt häufiger hier bist, werden sich ihre Anstrengungen bestimmt auf dich verlagern. Ist ja irgendwie naheliegend.«

Darauf konnte ich im ersten Moment nichts erwidern. Gerade, als sie Anstalten machte, nach ihrem Lappen zu greifen, räusperte ich mich. »Was lässt dich vermuten, ich könnte nun häufiger hier sein?«

Nica hielt inne. Langsam drehte sie sich zu mir um und musterte mich mit einem zurückhaltenden Lächeln. »Neuerdings sieht man dich häufiger. Es heißt, du kommst auch aus New York, aber dafür habe ich dich in den vergangenen Wochen ziemlich oft hier bemerkt. Vielleicht folgst du ja dem Beispiel deines Bruders?«

Obwohl sie damit geradewegs ins Schwarze traf, wölbte ich die rechte Augenbraue. »Du meinst, nach Scott lasse auch ich mich von Paradises Charme bezirzen?« Ich lachte auf. »Sorry, wenn ich dich enttäuschen muss, Süße, aber mit New York kann dieses verschlafene Nest nicht mithalten.«

Und trotzdem hatte ich diese Kneipe gekauft.

Trotzdem würde ich, zumindest für eine Weile, meinem geliebten New York den Rücken kehren, um hierzubleiben.

Das Verrückteste an der Sache? Hier, im Gespräch mit Nica, meiner zukünftigen Angestellten, fand ich diesen Gedanken längst nicht mehr so verwunderlich.

Was zum Teufel war mit mir geschehen?

Nica? Die warf den Kopf in den Nacken und lachte. »Ach weißt du, *Süßer*, du bist nicht der erste, der hierherkommt und von seiner Heimat schwärmt. Dein Bruder ist das beste Beispiel. Aber wie du dich auch entscheidest, du bist immer herzlich willkommen, bei mir ein Bierchen zu trinken.« Grinsend deutete sie auf das Glas vor meiner Nase. »Melde dich, wenn du Nachschub brauchst.«

Mit diesen Worten wandte sie sich ab, um sich wieder ihrer Arbeit zu widmen.

Und ich? Starrte ihr hinterher, milde überrascht und angenehm herausgefordert.

Meine zukünftige Angestellte.

Jepp, es bestand keinerlei Zweifel: Ich freute mich auf sie.

Nica 3

Wie konnte es sein, dass das Leben einfach so weiterging, als hätte sich nichts geändert, während plötzlich alles anders war?

So kam es mir jedenfalls vor.

Ich ging arbeiten wie immer. Ich zapfte Bier wie immer. Ich lachte und flirtete mit den Gästen wie immer. Verdammt, ich putzte, wusch meine Sachen und räumte meine Wohnung auf, als wäre alles bestens.

Nur, dass eben nicht mehr alles bestens war.

Ich hatte meinen Eltern noch nicht verziehen, dass sie einfach so den Pub verkauft hatten, ohne mit mir darüber zu reden. Auch wenn er unbestreitbar ihnen gehörte, ich bildete mir ein, dass es mein Recht gewesen wäre, eingeweiht zu werden. Gefragt zu werden. Erst recht, wenn sie mich schon so eiskalt in den Vertrag schrieben. Oder?

Ich meine, verdammt! Ich hatte nie einen Hehl um mein Kaufinteresse gemacht, hatte keine Chance ungenutzt gelassen, ihnen klarzumachen, dass ich den Pub weiterführen wollte. Dass sie es einfach nicht in Erwägung gezogen hatten, ihn mir zu überlassen, verletzte mich weitaus mehr, als ich es zugeben mochte.

Alles in allem keine allzu guten Voraussetzungen für die kommende Zusammenarbeit mit wem auch immer. Vorgestellt hatte man mir den neuen Besitzer nämlich nach wie vor nicht, und während ich einerseits darüber froh war, gab es doch einen unbestreitbaren Teil in mir, der sich diesem unbekannten Übel endlich stellen wollte.

Der Juli flog nur so an mir vorbei. Im Großen und

Ganzen verbrachte ich die meiste Zeit mit arbeiten und schlafen. Tracy traf ich ein weiteres Mal, dieses Mal im Beisein von Liam. Wie üblich, wenn ich mehr Zeit mit dem Kleinen verbrachte, fühlte ich mich etwas unbeholfen. Ich war nicht der Typ Frau, der den normalen Umgang mit Babys und Kindern automatisch beherrschte. Obwohl ich Liam von Geburt an kannte, hatte ich nach wie vor Angst, etwas zu zerbrechen, wenn ich ihn anfasste. Ganz zu schweigen davon, dass meine Sprache für gewöhnlich sehr unverblümt war; etwas, worauf ich in Liams Anwesenheit natürlich achten musste.

Anstrengend.

An einem schwülwarmen Freitag Anfang August schleppte ich mich in den Supermarkt, um ein paar dringend notwendige Einkäufe zu machen, ehe ich in den Pub musste. Shoppen in jeglicher Hinsicht erreichte auf meiner Skala der unliebsamen Dinge einen der vorderen Plätze – ausgenommen Flohmärkte. Dort trieb ich mich total gerne herum. Dummerweise gab es da aber keine Lebensmittel.

Der Vorteil an Paradise war die Überschaubarkeit der Einkaufsmöglichkeiten und des Angebots – und dass sich seit Jahren nichts geändert hatte. Ich wusste, wo ich die Marmelade fand, wo es Käse gab und wo die Getränke standen. Nach meinem Lieblingsshampoo konnte ich praktisch blind greifen. Keine bösen Überraschungen – oder Überraschungen im Allgemeinen. Wenn ich aufrichtig zu mir selbst war, musste ich mir nämlich eingestehen, dass ich grundsätzlich mit Überraschungen auf dem Kriegsfuß stand.

Egal ob nun gut oder böse.

Mit dem Ziel, so schnell wie möglich wieder den Laden zu verlassen, stürmte ich also durch die Gänge, warf hier und da Sachen in meinen Korb, nahm mir kaum die Zeit, nach Angeboten oder Besonderheiten Ausschau zu halten – und raste geradewegs in einen Kerl, der mir ziemlich dämlich bei den Drogerieartikeln den Weg versperrte.

»Hoppla!«, rief der Berg von Mann aus, wirbelte zu mir herum – und lachte überrascht auf.

Ich war leider noch zu sehr in meiner »Ich-hasse-einkaufen-und-du-hältst-mich-auf«-Attitüde gefangen, weshalb mir »Mein Gott nochmal, was steht du so blöd herum?«, entfuhr, ehe ich es verhindern konnte. Erschrocken schlug ich mir die Hand vor den Mund und machte kugelrunde Augen, als ich realisierte, wen ich beinahe über den Haufen gerannt hatte ... was natürlich übertrieben war, denn besagter Berg von Mann war mindestens einen Kopf größer als ich und anderthalb Mal so breit, was bedeutete, dass ich mich eher an ihm k.o.-geschlagen hätte, anstatt ihn ins Wanken zu bringen.

Sein Grinsen wurde noch breiter. »Na, das ist ja mal eine willkommene Abwechslung.«

Noch zu sehr gefangen in dem Chaos aus Scham und Irritation, stemmte ich eine Hand in die Seite und zuckte mit dem Kopf in seine Richtung. »Was genau?«

Er breitete seine Arme aus. »Erstens: dich mal woanders zu sehen als im Pub. Zweitens: Dass dein Emotionsrepertoire mehr umfasst als blendend gute Laune.«

Ich schnaubte los. »Wer zum Teufel legt beim Einkaufen auch freudige Tänzchen aufs Parkett?«

Das quittierte er lediglich mit einer langsam nach oben wandernden Augenbraue.

Mein Herz, noch immer unkontrolliert rasend und zerrissen von den heftigen Gefühlswidersprüchen, die ich gerade empfunden hatte, presste sich überdeutlich gegen meinen Brustkorb. Ich schüttelte den Kopf – und deutete auf seine Ausbeute, begierig nach einem Themenwechsel. »Das schreit ja förmlich nach Junggeselle. Und sag mir, äh ...«

»Miles«, half er mir belustigt auf die Sprünge.

Das Rot meiner Wangen vertiefte sich. »Miles. Wieso kaufst du hier solche Dinge ein, wenn du nur bei deinem Bruder zu Besuch bist?«

Er zwinkerte mir leichthin zu, und ich spürte, wie es in

meiner Magengrube flatterte. Dieser Mann hatte etwas an sich, das mich nur zu leicht glauben ließ, dass ihm die New Yorker Frauen zu Füßen lagen. Und die aus Paradise sowieso. »Wer genau sagt denn, dass ich meinen Bruder besuche?«

Mein Mund klappte auf, ohne dass mir ein Wort entkam.

Sein Grinsen wurde schon wieder so breit, als wollte es sein Gesicht sprengen. »Schon gut, Süße. Ich kenne es, dieses Schubladendenken …«

Ohne darüber nachzudenken, was ich gerade tat, schlug ich Miles gegen den Oberarm. Lachend rieb er sich die Stelle, während seine Augen aufblitzten.

»Du bist unmöglich«, entfuhr es mir atemlos. Dann schaffte auch ich es nicht mehr, an mich zu halten – und lachte. Ich. In einem Supermarkt. Das war bereits unglaublich genug. Wahrscheinlich sprang gleich irgendeiner der Mitarbeiter hinter den Regalen hervor, um ein Beweisfoto von mir zu machen. Nica Clarkson hatte gute Laune beim Einkaufen – Skandal!

Als würde sogar Miles die Bedeutsamkeit dieses Momentes begreifen, legte er den Kopf schräg und verzichtete auf jeden flapsigen Kommentar. Stattdessen ließ er mich nicht aus den Augen.

Ich atmete tief durch, wischte unter meinen Augen entlang, für den Fall, dass ein paar vorwitzige Lachtränen meine Mascara verschmiert hatten, und schniefte. »Wie auch immer. Mir scheint, wir haben einen ähnlichen Geschmack.«

Miles spähte in meinen Korb. »Sieht ganz so aus. Zumindest, wenn man Orangensaft, Bagel, Brownies und Burritos als Maßstab nehmen kann.«

»Nicht zu vergessen das Mac'n'Cheese«, fügte ich grinsend hinzu.

Miles wölbte die Augenbrauen. »Das natürlich ganz besonders.«

Ich schnaubte. »Aber mal im Ernst. Das sieht nach einem

absoluten Wochenendeinkauf für einen Alleinstehenden aus. Lebst du nicht bei Scott und Julia?«

»Selbst wenn, was spräche dagegen, für mich einzukaufen? Wer sagt denn, dass ich ihnen auf der Tasche liegen muss?«, hielt er entgegen.

Ich schaukelte meinen Kopf von links nach rechts. »Das ist ein Punkt, ja. Aber ich habe eine klare Antwort: Julia.«

Das entlockte Miles ein neuerliches Lachen. »Okay, ja. Das mag stimmen. Diese Frau führt ihren Haushalt definitiv mit eiserner Hand. Ich bezweifle, dass sie zulassen würde, dass ich etwas so profanes wie Mikrowellennudeln esse.« Er zuckte mit den Schultern. »Du hast mich erwischt, Sherlock. Ich wohne nicht bei ihnen. Eigentlich ...« Er stockte, und nun war ich diejenige, die den Kopf schräg legte. »Eigentlich ist es tatsächlich so, dass ich für mich selbst einkaufe. Womöglich habe ich eine Wohnung drüben in der Bowery Street gemietet ...«

»Hah!«, fiel ich ihm ins Wort, unsicher, wieso ich überhaupt derartigen Triumph empfand. Grinsend deutete ich auf ihn. »Ich sage es ja, Paradise verzaubert jeden.«

Miles gab ein brummendes Geräusch von sich. »Als ob.«

Nun. Aus dieser Nummer käme er nicht mehr ohne weiteres raus.

»Ich hab es gewusst«, wiederholte ich, mehr für mich selbst, konnte mir jedoch ein leises Kichern nicht verkneifen.

Miles warf mir einen Blick zu, der irgendwo zwischen Belustigung und Irritation angesiedelt war, was mein Kichern nur verstärkte. Dicht gefolgt von dem Gefühl explodierender Wärme in meiner Magengrube – was mich zumindest so weit verstörte, dass mir das Lachen auch schon wieder verging. »Sag mir nur eins, du besserwisserischer Teufel«, sagte er schließlich. »Wenn du meinen Einkauf so schön als Junggesellen-Einkauf bezeichnest – gilt das dann auch für deinen?«

Ich reckte das Kinn. »Fragst du mich gerade, ob ich Single bin?«

Miles' Augen funkelten. »Vielleicht. Vielleicht auch nicht.«

Das quittierte ich mit einem Schnauben. »Lassen wir das einfach so stehen.«

Für einen Moment starrten wir einander dann. Da war es wieder, dieses Kribbeln. Ich hatte schon bei früheren Begegnungen festgestellt, dass Miles mir gefiel, aber das hier ging eindeutig weiter. Es war neu, überraschend intensiv – und traf mich unvorbereitet. Ehe diese Erkenntnis mich zu irgendeiner Dummheit inspirierte, setzte ich mich in Bewegung, just, als auch Miles loslief. Als wäre es abgesprochen gewesen. Ich angelte nach Bodylotion, er warf ein Shampoo in seinen Korb, während wir Seite an Seite den Gang hinab liefen. Die Situation war sowohl surreal als auch erstaunlich angenehm.

Was eine absolute Überraschung war ... in einem verdammten Supermarkt!

An der Kasse trennten sich zumindest kurz unsere Wege. Er stellte sich an der eins an, ich an der zwei. Während er hinter einem Seniorentrupp versauerte, blieb mir sogar noch Zeit, mit James zu plaudern, dem Kassierer, der immer ein freundliches Wort für mich übrig hatte. Erneut empfand ich Triumph, während ich darauf wartete, dass Miles fertig wurde.

Warum auch immer ich das überhaupt tat.

Als wir gemeinsam nach draußen traten, blinzelte ich in die grelle Augustsonne. Sie stand kaum merklich tiefer, und einige dunkle Wolken bauschten sich weit draußen über dem Lake Champlain zusammen.

Miles deutete vage in deren Richtung. »Scheint, als würde uns ein Gewitter bevorstehen.«

Ich warf ihm einen Blick zu. »Echt jetzt?«

Er blinzelte. »Echt was?«

Ich zuckte mit den Schultern. »Du führst mit mir ein Gespräch über das Wetter?«

»Ich führe kein Gespräch übers Wetter, ich habe nur eine Feststellung gemacht. Das ist alles.«

Damit entlockte er mir ein Schnauben. »Nun, wie auch immer. Ich habe deine Feststellung zur Kenntnis genommen …«

Miles lachte. »Bevor du dich noch weiter wunderst: Gewitter haben für Scott und Julia bereits eine große Rolle gespielt. Die beiden werden nie müde, das zu erwähnen. Wahrscheinlich musste ich deshalb darauf hinweisen.«

Ich griff nach seinem Arm, drückte sanft zu. »Schon gut, du musst dich nicht rechtfertigen. Es tut mir leid, falls ich dir mit meiner flapsigen Art zu nahe getreten bin. So bin ich einfach …«

Miles' Augen blitzten auf. »Glaub mir, es muss mehr passieren, damit mir jemand zu nahe tritt.«

Die Hitze in meiner Magengrube flammte wieder auf. »Du lässt das klingen, als wäre es eine Herausforderung.«

Wir maßen einander mit Blicken. Die Atmosphäre zwischen uns schien plötzlich zu brennen; sämtliche Härchen auf meinem Körper richteten sich auf und ich spürte seine Nähe überdeutlich. So als gäbe es eine physikalische Verbindung zwischen uns beiden. Ich sah, wie seine Pupillen sich weiteten, das Graublau seiner Augen sich verdunkelte. Ob auch er spürte, dass etwas zwischen uns geschah? Spürte er dieselbe Hitze wie ich? Mühsam schluckte ich gegen die Trockenheit in meiner Kehle an, überwältigt von diesem Knistern, das so überraschend zwischen uns aufgeflammt war.

Oder lag es bloß an einem tatsächlich herannahenden Gewitter?

Ich befeuchtete meine Lippen, sah, wie Miles' Blick nach unten zuckte und der Bewegung ganz genau folgte. Mein Puls beschleunigte sich, während ich die Unterlippe zwischen meine Zähne zog …

Schlagartig trat Miles einen Schritt zurück, riss mich aus der Trance, in die ich offenkundig verfallen war. Ich spürte, wie Hitze in meine Wangen schoss, und umklammerte den Griff meiner Einkaufstasche fester.

»Also«, sagte Miles. Seine Stimme klang unbestreitbar rauer. »Bist du mit dem Auto da?«

Ich schüttelte den Kopf, ignorierte die irritierende Enttäuschung, die meinen Magen verknäulte, und rang mir ein schmales Lächeln ab. »Nö. Ich wohne zwei Straßen weiter. Wieso sollte ich dafür ein Auto bemühen?«

»Noch so ein KFZ-freier Typ wie Julia?«

Ich lachte los, dieses Mal aufrichtig. »Nein, nein. Motorisiert bin ich schon. Aber nicht für die fünf Teile und den kurzen Weg.«

»Eher zwanzig, aber egal. Soll ich dich nach Hause bringen?«

Wieder schien die Welt für einen kurzen Moment die Luft anzuhalten, so als wäre dieser Moment bedeutsam, als stünde weitaus mehr auf dem Spiel als die Frage nach dem Rückweg. Ich blinzelte, erinnerte mich an den intensiven Sog von eben – und schüttelte eilig den Kopf. »Nein, schon okay. Der kleine Fußmarsch tut mir gut. Ein andermal vielleicht. So wie es scheint, werden sich unsere Wege ja nun häufiger kreuzen.«

»Wovon auszugehen ist«, erwiderte Miles – und ich bildete mir ein, dass seinen Worten ein seltsamer Beigeschmack anhaftete.

Nur wieso? Spürte er dieselbe Enttäuschung wie ich? Fühle er sich ebenso aufgewühlt? Nicht gerade Fragen, die ich einfach so stellen konnte, also schob ich sie eilig wieder beiseite.

Unser Abschied fiel beinahe keusch aus, in Anbetracht der Tatsache, wie offen wir vorhin noch miteinander herumgescherzt hatten. Mein Herz raste nach wie vor, während ich zusah, wie er in seinen Wagen stieg und binnen kürzester Zeit vom Parkplatz fuhr. Als er mich passierte, winkte er mir grinsend zu, und mein Herz machte einen letzten, unanständigen Satz in die Höhe. Den ganzen Weg nach Hause grübelte ich über unsere Begegnung nach.

Miles war witzig, schlagfertig, charmant, nicht nachtragend – und sexy. Unbestreitbar sexy. Und er lebte nun in Paradise. Viel zu gut, um wahr zu sein.

Dummerweise würde ich schon bald nicht mehr die Einzige sein, die so dachte, und dann würden all diese Frauen bei ihm Schlange stehen. Hundertprozentig sogar. Miles wirkte nicht wie ein Kerl, der Probleme mit lockeren Affären hatte, wenn ich so voreingenommen sein durfte. Ich hatte zwar auch kein Problem damit, ein wenig Spaß zu haben, aber eine leise Stimme in mir flüsterte mir zu, dass das mit ihm nicht funktionieren würde.

Ich schlug ihn mir also besser schnell wieder aus dem Kopf.

Oder?

Miles 4

In New York hatte ich es geliebt, mich in irgendwelche Cafés zu setzen und von dort aus zu arbeiten oder Menschen zu beobachten. Der ständige Strom Fremder mit ihren unterschiedlichsten Geschichten war faszinierend und belebend zugleich gewesen. In einem verschlafenen Nest wie Paradise war das alles natürlich nur halb so interessant, aber liebgewonnene Gewohnheiten streifte man nicht einfach so ab. Also kehrte ich immer wieder ins *Sweet&Coffee* zurück, dem ortsansässigen Coffeeshop, auch wenn es anders war als alles, was ich je zuvor favorisiert hatte. All die Jahre hatte ich die Anonymität meines Lebens zu schätzen gewusst, die Selbstbestimmung, mit der ich selbst hatte beschließen können, ob ich meine Insel verließ oder für mich blieb. Fremde Gesichter, Teil meines Lebens und doch von mir isoliert, hatten mir das Gefühl gegeben, nicht alleine zu sein – ohne das stets nagende Gefühl von Einsamkeit je ganz zu verdrängen. Bereits als ich Mrs. Pemplefort das erste Mal gegenübergestanden hatte, war mir klar gewesen, dass diese Frau alles sah, alles wusste und alles beurteilte. Im ersten Moment hatte mich das irritiert, war sie doch wie das fehlende Verbindungsglied, das meine Anonymität bedrohte, doch ich hatte nicht allzu lange gebraucht, um herauszufinden, dass sie eine gute Seele besaß und grundsätzlich allen Menschen erst einmal wohlgesonnen war. Selbst Fremden wie mir.

Nur, dass sie mich gar nicht als Fremden betrachtete, wie ich schnell begriff. Obwohl ich mich beim besten Willen nicht an sie erinnern konnte, stellte sie schnell den Zusammenhang zwischen mir und meinen Großeltern her, die sie offenbar gut gekannt hatte.

Seitdem hatte ich einen Stammplatz. Links vom Eingang, an einem Tisch mit zwei gemütlichen Cordsesseln und einem kleinen, runden Tisch. Hier klappte ich für gewöhnlich meinen Laptop auf, um zu tun, was mir so in den Sinn kam. Beschämend viel von meiner Zeit ging dafür drauf, dass ich verschiedene Bekannte in den sozialen Netzwerken stalkte, News aus meiner alten Heimat las und Mails schrieb.

Viele Mails.

Ich musste wohl nicht extra erwähnen, dass niemand meine Entscheidung nachvollziehen konnte. Ich befand mich in einer sehr ähnlichen Situation wie mein Bruder, als er vor einem Jahr urplötzlich nach Paradise gezogen war. Unverständnis, sogar Spott schlugen mir entgegen. Mit Letzterem konnte ich umgehen, mit Ersterem weniger. Vermutlich, weil ich die Hälfte der Zeit ebenfalls nicht wusste, wieso ich das hier eigentlich tat. Vor einem Jahr, sogar noch vor wenigen Monaten war ich selbst einer von denen gewesen, die nicht hatten verstehen können, wieso Scott hierhergezogen war.

Und nun saß ich selbst hier.

Wenn ich nicht gerade mit alten Bekannten sprach, machte ich mir Gedanken um den Pub. Ich nahm Kontakt zu Jeffrey auf, dem renommierter Architekt, der bereits einige beeindruckende Projekte geplant hatte. Früher war ich gern mit ihm um die Häuser gezogen. Zuletzt hatte er bei der Planung dieses beeindruckenden Kaufhauses in Upper Manhattan die Finger im Spiel gehabt. Natürlich war die Umgestaltung einer kleinen Kneipe im Vergleich dazu lächerlich für ihn, aber ich forderte einen Gefallen ein, wohlwissend, dass er mir dafür am liebsten eine reinhauen wollte. Bisher hatte ich ihn nicht davon überzeugen können, einen Trip in den Norden zu machen, aber er hatte sich immerhin bereit erklärt, ein paar Fotos zu sichten und mir Anregungen zu liefern.

Gerade las ich eine eher verschnupfte Antwort von ihm, als das helle Glöckchen am Eingang einen neuen Besucher verkündete. Mehr aus Gewohnheit hob ich meinen Kopf – und verspürte eine Mischung aus Freude, Überraschung und Zurückhaltung, als ich sah, wie Nica den Coffeeshop betrat.

Ausgerechnet sie.

Zielstrebig eilte sie nach vorne, und ich kam nicht umhin, zu bemerken, wie verdammt knackig ihr Hintern in diesen Shorts war. Shorts, die gerade einmal die Hälfte ihrer wohlproportionierten Oberschenkel bedeckten. Der Anblick beschwor unanständige Bilder in mir hinauf; Bilder, bei denen sie besagte Schenkel um meine Hüften schlang. Großer Gott. Wieso sorgte diese Frau ständig dafür, dass schmutzigste Fantasien in meinem Kopf entstanden? Unfähig, mich von ihr abzuwenden, sah ich zu, wie sie mit Lucy sprach. Ich konnte nicht jedes Wort ausmachen, aber die junge Frau, die Mrs. Pemplefort gelegentlich half, lachte fröhlich auf und machte sich schon bald an die Arbeit, um Nicas Bestellung auszuführen.

Was sie wohl trinken würde?

Ich stellte mir Nica mit einem schlichten Filterkaffee vor, verwarf den Gedanken jedoch wieder. Julia, die Verlobte meines Bruders, bevorzugte klebrig süßen Vanillekaffee, das konnte ich mir bei Nica jedoch ebenso wenig vorstellen. Ob sie der Typ für Chai Latte war …?

Ich musste mir ein Grinsen verkneifen. Auch das wollte nicht recht passen. Immerhin: Über ihren Geschmack zu rätseln war besser, als sie sich nackt in meinem Bett vorzustellen – ein Szenario, zu dem es niemals kommen würde. Kommen *durfte*.

Schließlich wollte ich kein unnötiges Chaos stiften.

Als Nica ein paar Minuten später ihre Bestellung erhielt und sich umdrehte, bemerkte ich, dass sie offenbar nicht geplant hatte, zu bleiben. Sie umklammerte eine kleine Papiertüte und einen dieser recyclebaren Mehrwegbecher … und ihr

Blick fiel geradewegs auf mich. Obwohl ich mir nach wie vor nicht sicher war, ob es sich um eine gute Idee handelte, Zeit mit ihr zu verbringen, ehe sie die Wahrheit erfuhr, hob ich grinsend die Hand und winkte ihr zu. Ein Runzeln huschte über Nicas schönes Gesicht, dann zuckte sie mit den Schultern und kam auf mich zu.

»Du schon wieder.«

Ich lachte auf. »Das könnte ich auch sagen.«

Ihre Mundwinkel zuckten in die Höhe. »Wenn ich es nicht besser wüsste, würde ich sagen …«

»Nein«, fiel ich ihr ins Wort. »Ich verfolge dich nicht, tut mir leid, Süße. Ich war zuerst hier, schon vergessen?«

Ohne mich um Erlaubnis zu bitten, ließ Nica sich mit einem übertrieben lauten Seufzen auf den freien Sessel mir gegenüber plumpsen.

Ich wölbte meine rechte Augenbraue. »Haben sich deine Pläne geändert?«

Nica brauchte ein paar Sekunden, ehe sie meine Frage begriff. Grinsend stellte sie ihren Becher auf den Tisch und öffnete die Papiertüte, um einen riesigen Apfelmuffin daraus zu befreien. Eilig klappte ich meinen Laptop zu, um ihn in Sicherheit zu bringen.

Und um nicht mehr permanent Jeffreys Mail aus dem Augenwinkel zu sehen.

Nica räkelte sich wohlig. »Mann, ich habe vergessen, wie gemütlich es hier sein kann. Für gewöhnlich hole ich mir was und esse es unterwegs.«

»Immer auf Achse, hm?«

Ihr Blick kreuzte meinen, und ich spürte, wie es mich eiskalt durchzuckte. Sie hatte die schönsten Augen, die ich je bei einer Frau wahrgenommen hatte. Ein Blau, das beinahe ins Türkis reichte, dazu dunkle Sprenkel direkt an ihrer Iris. Ihr Haar war wie immer zu einem festen Zopf nach hinten gebunden. Ich fragte mich, ob sie es nicht mochte, wenn es offen war, oder ob es sich einzig um Praktikabilität handelte.

Fragen, die man nicht unbedingt stellte, wenn man sich gerade kennenlernte. Als würde sie bemerken, was mir durch den Kopf ging, strich sie sich eine Strähne hinters Ohr, die sich aus ihrem Zopf gelöst und ihr Gesicht so schön eingerahmt hatte. »Ja und nein«, antwortete sie mit Verspätung. Derart in ihrer Musterung versunken, wusste ich im ersten Moment gar nicht, worauf sie sich bezog. »Ich schätze, wenn man die Hälfte des Tages – oder genauer gesagt, des Abends – hinter einer Theke steht, ist man den Rest der Zeit eher rastlos.«

»Eine unruhige Seele also.« Etwas blitzte in mir auf; eine Art Gefühl von Verbundenheit. Ich wusste vermutlich besser als die meisten, was sie damit meinte, auch wenn unsere Lebenssituationen nicht viel unterschiedlicher hätten sein können. Ruhelosigkeit war ein Teil meines Charakters, und diese hatte mich jüngst genau hierhergetrieben.

Nica lehnte sich auf ihrem Sessel zurück und musterte mich abschätzend.

Über ihre Schulter hinweg sah ich, wie Lucy neugierig ihren Kopf reckte, blendete sie jedoch gleich wieder aus und deutete auf Nicas Becher. »Was trinkst du?«

»Wasser«, erwiderte sie so trocken und pistolenschnell, dass mein Mund vor Überraschung aufklappte, doch dann lachte sie los. »Nein, natürlich nicht. Das ist eine Frozen Latte. Ist warm draußen, falls du es noch nicht bemerkt hast. Da mag ich keine Heißgetränke.«

»Also doch eher verspielt.«

Diesen Einwurf quittierte sie mit einem verwirrten Stirnrunzeln.

Meine Mundwinkel zuckten. »Ich habe über deinen Geschmack gerätselt. Julia mag es so süß, das konnte ich mir bei dir aber nicht vorstellen. Filterkaffee kam aber auch nicht so recht infrage.«

»Sowieso nicht«, erwiderte Nica überraschend würdevoll. »Wenn es schon simpler Kaffee sein soll, dann mit Crema.«

Das entlockte mir ein Lachen. »Sieh uns an. Wir beherrschen es perfekt, Smalltalk zu führen, was?«

»Sagt der, der letztens mit dem Wetter angefangen hat.«

Wir starrten einander an. Ich war mir sicher, dass sich meine Belustigung in ihren Augen spiegelte. Meine Brust schien sich in einen Ofen zu verwandeln, mein Puls nahm an Fahrt auf, während ich in der Schönheit ihrer Iriden versank. Dieses ergreifende Gefühl hatte ich bereits letztens im Supermarkt gespürt; mehr noch, als wir draußen auf dem Parkplatz gestanden hatten. Es war, als würde sich jedes Härchen auf meinem Körper aufstellen und ausrichten, als würde pure Energie zwischen uns fließen. Ich war noch nicht so weit, zu behaupten, dass ich etwas in der Art noch nie gespürt hatte, aber verdammt, es kam überraschend.

Insbesondere, wenn man bedachte, wer sie war – und in welcher Beziehung wir schon bald zueinanderstehen würden.

Dieser Gedanke reichte. Ernüchterung flutete mich, und ich lehnte mich auf meinem Platz zurück, um möglichst viel Abstand zwischen uns zu schaffen. Als würde Nica sofort begreifen, was ich tat, verdunkelten sich ihre Augen, und sie nahm einen großen Schluck aus ihrem Becher.

Ich räusperte mich. »Dann erzähl mal, was treibst du so, wenn du nicht im Pub arbeitest?«

Nica blinzelte. Sie ließ sich Zeit mit ihrer Antwort, und ich fragte mich bereits, ob sie mir diese sogar gänzlich verweigern würde, als sie schließlich reagierte. »Dies und das. Gelegentlich hübsche ich alte Möbelstücke oder Deko auf, außerdem …«

»Sag bloß«, fiel ich ihr überrascht ins Wort. »Bist du eine von diesen Shabby-Chic-Vintage-Fanatikerinnen oder was?«

Sie wölbte ihre Augenbrauen. »Äh, nein? Ich bin ganz sicher keine Fanatikerin. Ab und an fällt mir nur etwas ins Auge und das möble ich auf, um es anschließend wieder zu verkaufen – oder zu behalten.« Sie lächelte mich ertappt an.

»Vieles behalte ich, um ehrlich zu sein. Eine Geschäftsfrau wird wohl nie aus mir werden.«

Gefangen zwischen Faszination und Überraschung hielt ich ihrem Blick stand. »Tja. Das hätte ich dir irgendwie nicht zugetraut.«

Ihre Nase wurde kraus. »Ach ja? Was dann? Wellness? Lesen? Sticken?«

»Gegen nichts davon wäre etwas einzuwenden«, erwiderte ich lächelnd. »Upcycling ist nur definitiv spezieller. Ich schätze, du bist einfach wesentlich facettenreicher, als ich gedacht habe. Und das ist nicht negativ gemeint.«

Darauf hatte sie nichts zu erwidern.

Ich spürte, wie sich ein unangenehmer Druck in meiner Brust aufbaute – Vorbote der Reaktion auf eine Frage, die unweigerlich kommen würde. Kommen musste.

Und sie kam.

»Was ist denn mit dir?« Nica musterte mich herausfordernd. »Was tust du, wenn du nicht gerade Kaffee trinkst oder einkaufst?«

»Dies und das«, wiederholte ich ihre Antwort von zuvor – und kassierte überraschenderweise einen Tritt gegen das Schienbein. Ich lachte auf. »Es gibt viele Dinge, die mich interessieren, wenn du es so genau wissen willst. In New York …«

»Du bist aber nicht mehr in New York«, warf Nica spitzfindig ein. »Sondern hier in Paradise. Ich schätze, ein guter Teil deiner exklusiven Aktivitäten fällt dir hier schwerer.«

Ich musterte sie stumm. Schwang in ihren Worten eine versteckte Botschaft mit? Was genau wollte sie mir gerade wirklich sagen? Nica rutschte auf ihrem Platz umher, so als machte mein Schweigen sie nervös. Ich beschloss, sie noch eine Weile zappeln zu lassen, ehe ich sie schließlich vom Haken ließ. Genoss, wie sie zunehmend hibbeliger wurde. Schließlich schüttelte ich den Kopf. »So exklusiv waren meine Aktivitäten nun auch wieder nicht. Ich gehöre definitiv nicht zu den

Upcyclern, so wie du. Ich bin auch nicht zweimal die Woche in Museen oder Opern gegangen. Dennoch kann ich nicht von der Hand weisen, dass mir das Angebot der Großstadt gelegentlich fehlt.« Lässig zuckte ich mit den Schultern. »Aber was soll's. Ich bin hier oder nicht?«

Zu meiner großen Erleichterung gab Nica sich mit dieser Antwort zufrieden. Zumindest hagelte es keine weiteren Sticheleien. Sie pickte etwas von ihrem Muffin, schob es sich in den Mund und kaute, ohne mich aus den Augen zu lassen.

Ein Lächeln umspielte meine Mundwinkel. So wenig ich vergessen konnte, dass sich das Kräfteverhältnis zwischen uns schon bald ändern würde, so sehr genoss ich ihre Gesellschaft. Mir war klar, dass ich mit dem Feuer spielte. Ob sie es gut fände, wenn sie erführe, dass ich ihr zukünftiger Boss war? Mehr noch, dass ich kein Wort darüber verlor?

Vermutlich nicht. Ich kannte keine Frau, die mit einer Offenbarung dieser Art gut umgehen würde. Andererseits hatte mich Nica bereits einige Male positiv überrascht. Womöglich würde sie auch in dieser Hinsicht damit klarkommen. Ich sah, wie ihre Augen blitzten. Nahm die Lebensfreude wahr, die in ihr schlummerte. Ihr Haar glänzte seidig, der Pferdeschwanz hüpfte, wann immer sie sich bewegte. Unwillkürlich musste ich daran denken, wie wir im Supermarkt geflirtet hatten. Wäre sie doch nicht meine zukünftige Mitarbeiterin! Unter anderen Umständen hätte ich definitiv weiter gemacht. Ich hätte herausfinden wollen, was dieses Knistern zu bedeuten hatte.

Doch nicht ... so.

Und das machte es verflucht schwer, ihrem Lächeln zu begegnen, mich nicht darin zu verlieren – auch wenn es nur für flüchtige Stunden der belanglosen Freude war.

Nica war eine wunderschöne, interessante Frau mit Humor. Doch sie war tabu.

Und das musste ich mir dringend vor Augen halten. Immer und immer wieder.

Als ich an diesem Abend in meine Wohnung zurückkehrte, erwartete mich der notariell beglaubigte Kaufvertrag im Briefkasten.

Nun war die Sache wirklich unter Dach und Fach.

Der *Ol'Mans Pub* gehörte in wenigen Wochen mir. Zum ersten Mal in meinem Leben hatte ich eine größere Investition getätigt; eine, die eine gewisse Verantwortung nach sich zog. Bei dem Pub handelte es sich nicht um eine Limousine, die man mal eben austauschen konnte, einen maßgeschneiderten Anzug oder teuren Scotch. Ich würde auf mein Studium ebenso zurückgreifen müssen wie auf die Expertise anderer. Ich wälzte Bücher über Geschäftsführung und das Kneipenwesen und versuchte, mich so gut wie möglich auf die kommende Zeit vorzubereiten, weil ich mich fühlte, als wagte ich einen Sprung ins kalte Wasser. Außerdem brauchte ich die Akzeptanz der Anwohner von Paradise. Wenn sie beschlössen, mich zu boykottieren, sähe es düster aus. Andererseits, wieso sollten sie das tun?

Nachdenklich starrte ich auf den Vertrag, blätterte ihn durch, bis ich jenen Passus erreichte, der es mir vorschrieb, Nica für mindestens ein Jahr anzustellen ... und machte auf dem Absatz kehrt.

Auch wenn ich damit womöglich Julias und Scotts Pläne durchkreuzte, ich brauchte jetzt Gesellschaft. Brauchte meinen Bruder, der die Dinge immer mit kühlem Kopf betrachtete. Die einzige Alternative wäre ein Abstecher in den Pub, aber ob es so klug war, Nica erneut unter die Augen zu treten, wagte ich ernsthaft zu bezweifeln. Nicht, nachdem ich heute diese Hitze in ihrer Nähe verspürt hatte. Nicht, nachdem ich eindeutig bemerkt hatte, wie die Luft zwischen uns knisterte.

Also Scott.

Familie.

Ihm auf die Nerven zu gehen, würde mich auf andere Gedanken bringen.

Hoffte ich zumindest.

Nica 5

Ein weiteres Hobby, das ich Miles gegenüber verschwiegen hatte, war, dass ich der Familie Wynchester regelmäßig half, sich um ihre Tiere zu kümmern. Seit ich denken konnte, betrieben sie eine Art Shelter für Hunde, Katzen, aber auch Nutztiere, die zu alt oder schwach oder einfach ungewollt waren, sodass sie unter anderen Umständen womöglich obdachlos geworden wären. Oder schlimmer.

Ich hatte mir früher immer einen Hund gewünscht. Einen kleinen Welpen, mit dem ich den ganzen Tag hätte spielen und herumtollen können. Nie hatten meine Eltern nachgegeben, und auch wenn ich es damals nicht verstanden hatte, war ich ihnen heute umso dankbarer. Wir hätten nicht die nötige Zeit gehabt, einen Hund zu versorgen. Er wäre viel zu oft alleine gewesen. Außerdem – wer wusste schon, wie zuverlässig mein Teenager-Ich wirklich gewesen wäre? Jede Beteuerung, dass ich mich um ein Fellknäuel kümmern würde, war mit Vorsicht zu genießen gewesen. Im Nachhinein betrachtet hätte ich wahrscheinlich die nötige Zuverlässigkeit gezeigt, doch auch ich hatte wilde Phasen hinter mir, und es wäre einfach unfair gewesen, wenn ein Tier darunter gelitten hätte.

Etwa mit sechzehn war ich Joanne Wynchester zum ersten Mal begegnet. Sie lebte zwar schon lange hier in der Gegend, aber auf einer der Nachbarinseln und eher zurückgezogen. An jenem Nachmittag war ich dort auf Streifzug gewesen; aufgewühlt von einem Streit mit meinen Eltern. Sie war gerade mit mehreren Hunden spazieren gegangen, als sich die Leinen ungünstig verheddert hatten. Ich hatte ihr meine Hilfe angeboten, und am Ende war daraus eine Verbindung erwachsen, die bis heute anhielt. Mindestens einmal die Woche fuhr ich raus zu ihrem Hof, schnappte mir einen der Hunde und ging mit ihm spazieren. Manchmal, wenn es dringend nötig war, half ich auch im Stall oder bei Besorgungen. Ich hatte bereits ein paar Mal Spendenaufrufe organisiert und die Anwohner von Paradise dazu motiviert, die Wynchesters mit Geld und Sachspenden zu unterstützen. Auf der Theke im *Ol'Mans Pub* stand ein bauchiges Schraubglas, in dessen Deckel ich mühsam einen Schlitz geschnitten hatte. Die Beschriftung verblasste bereits, doch jeder Anwohner wusste, dass ich dort Geld für die Wynchesters und ihren inoffiziellen Gnadenhof sammelte. Oft genug steckte ich einen Teil meines Trinkgeldes hinein, und jedes Mal, wenn ich sah, wie jemand es mir gleichtat, durchzuckte mich eine wohlige Wärme.

Man konnte sagen, es handelte sich um ein Herzensprojekt.

Vielleicht hatte ich Miles deshalb nichts davon erzählt. Er war dieser lockere, gutaussehende, flirty Typ aus New York. Bereit für ein wenig Spaß und um keinen Spruch verlegen. Es war eine Sache, ihm von den Möbeln zu erzählen, aber eine andere, wenn es darum ging, Menschen und Tieren zu helfen. Dinge zu tun, die mir wirklich etwas bedeuteten.

Neben der Arbeit im Pub gehörte die Unterstützung der Wynchesters zu den wichtigsten Dingen in meinem Leben, und ich wollte auf keinen Fall riskieren, dass sich jemand darüber lustig machte. Nicht, dass ich das bei Miles wirklich erwartete – aber wer wusste das schon?

An diesem Vormittag machte ich einen ausgiebigen Spaziergang mit Sammy. Er war eine Deutsche Dogge und reichte mir etwa bis zur Hüfte. Würde er sich in den Kopf setzen, ins Geäst zu stürmen, wäre ich ihm kräftetechnisch weit unterlegen. Doch ich kannte keinen Hund, der sanftmütiger und trotteliger war als er. Hinzu kam, dass er schon zu den Senioren gehörte. Die meiste Zeit schlich er langsam neben mir her. Einzig der wachsame Ausdruck in seinen Augen verriet mir, dass er Spaß an unseren Runden hatte. Seine alten Besitzer hatten ihn den Großteil seines Lebens in einen Zwinger gesperrt. Zu Beginn war er völlig überfordert mit der Natur gewesen – mit Fliegen, Schmetterlingen, dem Geruch gemähten Grases und der Brise, die nahezu ständig auf der Insel wehte. Er war mein Schützling, und ich hatte bereits viel Zeit darin investiert, ihm die schönen Seiten des Lebens zu zeigen. Ich wusste, dass er mir dafür dankte, ebenso wie die Wynchesters. Zu sehen, dass ein Hund wie Sammy nach all dem Leid aufblühte, war die beste Entlohnung, die ich erhalten konnte.

Wie so oft, wenn ich mit einem der Hunde spazieren ging, ließ ich mein Handy im Auto. Ich genoss die Zeit alleine mit meinen Gedanken, ließ die Natur ebenso auf mich wirken wie die tierische Gesellschaft und fuhr dabei merklich runter. Gerade heute konnte ich das dringender gebrauchen denn je. Meine Eltern, die langsam die Schnauze voll davon hatten, dass ich so eingeschnappt war, hatten mir verkündet, dass sie mir am Sonntag den neuen Besitzer vorstellen würden. Ihrer Meinung nach würde es uns allen weiterhelfen.

Unnötig zu erwähnen, dass ich davon nicht allzu überzeugt war, oder?

Während ich mich also mit Sammy durchs Unterholz schlug, versuchte ich, nicht daran zu denken, dass ich dem Teufel höchstpersönlich schon bald in die Augen blickte. So stellte ich ihn mir zumindest vor, wohlwissend, dass ich reichlich unfair war. Meine Eltern waren die einzigen, auf die ich sauer sein konnte. Wer auch immer den Pub gekauft hatte – woher hätte er auch ahnen sollen, dass er eigentlich mir gehören sollte?

Richtig. Nirgendwoher. Ich bezweifelte stark, dass meine Eltern oder irgendjemand sonst ihm dies auf die Nase gebunden und die Tatsache dann seinen Kaufentschluss beeinflusst hatte.

Da wir mindestens ein Jahr zusammenarbeiten würden, musste ich dringend an meiner Kontrolle arbeiten. Käme vermutlich nicht allzu gut, wenn ich ihm bereits an Tag eins vor den Kopf stieße. So oder so stresste mich die Aussicht, ihn kennenzulernen. Insbesondere, weil meine Eltern der Meinung waren, dass es eine gute Idee wäre, dies bei einem Abendessen im Diner zu machen.

Großer Gott.

Sollte ich dort in irgendeiner Weise eine Szene machen, würde es sich rasend schnell herumsprechen.

Sammy hielt nicht zum ersten Mal inne und warf mir einen Blick aus treuen, immer irgendwie traurig wirkenden Augen zu. Ich liebte seine Schlabberfalten, sein weiches, grauschwarzes Fell und die grunzenden Geräusche, die er von sich gab. Auch jetzt schaffte er es augenblicklich, mich wieder auf sich zu fokussieren. Lächelnd streichelte ich über seinen riesigen Schädel. »Sorry. Ich bin heute nicht ganz bei der Sache, Kumpel.«

Und dann erzählte ich ihm alles. Als wäre er ein menschlicher Freund oder eine Art Therapeut. Ein weiterer Aspekt, den ich genoss, wenn ich alleine unterwegs war. Ein Hund hörte zu, ganz gleich, was man erzählte.

Und er verurteilte nicht.

Im Anschluss berichtete ich ihm auch noch von Miles. Ihn hätte ich nicht einmal Tracy gegenüber erwähnt, wohlwissend, dass ich damit eine Lawine lostreten würde. Sammy warf mir nur einen gelegentlichen Blick zu, während ich in einen Monolog verfiel. Es tat gut, einmal alles auszusprechen: Die unbestreitbare Anziehungskraft, die ich verspürte, gleichzeitig jedoch auch die Verwirrung, die diese in mir auslöste. Das ganze emotionale Durcheinander.

Ich sprach es aus, ich ließ es los.

Und mir ging es besser.

Die Äste im Gehölz knackten, als wir uns quer durch den Wald schlugen. Sammy blieb nun häufiger stehen, um zu schnuppern, und wenn ich innehielt, war es wirklich erstaunlich leise. Es gab kaum ein friedlicheres Geräusch als das Rauschen des Windes in den Baumkronen. Hier draußen, mehrere Meilen entfernt von Paradises Zentrum, vom Pub und meinem Alltag, fand ich wie immer zur Ruhe.

Eine Win-Win-Situation, die ich von ganzem Herzen liebte.

Das hier, es gehörte nur mir, und ich wollte es mit niemandem teilen. Nicht einmal mit dem gutaussehenden, neugierigen Fremden, der das Potential barg, mir unter die Haut zu kriechen.

Fluch und Segen zugleich. Ich hatte mich noch nicht entschieden, welches Gefühl überwog.

Je näher der Sonntag kam, desto unruhiger wurde ich. Es mochte daran liegen, dass ich mich vor einem Desaster fürchtete. Vielleicht auch daran, dass es, sobald ich den Käufer erst einmal kannte, wirklich real wäre. Ich stürzte mich in die Arbeit, sowohl privat als auch im Pub, verdrängte jeden Gedanken ans Wochenende und konnte doch nicht verhindern, dass es immer näher rückte.

Mom rief mich bestimmt fünfmal an. Jedes Mal hatte sie eine andere, unsinnige Frage, die sie auch problemlos hätte stellen können, sobald wir uns das nächste Mal im Pub begegneten. Nicht, dass sie noch allzu oft hinter der Theke stand; das war eine Arbeit, die ich im Großen und Ganzen alleine bestritt. Nur an trubeligen Tagen unterstützte mich Dad, und gelegentlich half uns Justin, wenn ein besonderes Event anstand oder ich mal ausfiel. Ich spürte, dass meine Eltern nervös waren, und wusste auch wieso: Sie fürchteten sich vor meiner Reaktion. Mittlerweile kannten sie mich gut genug, um zu wissen, dass ich mein Herz auf der Zunge trug. Das konnte gut sein, es konnte mir aber auch zum Verhängnis werden.

Mir oder allen anderen um mich herum.

Samstag kam zum ersten Mal seit Ewigkeiten Tracy in den Pub. Sie brachte Sheila, Julia und Fiona mit. Normalerweise hätte ich mich zu ihnen gesetzt, doch ausgerechnet an diesem Abend war die Hölle los, und das war vermutlich auch besser so. Zum einen war meine Laune bescheiden, zum anderen lenkte mich die Arbeit von dem bevorstehenden Gespräch ab. Das Letzte, was ich nun hätte gebrauchen können, wäre der ungnädige Röntgenblick von Tracy, mit dem sie mich für gewöhnlich direkt durchschaute, sobald mich etwas belastete. Zwar ließ ich ihnen den Luxus von am-Platz-Service zukommen, doch ich sah jedes Mal zu, so schnell wie möglich wieder zu verschwinden, ehe Tracy mich zurückhalten konnte. Mehr als einmal brachte mir das einen fragenden Blick ein, doch zum Glück hakte sie nicht weiter nach. Dafür las ich Mitleid in ihren Augen – und das machte es irgendwie auch nicht besser.

Schließlich war es so weit. Der Sonntag brach an, ironischerweise mit Vogelgezwitscher und strahlend blauem Himmel. Meiner Meinung nach hätte ein sturmverhangener Tag wesentlich besser gepasst; vielleicht sogar ein heftiges Gewitter. Irgendeine mittelschwere Katastrophe, nicht dieses weichgespülte Heile-Welt-Gefühl. Offenbar war ich jedoch die Einzige, die so dachte.

Seit Jahren war der Pub sonntags geschlossen, wenn nicht gerade ein besonderer Feiertag mit Frühshoppen anstand. Normalerweise hätte ich die Zeit genutzt, um auszuspannen oder um Dinge zu erledigen, die innerhalb der Woche liegen geblieben waren. Heute jedoch eilte ich rastlos von A nach B, ohne auch nur etwas Gescheites zustandezubringen. Um die Energie loszuwerden, die in mir wütete, ging ich sogar joggen. Etwas, das ich etwa dreimal im Jahr tat, und was mir jedes Mal einen schrecklichen Muskelkater bescherte, obwohl ich normalerweise durchaus fit war. Wahrscheinlich würde ich schon heute Abend die Auswirkungen zu spüren bekommen.

Sehr klug. Nicht.

Gegen fünf zog ich mich ins Bad zurück, um mich gründlich zu säubern und allgemein aufzupolieren. Nur kurz kam mir der schräge Gedanke, dass ich einen Aufwand betrieb, als stünde mir ein Date bevor, doch ich schob ihn eilig wieder beiseite – kein Grund, die Angelegenheit noch unangenehmer zu machen! Das, was ich im Begriff war zu tun, war alles andere als ein Date. Es war nicht einmal ein schöner Anlass. Es war einfach nur frustrierend.

Trotzdem cremte und peelte, rasierte und schrubbte ich meinen Körper, bis ich angenehm nach Pfirsich roch. Meine Hand zitterte kaum merklich, während ich den Dunst vom Spiegel wischte und mir in die Augen sah. Die Unruhe tobte gut sichtbar in ihnen, und ich zweifelte immer mehr daran, dass ich diesen Abend mit Würde überstehen konnte.

Doch ich musste es versuchen. Wenn nicht wegen mir, dann für meine Eltern, die ich trotz meines Grolls liebte und respektierte.

Um Viertel vor sieben – also eher zu früh als pünktlich, aber das war wichtiger, als zu spät zu kommen – erreichte ich das Diner von Paradise. Der Wind hatte aufgefrischt. Froh, mich gegen ein Kleid und stattdessen für meine eher typische Kombination aus dunkler Jeans und Oberteil entschieden zu haben, zupfte ich an dem weichen Stoff der Bluse, die ich mir für besondere Anlässe aufbewahrte. Immerhin zu so viel Zugeständnis war ich in der Lage gewesen. Der Wind zerrte an meinen Haaren, die ich wie üblich zu einem hohen Pferdeschwanz zusammengebunden hatte. Ich spürte Make-up und Lippenstift überdeutlich, so als würde sich die Schminke in meine Haut ätzen. Normalerweise war ich Typ Mascara und fertig. Manchmal, wenn ich ganz wild drauf war, färbte ich mir sogar die Wimpern, damit ich mir das morgendliche Tuschen ersparen konnte. Das Schicksal von Blondinen, wie ich es war: Alle Härchen waren hell. Was an manchen Stellen angenehm war, konnte an anderen nerven. Zum Beispiel, wenn die Wimpern beinahe durchscheinend waren. Nervös spielte ich mit dem Armreif, den Tracy mir letztes Jahr zum Geburtstag geschenkt hatte. Roségold, mit einer eingestanzten Botschaft, die »Be brave« verkündete. Mutig musste ich heute sein. Stark. Und kontrolliert ...

»Da bist du ja schon!«

Ich zuckte zusammen, als Moms Stimme hinter mir ertönte. Meine Überpünktlichkeit kam nicht von irgendwoher. Natürlich waren meine Eltern bereits da. Ich ließ zu, dass sie mich in die Arme nahmen, und folgte ihnen ins Restaurant. Es war hell erleuchtet und relativ gut besucht. Hätten meine Eltern keinen Tisch reserviert, hätten wir keine von den guten Nischen an der halbrunden Fensterfront ergattern können. So jedoch folgten wir José, der uns lächelnd zu einem der besten Tische führte. Ich spürte, wie seine Hand flüchtig über meinen Rücken streifte, ehe ich auf eine der roten Lederbänke bis zum Fenster durchrutschte. Vor etwa einem Jahr waren wir nach einem feuchtfröhlichen Abend bei ihm gelandet. Er war heißblütig, zum Glück aber nicht allzu klammernd. Wir hatten es bei dem einen Mal belassen und pflegten seitdem einen respektvollen Kontakt. Dennoch konnte er es sich nicht verkneifen, mir lodernde Blicke zuzuwerfen, wann immer wir uns sahen.

Shit.

Dass er uns womöglich heute Abend bedienen würde, hatte ich völlig verdrängt. Nun. Wenn das der ganzen Angelegenheit mal nicht eine gewisse Würze verlieh.

Zu meinem großen Unbehagen nahmen Mom und Dad mir gegenüber Platz, was bedeutete, dass der neue Besitzer unseres Pubs keine andere Wahl hatte, als sich neben mich zu setzen – es sei denn, er wollte sich neben die beiden quetschen und mir endgültig das Gefühl geben, als befände ich mich vor dem jüngsten Gericht. Im Nachhinein betrachtet wäre es vermutlich so oder so darauf hinausgelaufen, dennoch ärgerte ich mich darüber, mich so voreilig an den Tisch gesetzt zu haben. Seufzend zog ich mein Handy aus der Tasche, fand jedoch keine Nachricht vor, die mich von dem ablenken konnte, was mir bevorstand. Ich spürte die Blicke meiner Eltern auf mir ruhen. Mom trug ihre besten Ohrringe und Dad ein Hemd; beides deutliche Hinweise darauf, wie wichtig ihnen dieser Abend war. Gott sei Dank hatte ich meinen Unwillen nicht die Kontrolle übernehmen lassen und mich ebenfalls sorgfältig auf den Abend vorbereitet. Immerhin in diesem Punkt war ich erwachsen genug.

»Bist du schon neugierig, Muffin?«, fragte Dad mich so locker, dass es nur gespielt sein konnte.

»Worauf?«, schoss ich zurück. »Auf den Mann, den ihr bevorzugt habt? Um ehrlich zu sein …«

»Nica!«, fiel Mom mir ins Wort, eine Mischung aus Tadel und Panik in der Stimme. Ihr Blick zuckte umher, ehe er wieder bei mir landete. »Bitte! Könntest du dich zusammenreißen? Wenigstens heute Abend?«

Mein Mund klappte auf – und unverrichteter Dinge wieder zu. Was sollte ich darauf auch erwidern? Ja, leicht hatte ich es ihnen in den letzten Wochen nicht gemacht. Aber sie hatten mir auch gehörig vor den Kopf gestoßen, als sie mich vor vollendete Tatsachen gestellt hatten.

Mom zog ihre Augenbrauen zusammen. »Wir sind überzeugt davon, dass du dich mit dieser neuen Situation arrangieren wirst. Im Grunde ändert sich für dich doch nicht viel.«

Ja. Abgesehen davon, dass meine Eltern nicht mehr meine Chefs wären, sondern ein Fremder, und dass meine Chancen, den Pub zu übernehmen, damit ins Nichts geschrumpft waren. Stimmt. Es änderte sich gar nichts … erfüllt von Bitterkeit wandte ich meinen Blick nach rechts und entdeckte ein mehr als bekanntes Gesicht. Miles betrat das Diner, ließ den Blick schweifen und blieb bei mir hängen, so als hätte er explizit nach mir Ausschau gehalten.

Überrascht schnaubte ich auf. Das gab es doch nicht! Klar, Paradise war klein, aber wie konnte es sein, dass wir uns derart häufig an den unterschiedlichsten Orten über den Weg liefen?

Ein angespannt wirkendes Lächeln umspielte seine Lippen, während er näher kam. Er trug einen Anzug und hob sich damit beinahe grotesk von den meisten anderen Besuchern des Diners ab, die im Großen und Ganzen Shorts und luftige Hemden trugen. Immerhin hatte er auf eine Krawatte verzichtet, wohl aber nicht auf das Sakko. Sein Haar wirkte zum ersten Mal gebändigt, und seine sturmgrauen Augen blitzten, als er zu uns an den Tisch trat.

»Du schon wieder«, stieß ich belustigt aus. »Langsam glaube ich doch, dass du mich stalkst.« Ich ignorierte das kleine Flattern, das sein Anblick in meiner Magengrube auslöste, und deutete auf meine Eltern. »Darf ich vorstellen, das sind …«

»Andrea, Doug.« Miles nickte den beiden zu – und raubte mir damit den Atem.

Eine Vorahnung erfasste mich, riss mich beinahe mit sich wie eine unberechenbare Welle.

Doch nein. Das konnte nicht sein. Es konnte einfach nicht. Es *durfte* nicht. Es …

»Nica, Liebes. Wie es scheint, kennst du ihn ja bereits.« Mom warf mir einen Blick aus großen Augen zu; offensichtlich ebenso überrascht wie ich. Und das nicht unbedingt positiv.

Sag es nicht. Bitte, bitte, sag es nicht.

Mein Mund wurde trocken, während ich mich von ihrem Anblick löste, um einmal mehr Miles anzustarren, der vor unserem Tisch stand, immer noch dieses leicht verkniffene Lächeln auf den Lippen. Gutaussehend. Neu. Der flirty Typ aus New York. Aber doch nicht …

Dad räusperte sich laut. »Darf ich vorstellen? Das hier ist Miles Fitzpatrick, und ab Oktober wird er den *Ol' Mans Pub* übernehmen.«

Mein Mund klappte auf, doch mir entkam kein Laut. Mittlerweile musste ich wirken wie ein verdammter Fisch auf dem Trockenen.

Auf jeden Fall fühlte ich mich so. Nicht alleine wegen meines Fischmund-Klappens, sondern vor allem, weil mir zunehmend die Luft verging. Als würde ich erbärmlich an Land ersticken.

Der neue Typ war also mein Chef, ja? Miles Fitzpatrick, der Mann, dem ich bereits ein paar Mal über den Weg gelaufen war? Der Mann mit dieser ganz besonderen Chemie? Der dieses Prickeln in mir ausgelöst hatte?

Nun, damit war mein Schicksal wohl endgültig besiegelt.

Und ich hasste es jetzt schon.

Miles 6

Ich wusste nicht, was genau ich erwartet hatte. Bestimmt keine Freudensprünge, klar. Auch nicht, dass sie sich mir an den Hals warf. Ziemlich sicher jedoch hatte ich gehofft, dass sie es ein kleines bisschen besser aufnehmen würde.

Doch das war definitiv nicht der Fall.

Im Grunde schwieg Nica die meiste Zeit. Es war, als würde sich zwischen uns eine unsichtbare Mauer befinden; eine, die es mir unmöglich machte, Kontakt zu ihr aufzunehmen – und sei es nur nonverbal. Jegliches Knistern, das einst zwischen uns geherrscht hatte, war einer Eiszeit gewichen, und das Essen wurde zu einer ziemlich angespannten Angelegenheit. Je stiller sie wurde, desto lauter wurde Mrs. Clarkson, deren Blick immer wieder verzweifelt zu ihrer Tochter flackerte.

Nicht mit einer Silbe hatten die beiden mir je verraten, dass es womöglich zu einem derart großen Problem für Nica werden könnte. Ihre Liebe zum Pub, zu ihrer Arbeit, die hatten sie betont, ja. Aber dass sie sich nun verhielt wie ein bockiger Teenager, nun, das überraschte mich doch.

Vermutlich liegt es daran, dass sie sich betrogen fühlt. Ihr habt mittlerweile wie oft gesprochen? Und nicht ein einziges Mal hast du erwähnt, in welcher Beziehung ihr bald zueinander stehen werdet.

Das war natürlich schlüssig. Ich an ihrer Stelle wäre auch sauer. Doch das, was sie empfand, schien weit darüber hinaus zu gehen.

Als ich neben sie auf die gepolsterte Bank geglitten war,

war sie automatisch bis ans andere Ende gerutscht, so als würde ich sie mit irgendeiner ansteckenden Krankheit bedrohen. Ich konnte nicht vergessen, wie das Leuchten in ihren Augen erloschen war, als sie den Zusammenhang hergestellt hatte.

Dieser Anblick hatte sich für immer in mein Hirn gebrannt.

Mit dem Funkeln in ihren Augen war auch etwas in mir ausgeknipst worden. Die Wärme, die ich bei ihrem Anblick bislang verspürt hatte, schwelte nur noch. Großer Gott. Es war wirklich ein verdammtes Problem, dass ich so auf sie reagierte. Bis heute hatte ich geglaubt, es beruhe auf Gegenseitigkeit, doch zumindest in dieser Hinsicht schien es eine Lösung zu geben.

Nica hatte offenbar verloren, was auch immer an Interesse sie an mir gehegt hatte. Ich redete mir ein, dass es besser so war. Ich hätte sowieso niemals zulassen können, dass etwas zwischen uns lief; nicht, solange der Vertrag sie an die Kneipe band. Und doch fühlte ich mich um etwas betrogen. Ich fühlte Verlust. Das war wohl das Verrückteste an der ganzen Sache.

Und so nahm dieser angespannte Abend seinen Lauf. Immer wieder versuchten Mr. und Mrs. Clarkson, ein funktionierendes Gespräch ins Rollen zu bringen. Eines, bei dem Nica ebenso integriert war wie ich. Doch wenn sie überhaupt reagierte, dann nur einsilbig. Stattdessen stocherte sie in ihrem Essen herum, als wäre ihr jeglicher Appetit vergangen. Als hätte sie nie welchen gehabt.

Ich wusste nicht, was mich mehr störte: Dass sie so abweisend war oder dass jeglicher Kampfgeist, den ich immer in ihr gespürt hatte, nicht mehr zu existieren schien. Zumindest für diesen Abend.

Immerhin das Essen war gut. Ebenso wie die Clarksons hatte ich einen Cheeseburger bestellt, und ich genoss, wie der Käse zu allen Seiten hinab lief. Die Fritten waren dick und knusprig, und ich verzichtete schon bald auf Besteck, so wie ungefähr jeder in diesem Laden.

Die Einzige, die stoisch an Messer und Gabel festhielt, war Nica.

Ich *wusste*, dass ich schuld daran war. Ein Umstand, der mir mehr zu schaffen machte, als er das sollte. Immerhin war sie am Ende nichts weiter als eine Angestellte. Sie musste mich nicht lieben. Gegenseitige Sympathie wäre durchaus nett, weil sie das kommende Jahr leichter machen würde, doch wenn sie beschloss, mich von nun an scheiße zu finden, würde ich damit zurechtkommen. Zurechtkommen *müssen*.

Zumindest redete ich mir das ein.

Als wir beim Dessert angekommen waren, lehnte Nica ab. Ich tat es ihr gleich, obwohl die Kuchenauslage verlockend ausgesehen hatte. Ihre Eltern schienen die Spannung nicht mehr zu spüren, oder sie hatten schlicht und ergreifend beschlossen, sie zu ignorieren. Während sie sich ein Stück Apfelkuchen mit Vanilleeis gönnten, kam zumindest ein kleines bisschen Feierstimmung auf. Wenigstens die beiden schienen mehr als glücklich darüber sein, dass ich ihren Pub übernahm.

»Haben Sie sich denn schon etwas eingelebt, Miles?«, fragte Andrea mich in diesem Moment lächelnd. Sie wirkte so mütterlich und aufrichtig auf mich.

Ich gab ein brummendes Geräusch von mir. »Relativ. Ein wenig Zeit werde ich wohl noch brauchen. New York …«

»Das hier ist nicht New York«, kam es scharf von Nica – das erste Mal, dass sie einen ganzen Satz an mich richtete, seitdem sie erfahren hatte, wer ich war. An uns alle, um genau zu sein.

Ich wölbte beide Augenbrauen.

»Nica!«, zischte Andrea, doch die ließ sich nicht beirren.

»Immer fängst du mit New York an. Wieso bist du nicht einfach dort geblieben, wenn es dir da so gut gefällt?«

Ihre Frage war ein klarer Angriff; sie klang gleichermaßen

aggressiv und verletzt. Letzteres war der Grund, wieso ich nicht ebenfalls in den Angriff ging, sie stattdessen ruhig musterte. Ihre Wangen waren von roten Flecken übersät, was das Türkis ihrer Augen betonte. Sie hatte einen zarten, schlanken Hals, und ihre Schlüsselbeine hoben sich deutlich ab. Eine unkontrollierte – und absolut unpassende – Welle des Verlangens durchzuckte mich; eilig schob ich meine Hände unter meine Oberschenkel, um nicht dem Bedürfnis nachzugeben, sie zu berühren. Stattdessen schenkte ich ihr eine aufrichtige Antwort. »Weil ich dort nicht mehr glücklich war.«

Das schien ihr zumindest kurz den Wind aus den Segeln zu nehmen. Ich hörte mit halbem Ohr, wie ihre Eltern etwas zischten; offensichtlich waren sie mehr als unzufrieden mit dem Verhalten ihrer Tochter.

Ich ignorierte die Clarksons – zumindest zwei von ihnen.

Nica reckte angriffslustig das Kinn. »Wir sind mehr als ein Spielzeug, das für einen kurzen Moment dein Interesse weckt. Ich hoffe, das ist dir klar.«

»Nica!«, schimpfte nun auch noch ihr Vater los, doch ich hob eine Hand, um ihnen klarzumachen, dass dieses Gespräch in Ordnung war. Insbesondere, weil ich deutlich spürte, dass es hier um weitaus mehr ging als um das Offensichtliche.

Mühsam lächelte ich Nica an. »Natürlich ist mir das klar. Und mir ist ebenso bewusst, wie sehr du die Bar liebst. Deshalb freut es mich auch, dass wir zukünftig zusammenarbeiten werden. Ich bin mir sicher, wir können viel voneinander lernen …«

Sie schnaubte abermals auf, die Flecken in ihrem Gesicht vertieften sich. Nica war sauer. Stinksauer. Und ein Teil von mir konnte es sogar verstehen. Sie wandte sich ab, und ich sah ein, dass ich an dieser Stelle nicht mehr erreichen würde. Tief durchatmend griff ich nach meinem Glas, um es zu leeren.

Kurz darauf huschte der Kellner an unserem Tisch vorbei. Nach einem kurzen Blickwechsel mit den Clarksons bat ich um die Rechnung. Während ich zahlte, fiel mir auf, wie dieser Typ Nica anstarrte, und ich musste nicht geübt sein, um zu erkennen, was dies bedeutete.

Obwohl es absolut irrsinnig war und mir auch nicht zustand, empfand ich deshalb Eifersucht. Rasende, brennende Eifersucht – wegen meiner zukünftigen Angestellten. Wow. Ich war ziemlich tief gesunken, so viel stand mal fest. Mein Trinkgeld fiel weitaus schmaler aus als üblich, während ich innerlich mit mir selbst debattierte, wie verdammt kompliziert ich die Sache werden lassen wollte.

Dann war es endlich vorbei. Der Abend hätte zwar nicht viel schlechter laufen können, was Nica betraf, aber die Katze war aus dem Sack, und das hatte auch etwas Gutes.

Nicht wahr?

Innerlich aufgewühlt verabschiedete ich mich von den Clarksons, die relativ schnell in der Dunkelheit verschwanden, alles andere als glücklich mit dem Betragen ihrer Tochter. Die machte gerade Anstalten, ebenfalls zu verschwinden – wortlos.

»Nica. Warte.«

Ohne darüber nachzudenken, folgte ich ihr. Noch ehe ich meine Hand um ihren Arm legte, wusste ich bereits, dass es ein Fehler war.

Sie wirbelte zu mir herum und es geschah, was sie vermutlich die ganze Zeit über mühsam unterdrückt hatte.

Sie explodierte.

»*Was?* Was willst du denn noch?«

Ich starrte sie an, gleichermaßen überrascht von der Intensität ihrer Reaktion und ihrer Wortwahl, aber auch erleichtert, dass sie überhaupt auf mich reagierte, mir mehr schenkte als die bloße Nichtachtung des bisherigen Abends. »Keine Ahnung. Ich dachte …«

»Was dachtest du? Dass alles okay ist, wenn ich auf diesem Weg erfahre, dass du den Pub übernimmst?« Das Funkeln in ihren Augen wurde dunkler. »Seit wann weißt du, dass du mein Boss wirst? Von Anfang an? Hast du mit mir gespielt? Wolltest du …«

»Stopp!«, fiel ich ihr ins Wort. Sie versuchte, sich aus meinem Griff zu winden, doch ich gab sie nicht frei. Noch nicht. Die Wut umwölkte sie spürbar, doch ich trat einen Schritt vor, ignorierte die Warnsignale ebenso wie die Stimme in meinem Hinterkopf, die verlangte, dass ich auf Abstand ging. Und zwar schnell. »Ich habe dir ganz sicher nichts vorgemacht – und ich wollte auch nicht mit deinen Gefühlen spielen! Ich wollte einfach …«

»… herausfinden, wie du mich an der Nase herumführen kannst, ja? Ein bisschen Abtasten, wer ich so bin und wie ich ticke, damit du am Ende einen Vorteil hast? Nun, Überraschung, Sherlock: Das war ein großer Fehler! Wenn du glaubst, es damit leichter zu haben, muss ich dich leider enttäuschen. Ich bin keine von deinen naiven New Yorker Tussis, die so mit sich herumspringen lassen!«

Ich blinzelte. Sie war wesentlich verletzter, als ich erwartet hatte. Um ehrlich zu sein, überraschte es mich, in welche Richtung sich dieses Gespräch entwickelte. »Das habe ich nie behauptet und ganz sicher auch nicht erwartet. Ich hielt den Zeitpunkt bislang einfach nicht für angemessen. Deine Eltern wollten es offiziell machen …«

»Also fandest du es besser, mich ins offene Messer laufen zu lassen. Schon klar.« Ruckartig befreite sie sich aus meinem Griff und trat einen großen Schritt zurück. Wut, Unglaube – und ja, Verletztheit – spiegelten sich in ihrer Miene wider.

Eine unangenehme Hitze zerriss meine Brust. »Was willst du denn jetzt von mir hören? Soll ich mich dafür entschuldigen, dass ich dir nicht gleich all meine Geheimnisse auf die Nase gebunden habe? Ist ja nicht so, als wären wir miteinander ausgegangen …« Dass meine Worte falsch waren, erkannte ich daran, wie jegliches Feuer in ihren Augen erlosch. Sie trat einen weiteren Schritt zurück, verschränkte die Arme vor dem Bauch und wirkte plötzlich müde. Sehr müde.

»Nein, das sind wir nicht. Gott sei Dank. Für einen winzigen Moment habe ich nämlich tatsächlich geglaubt, dass es darauf hinauslaufen könnte. Aber diesen Fehler haben wir nicht begangen, und wir werden ihn auch nicht begehen. Schönen Abend noch, Miles.«

Sie wandte sich ab. Verschwand eiligen Schrittes in der Dunkelheit, so wie zuvor auch schon ihre Eltern.

Ich konnte nichts erwidern. Wusste nicht, was ich sagen sollte.

Ich konnte nur starren.

Ihre Worte hatten etwas in mir bewegt, tief in mir.

Für einen winzigen Moment habe ich nämlich tatsächlich geglaubt, dass es darauf hinauslaufen könnte.

Sie hatte das Knistern zwischen uns also ohne Zweifel bemerkt. Hatte ebenso wie ich die Anziehungskraft gespürt, die sich so überraschend schnell entfaltet hatte.

»Fuck«, rief ich aus, vermutlich laut genug, damit sie es noch hörte. Wahrscheinlich sogar halb Paradise. Womöglich sogar die Clarksons.

Ihre *Eltern*.

Die ehemaligen Besitzer des Inselpubs, der nun mir gehörte. Inklusive kratzbürstiger Mitarbeiterin, die alles andere als begeistert von mir war.

Probleme waren also vorprogrammiert.

Bravo. Irgendwie konnte ich nichts richtig machen.

Nica 7

In der kommenden Woche tat ich etwas, das ich normalerweise nie machte: Ich meldete mich krank. Wenn ich mal nicht arbeiten konnte, was die absolute Ausnahme darstellte, übernahm Dad den Tresen. Außerdem war da noch Justin, der sich gelegentlich ein paar Dollar dazuverdiente, indem er aushalf. Die Arbeit war für ihn nur ein Mittel zum Zweck, weshalb ich ihn nicht sonderlich leiden konnte und es nur in äußersten Notfällen dazu kommen ließ, dass er meinen Platz übernahm. Doch in dieser Woche blieb mir keine andere Wahl. Vielleicht war es mir auch einfach ausreichend egal.

Dabei war es nicht einmal völlig gelogen. Ich fühlte mich tatsächlich körperlich krank. Mir war übel, wann immer ich daran dachte, was geschehen war.

Miles.

Ausgerechnet Miles.

Von allen Menschen, die es hätten sein können, hatte ausgerechnet er den Pub kaufen müssen.

Meinen Pub. Meine Heimat. Und bis vor kurzem, so hatte ich es jedenfalls gedacht, auch meine Zukunft.

Nun. Dieser Traum war zersplittert. Es sei denn, ich würde Miles davon überzeugen können, dass er an mich verkaufte.

Und das hielt ich aus verschiedenen Gründen für eher unwahrscheinlich.

Fuck.

Wohlwissend, dass ich eine dringende Auszeit benötigte, fuhr ich für ein paar Tage nach Newport. Etwa zwei Stunden von Paradise und fünf Meilen von der kanadischen Grenze entfernt, hatte mich der kleine Ort direkt verzaubert, als ich einst durch Zufall hindurchgefahren war. Keine fünftausend Einwohner und daher wirklich überschaubar, wenn auch wesentlich größer als Paradise, und mit dem besten Bed&Breakfast, in dem ich je übernachtet hatte. Von hier aus war man ratzfatz in der Natur und konnte die Ausläufer der nördlichen Appalachen genießen, ebenso wie den Lake Memphremagog, der Newport mit Magog in Québec verband. Ich wusste, was es bedeutete, genau zwischen den Grenzen zu leben, mit dem Lake Champlain verhielt es sich ähnlich. Doch hier war es nochmal etwas völlig anderes. Der See war kleiner, ich war näher an der Grenze zu Kanada. Alles wirkte einfach greifbarer. Zuhause war mein Blick normalerweise gen Süden gerichtet, doch hier liebte ich es, am Ufer zu stehen und rüber nach Kanada zu blicken. In dieser Gegend war der Herbst besonders schön, die Farben kräftig und der Wind scharf und erfrischend. Freiheit. Hier fühlte ich mich normalerweise frei von allen Sorgen, frei von den alltäglichen Problemen, die sich sonst mit mir herumschleppte.

Abgesehen von Tracy wusste niemand, dass ich ab und an in Newport untertauchte. Es geschah nicht ständig, aber oft genug, sodass die alte Dame hinter der Rezeption mich erkannte, wenn ich plötzlich auf der Matte stand. Bis auf einmal hatte sie mir immer dasselbe Zimmer zugeteilt, und auch dieses Mal hatte ich Glück. Ein wenig Heimeligkeit in einer Situation äußerster Unruhe. Gewohntes inmitten des plötzlichen Chaos, das mein Leben durcheinandergewirbelt hatte. Es war Balsam auf meiner angespannten Seele, die sich nichts weiter wünschte, als endlich zur Ruhe zu kommen. Frieden damit zu schließen. Nicht, weil ich es akzeptiert hatte, sondern weil mir einfach keine andere Wahl blieb. Doch das war verdammt schwer.

Der Blick auf den See, der Duft von Pancakes und Ahornsirup, die atemberaubend schöne Natur – all das half mir dabei, herunterzufahren, wenn das Leben plötzlich zu schnell wurde. Normalerweise. Früher oder später schaffte ich es hier immer, zur Ruhe zu kommen.

Aber dieses Mal wollte es mir einfach nicht gelingen.

Vielleicht lag es daran, dass ich mich bis dato niemals mit einer solchen Situation hatte auseinandersetzen müssen. Es war eine Sache, wenn man wütend war, weil die Eltern ein Kaufgebot ausschlugen, aber eine völlig andere, wenn man erfuhr, dass dafür jemand anderes den Zuschlag erhalten hatte.

Ob ich ihnen das jemals würde verzeihen können?

Auch wenn ich mir deshalb charakterschwach vorkam: Ich konnte es nicht mit Sicherheit sagen.

Die Wut wollte mich einfach nicht verlassen. Was ebenfalls hartnäckig hielt und mir wesentlich schwerer fiel, es zu benennen, war die Enttäuschung. Sie wallte auf, wann immer ich daran dachte, dass ausgerechnet Miles der Käufer des Pubs war. Irgendwie hatte ich trotz allem gedacht, zwischen uns könnte sich etwas entwickeln. Ich hatte nicht direkt von einer Märchenhochzeit geträumt, nicht einmal von Dates oder einer Beziehung, aber ein bisschen Spaß? Herausfinden, wohin die Chemie führte, die zwischen uns pulsierte? Das schon, irgendwie. Immerhin war es noch nicht vorgekommen, dass ein Mann derart intensive Reaktionen in mir ausgelöst hatte.

Nur hatte sich das als Sackgasse herausgestellt. Als eine Straße, die zu Ende war, ehe ich überhaupt Fahrt hatte aufnehmen können. Im Nachhinein betrachtet war das natürlich gut, alles andere hätte die Sache wesentlich verkompliziert. Nicht auszumalen, wie es mir nun gehen würde, hätten wir bereits etwas miteinander gehabt.

Wieso aber fühlte es sich dann so falsch an, ihn abzuschreiben?

Seufzend vergrub ich den Kopf in meinen Händen. Das tat ich dieser Tage häufiger. Zu viel Chaos. Zu viele Gedanken, die ich nicht beherrschen konnte. Zu viel Negativität.

Drei Nächte hielt ich es im ruhigen Newport aus. Die normalerweise so heilsame Stille, die mich begleitete, wenn ich herkam, wurde zunehmend drückend. Mehr als einmal nahm ich mein Handy in die Hand, nur um es ratlos wieder beiseitezulegen. Ich wusste nicht, was ich beabsichtigte: Mit meinen Eltern wollte ich nicht reden, mit Tracy auch nicht. Mit wem also dann? Miles? Ich besaß seine Nummer nicht, und selbst wenn – wieso sollte ich ausgerechnet mit ihm sprechen wollen? Nach allem, was geschehen war?

Wieso sollte ich das Bedürfnis verspüren, ihm zu schreiben, nachdem sich die Lage so drastisch geändert hatte?

Ich begriff es nicht.

Also gab ich auf. Drei Tage nach meiner Flucht packte ich meine Reisetasche erneut, dieses Mal, um zurückzufahren. Ein letzter Ausflug an den See, eine letzte Portion Pancakes mit Ahornsirup und dazu drei Tassen Kaffee.

Dann saß ich im Auto. Die Wynchesters. Vielleicht würden mir ein paar Spaziergänge mit Sammy, meinem alten, gemächlichen Freund, helfen. Womöglich gäbe es noch mehr zu tun. Ehrliche, körperliche Arbeit, die mich auf andere Gedanken brachte. Ich musste es ausprobieren.

Mir blieb keine andere Wahl: Wenn ich das kommende Jahr einigermaßen unbeschadet überstehen wollte, musste ich einen Weg finden, damit umzugehen.

Mit Miles umzugehen. Mit der Enttäuschung, die ich verspürte, wenn ich daran dachte, dass er zukünftig mein Boss wäre.

Auch wenn ich mir gerade nicht vorstellen konnte, wie das funktionieren sollte.

Ehe ich endgültig nach Paradise zurückkehrte, machte ich einen kleinen Abstecher nach South Burlington, um auf einem Flohmarkt nach neuen Projekten Ausschau zu halten.

Mit Erfolg.

Ich erstand nicht nur zwei Barhocker, die ich liebend gern

im Pub untergebracht hätte – wäre da nicht diese neue Entwicklung gewesen –, sondern auch einen entzückenden Nachttisch und ein paar Kissen. Letztere brauchten nur eine Wäsche, waren darüber hinaus wirklich hübsch anzusehen und würden sich wunderbar auf meiner Couch machen. Was die Hocker und den Nachttisch betraf, machte ich noch einen kleinen Zwischenstopp im Baumarkt, um neues Schleifpapier, Nägel und Holzlack zu kaufen. Die Hocker würde ich neu bespannen müssen, hierfür hatte ich jedoch noch ausreichend Material zuhause. Erleichtert stellte ich fest, dass ich damit den Rest der Woche gut beschäftigt sein würde.

Eine dichte Wolkendecke verdüsterte den Himmel über mir, riss jedoch auf, als ich das Festland verließ und über die schmale Brücke auf die Insel fuhr, die sich zwischen dem Ufer und Paradise befand. Ob das ein Zeichen war? Ich wollte es wirklich gerne glauben. Hier gab es nicht viel mehr als einen kleinen Wildpark und einige Wanderwege sowie ein paar vereinzelte Höfe. Die Wynchesters lebten hier, außerdem Dr. Brenner, unser Inseltierarzt, und ein paar ältere Herrschaften, die lieber für sich blieben. Die schmale, langgezogene Insel war früher der Inbegriff von Langeweile gewesen, mittlerweile betrachtete ich sie als das idyllische Tor zu meiner Heimat. Ich bewunderte das Spektakel der Sonne, die sich in satten Strahlen über den riesigen Lake Champlain ergoss und das graublaue Wasser erhellte, spürte, wie mein Puls sich beschleunigte.

Zuhause.

Das war weniger bloß ein Wort als vielmehr ein Gefühl. Behaglichkeit und Sicherheit zugleich, das Wissen, dort zu sein, wo ich hingehörte. Selbst wenn es mich für ein paar Tage fortzog, ich kehrte jedes Mal gerne wieder zurück. Auch wenn dieses Mal ein Wermutstropfen meine Freude trübte.

Ein Wermutstropfen namens Miles.

Gereizt schüttelte ich den Kopf.

Zielsicher navigierte ich den Wagen durch Paradises Straßen, die selbst für unsere Verhältnisse erstaunlich verlassen waren, bis ich die kleine Sackgasse erreichte, in der ich wohnte. Normalerweise hatte ich nie Probleme, einen Parkplatz in unmittelbarer Nähe des Mehrfamilienhauses zu finden, in dem ich lebte, doch natürlich musste ausgerechnet heute jeder Heini zuhause sein, weshalb ich meinen Wagen ein paar hundert Meter weiter abstellen musste. Was sonst kein Problem darstellte, nervte mich aufgrund meiner Fracht. Natürlich hätte ich auch alles vor der Tür abladen und dann einen Parkplatz suchen können, aber wer mochte es schon einfach, wenn es kompliziert ging?

Ich jedenfalls ganz sicher nicht.

Alles in allem war ich in ziemlich brütender Laune, als ich endlich alles in meine Wohnung geschleppt hatte – luftige sechzig Quadratmeter, verteilt auf zwei Schlafzimmer, eine Wohn- und Essküche, ein Badezimmer und einen winzigen Balkon, auf dem ich gerne den ersten Kaffee des Tages zu mir nahm. Das zweite Schlafzimmer war schon früh in einen Hobbyraum verwandelt worden, weshalb ich die erstandenen Möbelstücke auch direkt dort parkte. Seufzend ließ ich meine Reisetasche zu Boden fallen und streckte meinen Rücken durch. Schmerz. Anspannung. Erschöpfung.

Ich brauche dringend Urlaub.

Der Gedanke entlockte mir zumindest ein schwaches Grinsen. Hatte ich mir nicht gerade erst eine kleine Auszeit gegönnt?

Gerade, als ich überlegte, ob ich lieber die Tasche auspacken oder mir erst einmal einen Kaffee kochen sollte, klopfte es an der Tür. Ich zuckte zusammen, runzelte die Stirn und zog mein Handy hervor, doch niemand hatte mir geschrieben und seine Ankunft angekündigt.

Seltsam.

Zunächst zog ich in Erwägung, den Besucher zu ignorieren – einfach, weil er unerwünscht war –, doch noch ehe ich diesen Entschluss festigen konnte, klopfte es erneut, dicht gefolgt von einer überraschenden Stimme. »Ich weiß, dass du da bist, Nica. Ich hab dein Auto gesehen.«

Julia.

Was zum Teufel?

Einzig, weil ausgerechnet ihre Anwesenheit mich überraschte, öffnete ich ihr die Tür – und ließ damit zu, dass meine Isolation früher endete als geplant.

Sie brachte augenblicklich Leben in meine Bude, und das, obwohl sie nicht gerade ein Wirbelwind war. Doch ein Lächeln von ihr, ihre sanfte Präsenz, das alles hatte die Macht, sämtliche Ecken zu schleifen, Falten zu glätten ... kurz gesagt: alles ein wenig heller wirken zu lassen.

Das Good Girl von Paradise. Lehrerin unserer Kleinsten, verlobt mit Scott Fitzpatrick, der letztes Jahr mit seinem damals verstummten Sohn hergezogen war.

Scott Fitzpatrick ... der ältere Bruder von Miles.

Augenblicklich begann es, in meiner Schläfe zu pochen. War dieser Kerl eigentlich überall?

»Was tust du denn hier?«, begrüßte ich sie eine Spur kühler als angemessen. Spürte sie etwas davon, ließ sie sich das nicht anmerken.

»Ich wollte nachsehen, ob es dich noch gibt. Tracy meinte, dass sie seit ein paar Tagen nichts mehr von dir gehört hat.«

Oh, klar. Natürlich. Ich hatte nicht auf ihre Nachrichten reagiert, wie meistens, wenn ich in Newport war. Schulterzuckend lief ich tiefer in die Wohnung. »Ich lebe noch. Willst du einen Kaffee oder so, wenn du schon da bist? Ich wollte mir gerade einen machen.«

»Klar, wieso nicht?«

Während ich Kaffee vorbereitete, kam mir ein Gedanke. »Wieso bist du eigentlich hier und nicht Tracy, wenn sie sich solche Sorgen macht?«

Julia wirkte für einen winzigen Moment ertappt, zumindest glaubte ich das, doch ehe ich etwas sagen konnte, plapperte sie drauflos. »Ach, du kennst sie. Immer ausgelastet mit Liam und allem. Ich musste sowieso ein paar Sachen erledigen, also dachte ich, ich schaue mal vorbei.« Ein gewinnbringendes Lächeln erhellte ihre Züge. »Außerdem haben wir schon eine Weile nicht mehr gequatscht, nicht wahr?«

Damit hatte sie ohne Frage recht. Dennoch wurde ich das Gefühl nicht los, dass mehr hinter ihrem Besuch steckte.

Der Druck hinter meinen Schläfen nahm zu.

»Hier.« Ich reichte Julia eine Tasse. Sie hatte es sich an meiner Theke bequem gemacht, und ich kletterte auf den Hocker neben sie. Julia sah gut aus. Der Verlobungsring funkelte an ihrem Finger, und wann immer ich sie sah, dachte ich zuerst daran, wie sich ihre Augen mit Tränen gefüllt hatten, als Scott vor ihr auf die Knie gegangen war. Kitschig ohne Ende, und doch hatte mich der Moment ergriffen. Zwar wusste ich bis heute nicht, wieso ich damals eingeladen gewesen war, aber hey: Wer beschwerte sich schon, wenn er bei solch einem ergreifenden Moment dabei sein durfte?

Seltsamerweise wanderte mein Gedanke zu Scotts Bruder – auch er war damals da gewesen, allerdings hatten wir kaum ein Wort miteinander gewechselt. Nett anzusehen hatte ich ihn damals schon gefunden. Jegliches Gefühl von Ergriffenheit wich einer beißenden Hitze, die mich zunehmend verschlang. Hatte er damals bereits geplant, mir den Pub zu entreißen?

»Wie geht es dir?«

Julias Stimme war ganz sanft geworden; sie ließ eindeutig die Lehrerin raushängen, behandelte mich, als wäre ich eine ihrer Schülerinnen und hätte mir gerade das Knie aufgeschlagen oder so. Aus Prinzip hätte ich am liebsten blockiert, doch am Ende wollte sie mir nichts Böses, also seufzte ich tief. »Ging mir schon mal besser, Jules.«

Sie schlang ihren Arm um meine Schulter, und etwas daran, wie sie mich mit stillem Verständnis drückte, verriet mir, dass sie Bescheid wusste.

Natürlich wusste sie das. Bestimmt hatte Miles ihnen alles erzählt. Ob er auch ein Wort über mich verloren hatte? Oder hundert? Ich war Sonntag reichlich spitz gewesen. Hatte er sich anschließend bei seinem großen Bruder über mich ausgekotzt?

Gut möglich. *Ich* an seiner Stelle hätte es jedenfalls getan.

Julia drückte mich, ehe sie wieder losließ. »Miles kommt manchmal rüber wie ein Arsch, aber eigentlich ist er wirklich in Ordnung.«

Ich blinzelte. Die Wahrheit war: Bislang hatte er nie den Arsch raushängen lassen, wenn man davon absah, dass er eine sehr wichtige Information vor mir verborgen hatte. Genau genommen hatte ich ihn als witzig, attraktiv und äußerst interessant empfunden. Zumindest bis vergangenen Sonntag ...

Julia seufzte auf. »Es tut mir so leid, dass deine Eltern verkauft haben. Ich weiß, wie sehr du davon geträumt hast, dass der Pub irgendwann dir gehört. Aber vielleicht ist es gar nicht so verkehrt. Vielleicht ... klappt es ja gut mit dir und Miles.«

Ich starrte sie ungläubig an – und lachte schließlich los. »Es ist nicht dasselbe, Jules. Das weißt du. Meine Eltern haben mich vor vollendete Tatsachen gestellt. Es liegt in der Natur der Sache, dass ich ihn nicht leiden kann. Was soll ich deiner Meinung nach tun?«

Julia starrte mich eine ganze Weile an, ehe sie sanft seufzte. »Gib ihm eine Chance. Er ist wirklich nicht übel. Ich fand ihn zu Beginn ganz schrecklich, aber er war maßgeblich daran beteiligt, dass Scott und ich uns zusammengerauft haben, als es das erste Mal schwierig wurde. Er hat ein gutes Herz, versteckt es hinter seiner großen Klappe und seinem Getue. Er ...« Sie stockte, wirkte, als hätte man sie bei etwas Schrecklichem ertappt.

Ich wölbte die Augenbrauen und machte eine wedelnde Bewegung mit der Hand. »Ja?«

Sie schüttelte mit dem Kopf. »Das ist nicht meine

Geschichte. Wenn sie dir jemand erzählen soll, dann Miles. Alles, was ich will, ist, dass du ihn nicht direkt verurteilst, nur weil deine Eltern ihm den Pub verkauft haben und nicht dir. Es wäre nicht fair, oder?«

»Fair war es allerdings auch nicht, dass er mehrere Gelegenheiten hat verstreichen lassen, ohne mir reinen Wein einzuschenken.« Ich sah, wie sie ihre Stirn runzelte, und schnaubte los. »Ganz genau. Wir haben uns ein paar Mal getroffen. Immer zufällig, ehe du dir irgendwas zusammenspinnst. Auf jeden Fall wusste er ganz genau, wer ich bin, und er hielt es nicht für nötig, mir zu sagen, dass er mein zukünftiger Boss wird. Nö. Stattdessen hat er geflirtet und ...« Ich stockte, als mir klar wurde, dass er immer wieder den Eindruck vermittelt hatte, als würde er sich bremsen. Nun war mir klar wieso.

Chef und Angestellte, das ging in den seltensten Fällen gut. Die sengende Hitze in meiner Magengrube kehrte zurück.

Julia lächelte mich an. »Er kann wirklich charmant sein, wenn er will. Das glaube ich dir sofort. Trotzdem, ich bleibe dabei. Er wollte dich ganz sicher nicht bewusst hinters Licht führen. Gib ihm eine Chance. Vielleicht wird es ja eine tolle Zusammenarbeit ...«

Ich starrte sie misstrauisch an. »Sag mal, bist du hier, um nach mir zu schauen oder um Miles zu verteidigen?«

Ihr Lächeln wurde breiter. »Sowohl als auch, Nica. Sowohl als auch.«

Ich seufzte. Das hätte ich mir denken können. Immerhin war Julia bekannt dafür, dass sie überall für Harmonie sorgen wollte. Anstatt deshalb sauer zu sein, rechnete ich ihr diesen Versuch jedoch hoch an.

Sie wollte nur mein Bestes.

Mein Bestes war jedoch ins Nichts verpufft. Übergegangen in Miles' Besitz. Daran konnte nicht einmal unser Good Girl etwas ändern.

Miles 8

Der August verstrich, und auch der September eilte mit großen Schritten voran. So regelmäßig ich Nica zuvor über den Weg gelaufen war, so selten bekam ich sie nun zu Gesicht. Genau genommen war die einzige Chance, sie zu sehen, wenn ich einen Abstecher in den Pub machte. Als ich das erste Mal nach jenem verhängnisvollen Abendessen dort vorbeigeschaut hatte, war sie nicht da gewesen, dafür ein schlaksiger Kerl namens Justin, der sofort anfing, mich über die Giants auszufragen, sobald er erfuhr, dass ich aus New York kam. Es dauerte eine Weile, bis ich ihm begreiflich machen konnte, dass mein Herz gar nicht so sehr für die Giants oder die Jets schlug, sondern vielmehr für die Green Bay Packers. Einen Moment lang gab er mir das Gefühl, als zweifelte er an meinem Verstand. Dann brummte er vor sich hin, dass er sich auf den Saisonstart freute, und ließ mich den Rest des Abends in Ruhe. Ich bezweifelte, dass er wusste, mit wem er gerade geredet hatte. Und das war auch besser so.

Ein paar Wochen später versuchte ich erneut mein Glück. Dieses Mal war sie tatsächlich da, doch sie behandelte mich wie Luft – oder wie einen absolut uninteressanten Fremden, der es nicht wert war, mehr Aufmerksamkeit von ihr zu bekommen als so gerade eben nötig. Und das sollte schon etwas bedeuten, denn wie ich bereits vor ein paar Monaten festgestellt hatte, lächelte sie normalerweise immer. Auch an diesem Abend war sie ausgesprochen fröhlich.

Nur eben nicht, wenn es um mich ging.

Ich würde wohl nie vergessen, wie ihr Lächeln von ihren Lippen schwand, wann immer unsere Blicke sich kreuzten.

Es machte die Sache nicht gerade leichter. Ich wusste, dass sie sauer war, fühlte sogar eine angemessene Menge an schlechtem Gewissen, weil ich ihr all die Treffen zuvor verschwiegen hatte, in welcher Beziehung wir zukünftig zueinanderstehen würden. Natürlich war das nicht richtig gewesen. Natürlich fühlte sie sich deshalb verärgert.

Doch war es wirklich verhältnismäßig, dass sie mich dermaßen abstrafte? Sie machte es uns doch nur viel schwerer. In wenigen Wochen würden wir an einem Strang ziehen müssen, und ich wünschte mir wirklich, dass wir ein Team wurden. Immerhin hatte ich mittlerweile einige Ideen, was wir aus dem Pub machen konnten, und erhoffte mir ihre Mithilfe.

Vielleicht brauchte sie einfach noch ein bisschen Zeit – und diese Zeit würde ich ihr geben.

Zumindest, bis der Oktober begann.

An diesem Abend ging ich extrem frustriert und aufgerieben nach Hause. Erst, als ich in meiner Wohnung war, gestand ich mir ein, dass ich ihr Lächeln vermisste.

Ihr an mich gerichtetes Lächeln.

Ich hoffte sehr, es irgendwann wieder zu Gesicht zu bekommen.

In der zweiten Septemberhälfte fand die offizielle Schlüsselübergabe statt. Die Clarksons waren sehr sympathische Leute, und sie berichteten voller Feuereifer von ihren Plänen. Vom Verkaufserlös hatten sie einen riesigen Camper gekauft und wollten damit die USA zu bereisen, womöglich sogar noch mehr von der Welt. Aufgetischt hatten sie Bier und eine Vermonter Spezialität – eine sämige Muschelsuppe mit riesigen Venusmuscheln, die, wie Andrea betonte, frisch gefangen worden waren. Anstatt mich ganz auf die beiden und das köstliche Essen zu konzentrieren, wanderten meine Gedanken jedoch ständig zu Nica.

Ein Teil von mir hatte gehofft, sie heute Abend hier anzutreffen, doch natürlich war diese Hoffnung umsonst gewesen.

»Wie findet Nica denn Ihre Idee?«, rutschte es mir über die Lippen, ehe ich es verhindern konnte. Doug, der gerade sein Bier an die Lippen geführt hatte, hielt inne, ehe er die Flasche unverrichteter Dinge sinken ließ.

»Sie kommt schon damit zurecht«, stellte er fest, und etwas in seiner Stimme ließ mich ahnen, dass es da durchaus ein paar Probleme gab.

Ich spürte, wie sich ein unangenehmer Druck in meiner Brust aufbaute. »Über mich scheint sie jedenfalls nicht allzu glücklich zu sein«, sagte ich vorsichtig, ohne ihren Vater dabei aus den Augen zu lassen. Deshalb entging mir auch nicht, wie sich sein Kiefer anspannte.

»Sie war nicht begeistert, als sie vom Verkauf erfuhr. Aber sie wird damit zurechtkommen.«

»Was heißt das?«, hakte ich nach. »Wieso war sie nicht begeistert? Wusste sie nichts davon?«

Andrea nutzte genau diesen Augenblick, um ihren Aperitif mit einem lautstarken Knall abzustellen. »Oh, sie wusste lange von unseren Plänen. Genau wie von unserem Traum, das Land zu bereisen«, stellte sie mit heller Stimme fest. Eine Stimme, die mir augenblicklich verriet, dass es einen Haken gab.

»Aber?«, fragte ich daher auch nach, den inneren Druck ignorierend, der immer größer wurde.

Doug schnaubte. »Sie wollte den Pub selbst kaufen. Hat uns immer wieder Geld angeboten. Aber wir wünschen uns mehr für sie als eine Verantwortung dieser Art, weshalb wir es nie akzeptiert haben. Wir hätten ihr Geld niemals annehmen können. Natürlich war es ein Schock für sie, als sie vom Verkauf erfuhr. Aber am Ende wird es für alle das Beste sein.«

Großer Gott – *was*?

Blinzelnd starrte ich die Clarksons an, die sich wieder ganz unbekümmert gaben – wie das Ehepaar, das schon bald das Land bereisen würde. Aber ich spürte, dass es auch unter ihrer Fassade brodelte. Kein Wunder. Plötzlich konnte ich Nicas Verhalten viel besser verstehen. Eine Mischung aus Mitleid und Unwille tobte in meiner Brust, während ich zusah, wie Doug und Andrea einander zu prosteten. Ein mehr als ungeliebtes, leider aber allzu bekanntes Gefühl begann, mich zu verschlingen.

Das Gefühl, zurückgelassen zu werden. Verrat. Mir war klar, dass ich unsere Situationen kaum miteinander vergleichen konnte, und doch erfüllte mich brennendes Mitgefühl für Nica. In ihrem Fall musste das Gefühl von Verrat doppelt so schwer wiegen. Mit Sicherheit fühlte sie sich von ihren Eltern verraten – darüber hinaus aber auch von mir.

Oh Nica … das dringende Bedürfnis, mit ihr zu reden, überwältigte mich.

Der Eintopf, eben noch so reizvoll, hatte bedeutend an Geschmack verloren, und ich konnte es kaum erwarten, diesen Abend zu beenden. Eilig tauchte ich meinen Löffel in die sämige Flüssigkeit, um meinen Teller so schnell wie möglich zu leeren.

Doch weshalb? Es war ja nicht so, als würde ich geradewegs zu Nica rasen können. Und selbst wenn – was hätte ich ihr schon sagen sollen?

Die innere Rastlosigkeit, die mich so oft schon erfasst hatte, nun aber für eine Weile verstummt war, kehrte schlagartig zurück. Emotional begann ich, mich aus dem Gespräch zurückzuziehen, ruhiger zu werden. Innerlich jedoch focht ich einen Kampf aus.

Sie hatte den Pub kaufen wollen. Hatte ernsthaft geplant, Geld zu investieren. Ihre eigenen Eltern auszuzahlen. Doch diese hatten stattdessen mir den Zuschlag gegeben. Ein dahergelaufener New Yorker ohne emotionale Bindung. Kein Wunder, dass sie außer sich war.

Obwohl ich nichts von alledem geahnt hatte, spürte ich, wie mich das schlechte Gewissen zunehmend auffraß. Verdammt. Woher hätte ich auch ahnen sollen, dass ich geradewegs in eine so komplizierte Familiengeschichte hineingezogen worden war?

Mein Magen verknotete sich unangenehm. Das hier hätte ein Grund zu feiern sein sollen. Plötzlich fühlte ich mich jedoch wie eine Schachfigur in einem unfairen Spiel. Ein Spiel, bei dem Nica nur der Verlierer sein konnte.

Nach dem Essen boten Doug und Andrea mir einen Absacker an. Ich bejahte, aber nur aus reiner Höflichkeit. Kurz darauf nahm ich endlich die Schlüssel des Pubs entgegen.

»Weiß Nica, dass ich ab sofort das Ruder übernehme?«, fragte ich die beiden, während wir uns zum Gartentor bewegten.

Das Paar wechselte einen bedeutungsschweren Blick, der jegliche Antwort lieferte.

Ich biss mir auf die Wange, um mir einen sarkastischen Kommentar zu verkneifen. Offenbar hatten sie auch in dieser Hinsicht vor, sie ins offene Messer laufen zu lassen. Mit dieser Verhaltensweise büßten sie einige Sympathiepunkte bei mir ein, so viel stand leider fest. Zum Glück würde ich zukünftig nicht mehr viel mit ihnen zu tun haben. Die einzige Verbindung, die dann noch bestünde, wäre Nica, und ich ahnte, dass diese erst einmal Abstand zu ihren Eltern suchen würde. Ein Kinderspiel, wenn man bedachte, dass sie bald schon fort wären.

Ich verabschiedete mich mit Handschlag von Doug und Andrea, die dank mir einen großen Batzen Geld auf ihrem Konto hatten. Sie wirkten aufgekratzt und jugendlich und ich hoffte von Herzen, dass sie schon bald an ihrer Beziehung zu Nica arbeiten würden. So wie ich es einschätzte, hatte diese einen ernsthaften Knacks erhalten, und das musste gekittet werden, ehe dieser noch tiefer aufriss und unüberwindbar wurde.

Was das anging, sprach ich aus schmerzlicher Erfahrung.

Unruhig wanderte ich durch Paradises Straßen. Hätten wir nicht Sonntag gehabt, wäre ich zum Pub gelaufen, in der Hoffnung, dort auf Nica zu treffen. Ich wollte mit ihr reden.

Ich wollte mich erklären.

Wollte ihr zu verstehen geben, dass ich ihre Wut nachvollziehen konnte. Womöglich würde das dafür sorgen, dass wir wieder zueinanderfanden?

Für einen winzigen Moment habe ich nämlich tatsächlich geglaubt, dass es darauf hinauslaufen könnte.

Obwohl seitdem viele Wochen vergangen waren, konnte ich diesen Satz einfach nicht vergessen. Mir war klar, dass dieser Gedanke ins Nichts führte. Wir würden einander nicht näherkommen können. Nicht, wenn ich die Dinge nicht verkomplizieren wollte.

Und doch … dieses kleine Schlupfloch. Das »was wäre wenn«. Das Kribbeln, das ohne Frage zwischen uns geherrscht hatte.

All das machte mir mehr zu schaffen, als ich hätte zugeben wollen.

Seufzend ließ ich meinen Blick durch die Straße schweifen.

Wo wohnst du, Nica?

Wo befindest du dich gerade?

Am Ende war es vermutlich besser, dass ich es nicht wusste. Trotzdem konnte ich nicht abstreiten, dass ich den Rest des Weges nach ihr Ausschau hielt.

Doch einmal mehr war mir das Schicksal nicht hold.

»Nein.«

Ich starrte Julia an. »Komm schon, du weißt es.«

»Ja.«

»Und du kannst es mir ruhig verraten …«

»Nein.«

ich seufzte auf. »Wieso nicht?«

Ihr Blick sprach Bände, und doch ließ sie sich dazu herab, mir ihre Beweggründe zu erklären. »Weil sie ein Recht auf Privatsphäre hat. Ich weiß, dass sie nach wie vor sauer und verletzt ist, und ich will nicht diejenige sein, die ihren persönlichen Rückzugsort verrät.« Ein entschuldigender Ausdruck trat in ihre Miene. »Ich bin mir sicher, dass du es nur gut meinst, aber ich glaube nicht, dass sie es gut fände, wenn du plötzlich vor ihrer Tür ständest. Tut mir leid, Miles. In dieser Hinsicht habe ich keine besseren Neuigkeiten für dich.«

Frustriert stöhnte ich auf. Eigentlich hatte ich sowieso mit dieser Antwort gerechnet. »Ihre Eltern wollten ihr den Pub nicht verkaufen …«

»Ich weiß.« Julia nickte mir zu. »Und das ist das Hauptproblem.« Ihre Mundwinkel zuckten in die Höhe. »Natürlich wäre es auch hilfreich gewesen, wenn du ihr direkt gesagt hättest, dass du ihr zukünftiger Boss bist …«

Ich rollte mit den Augen. Weil sie nervte, aber auch, weil sie die Wahrheit sagte.

Leider.

»Hey, was ist denn hier für eine Grübelstimmung?« Scott betrat den Garten, ein paar Flaschen Orangenlimo in der Hand. Noah, sein Sohn und mein Neffe, war heute Abend bei Sophie. Die beiden waren von Tag eins an beste Freunde gewesen, und neuerdings machten sie mit Vorliebe Übernachtungsbesuche. Ich scherzte gerne herum, dass die beiden eines Tages heiraten würden – etwas, das Scott gar nicht hören wollte, Julia hingegen ein Lächeln entlockte. Ich glaube, insgeheim war sie derselben Meinung. Erst einmal stand jedoch das Fest der Großen an, und tatsächlich konnte man mittlerweile die Tage zählen. Sie wollten am dritten Oktoberwochenende feiern, also in etwas weniger als einem Monat. Die Feier, die eigentlich einen überschaubaren Rahmen hatte haben sollen, war mittlerweile in ihrer Planung explodiert. Ich begriff nicht, wieso sie nicht bis zum kommenden Frühjahr warten wollten.

Julia legte Wert auf die Kulisse des Indian Summers. Ja, die leuchtend bunten Herbstblätter waren wirklich beeindruckend, aber konnten sie eine Feier im Freien wirklich ausstechen? Mit etwas Pech würde der gesamte Tag verregnet sein. Und dann? Dann brachte ihnen der Indian Summer auch nichts mehr.

All diese Gedanken behielt ich für mich. Immerhin war ich weder der Bräutigam in spe, noch hatte ich Ahnung von derlei Themen. Ich hatte die angenehme Aufgabe, eine Rede zu halten. Viel mehr wollte Scott nicht, obwohl er mich als seinen Trauzeugen ausgewählt hatte.

Beschweren würde ich mich deshalb ganz sicher nicht.

Nachdenklich ließ ich meinen Blick schweifen. Seit Scott und Noah letztes Jahr in das Haus unserer Großeltern eingezogen waren, hatte sich viel getan. Zunächst nur innen, mittlerweile aber auch draußen. In den vergangenen Wochen hatten Scott, Julia und Harald, ein älterer Herr aus Paradise, sämtliches Gestrüpp entfernt. Der Garten war nun wesentlich aufgeräumter. Insgeheim hatte ich den wilden Zustand vorher schöner gefunden, aber auch das behielt ich lieber für mich.

Was mir jedoch ohne Zweifel gefiel, war die kleine Terrasse, die neu dazugekommen war. Sicht- und windgeschützt, mit einem festen Platz für Scotts Grill und einem Tisch, der genug Platz für sechs Personen bot. Sogar acht, wenn alle etwas enger zusammenrückten.

Manchmal dachte ich an sein altes Leben zurück. An Galaveranstaltungen, Filmpremieren, an teure Restaurants und exklusiven Wein. Scott hatte diese Welt hinter sich gelassen, ohne mit der Wimper zu zucken, und das, obwohl er sie geliebt hatte. Nun saß er in seinem Garten, trug Shorts und ein Poloshirt statt Anzug und Oxfords und wirkte wie ein vollkommen neuer Mensch.

Vor allem aber war er glücklicher.

»Hier ist keine Grübelstimmung«, erwiderte Julia

lächelnd, während er sich zu ihr hinab beugte, um ihr eine Limo zu reichen – und sie zu küssen.

Ich brummte, unsicher, ob es zustimmend klang oder wie ein Widerspruch. »Deine Verlobte will mir nicht verraten, wo Nica wohnt. Sie will mir nicht einmal ihre Handynummer geben.«

Scott musterte mich milde belustigt. »Wieso sollte sie das auch tun?«

»Weil ich sie darum gebeten habe«, schoss ich zurück. »Ist doch keine große Sache. Wahrscheinlich müsste ich nur an zehn Türen klopfen und ich würde sie sowieso ausfindig machen.«

»Dann tu das doch«, erwiderte Julia entspannt. »Mir soll es recht sein. Aber ich warne dich: Wenn du an der falschen Tür klopfst, kann es sein, dass die männermordende Fraktion dich reinzieht und nicht mehr freigibt.«

Augenblicklich hatte ich einige sehr lebhafte Bilder vor Augen – und wusste sofort, was sie meinte. Oder genauer gesagt: wen.

Scott lachte auf. »Mach es dir doch nicht so schwer, kleiner Bruder. Du zahlst demnächst Nicas Lohn. Meinst du nicht, dass es irgendwo sämtliche ihrer Daten gibt? Hat der Schuppen kein Büro?«

Ich blinzelte, während mein Puls sich beschleunigte. So weit hatte ich nicht gedacht. Scott grinste, während ich den Impuls unterdrückte, aufzuspringen und geradewegs zum *Ol'Mans Pub* zu rasen.

Mein Bruder schien zu begreifen, ebenfalls Julia, die ein leises Seufzen unterdrückte. »Setz sie nicht so unter Druck, Miles. Sie hat wirklich damit zu kämpfen, dass du den Pub gekauft hast. Es ist nichts Persönliches, also mach es nicht dazu, ja?«

Ich griff nach meiner Flasche und prostete Julia zu. »Dein Wort in Gottes Ohr.«

Ihre Miene, falls möglich, wurde noch misstrauischer, und ich nahm lachend einen großen Schluck.

Natürlich hatte ich Zugang zu Nicas Daten. Darauf hätte ich selbst kommen können.

Es ist nichts Persönliches.

Zwar konnte ich Julia nur bedingt zustimmen, doch ihre Worte beruhigten mich. Plötzlich konnte ich es kaum noch erwarten, sie bald schon wiederzusehen.

Auch wenn das vermutlich nicht auf Gegenseitigkeit beruhte.

Nica 9

Der fünfundzwanzigste September wurde zu meinem persönlichen Hasstag.

Nicht nur, dass es sich um einen Montag handelte … als ich an diesem späten Nachmittag den *Ol'Mans Pub* betrat, war Miles bereits da – und ich wusste sofort, was das bedeutete.

Meine Laune rauschte in den Keller.

»Ich dachte, ab Oktober?«, begrüßte ich ihn daher auch eher säuerlich, als er sein besonders charmantes Grinsen anknipste. Er stand hinter der Theke, beide Hände auf dem Tresen abgestützt, und wirkte ärgerlicherweise, als würde er genau dorthin gehören. Selbst die hochgekrempelten Hemdsärmel wirkten authentisch.

Miles' Grinsen wurde breiter. »Ich habe ein paar Tage geschenkt bekommen. Und ich dachte, wir nutzen die Zeit effektiv.«

»Ach ja?« Misstrauen wütete ebenso in mir wie die Erinnerung an meine ohnmächtige Wut von jenem Abend im Diner. »Und wie genau stellst du dir das vor?«

Er legte seinen Kopf schräg. »Ach, da gibt es einige Möglichkeiten. Angefangen damit, dass wir das Kriegsbeil begraben und von Neuem anfangen.« Wie aus dem Nichts tauchten zwei Shots zwischen uns auf – und sein Grinsen wurde feiner. »Hallo, schön, dich kennenzulernen. Ich bin Miles. Und du?«

Ich schnaubte los. »Vergiss es, Kumpel.« Mit großen

Schritten eilte ich vor, schnappte eines der Gläser und leerte es mit einem Zug.

Miles zuckte nicht einmal mit einer Wimper. Im Vergleich zu mir wesentlich langsamer nahm er sein Glas, prostete mir zu und trank die scharfe Flüssigkeit.

Die Hitze des Alkohols bahnte sich einen Weg meine Kehle hinab, vermischte sich mit der unangenehmen Säure in meiner Magengrube. Unschlüssig, was ich nun tun sollte, umfasste ich den Riemen meiner Tasche fester und wechselte von einem Fuß auf den anderen.

Miles zwinkerte mir zu. »So. Und jetzt möchte ich mit dir über einige wichtige Dinge sprechen.«

Es ging also los.

Verdammt.

Ich war darauf nicht vorbereitet. Nicht in einer Million Jahre.

»Darf ich erstmal meinen Kram nach hinten bringen, oder ist dieses Gespräch unaufschiebbar?«

Miles brauchte ein paar Sekunden, ehe er zu einer Erwiderung ansetzte. »Natürlich kannst du deine Sachen nach hinten bringen. Ich hoffe nur, dass du nicht die Chance nutzt und durch das Fenster flüchtest.«

»Wir haben auch einen Hintereingang«, informierte ich ihn knapp. Ärgerlicherweise spürte ich, wie meine Mundwinkel in die Höhe zucken wollten – und kämpfte verbissen dagegen an.

»Wieso hast du ihn nicht genommen?«, fragte Miles mit gewölbter Augenbraue.

»Ist das eine deiner neuen Regeln, Boss? Darf ich nur noch durch den Dienstboteneingang kommen?«

Seine Augen wurden rund, und für einen Moment wirkte er fast schon verunsichert. Dann jedoch schüttelte er den Kopf. »Natürlich nicht. Mach dich nicht lächerlich, Nica.«

Ich beschloss, dass dies keiner Erwiderung würdig war, und rauschte an ihm vorbei nach hinten.

Mein Herz raste, und ein Prickeln überzog meinen gesamten Körper. *Mach dich nicht lächerlich, Nica.* Diesen Satz hatte ich bereits häufiger gehört, als mir lieb war. Bislang jedoch ausschließlich von meinen Eltern, und dann in der Regel, wenn ich meine Absichten, den Pub zu kaufen, bekräftigt hatte. Miles konnte nicht wissen, was er mit diesen fünf Worten in mir triggerte. Dennoch sorgte es nicht gerade dafür, dass ich ihm gegenüber offener wurde. Wütend pfefferte ich meine Tasche in den Spind, der schon seit Jahren mir gehörte, zerrte den Gummi aus meinem Haar und band meinen Zopf neu – wesentlich straffer und höher. Seufzend warf ich einen Blick in den kleinen Spiegel, der in der Tür klemmte.

Ich sah so aufgewühlt aus, wie ich mich fühlte. Klar. Plus geröteter Wangen von dem unerwarteten Schnaps. Gereizt zog ich eine Grimasse.

Miles stand da draußen und wollte einen Neuanfang. Unter anderen Umständen hätte ich ihm diese zweite Chance wahrscheinlich sogar gegeben. Doch ... es war kompliziert. Mit einem Großteil meiner Probleme hatte er nicht einmal etwas zu tun, zumindest nicht unmittelbar. Dennoch schien er der Ursprung allen Übels zu sein, und daher gab er eine willkommene Zielscheibe für meinen Unmut ab. Ich wusste, dass ich daran arbeiten musste. Ein Schritt nach dem anderen.

Du schaffst das, Nica. Du wirst es überleben. Irgendwie.

Doch das war gar nicht so leicht.

Als ich kurz darauf wieder nach vorne trat, hatte Miles seinen Platz hinter der Theke noch nicht verlassen. Geduldig stand er da, mit einem leichten Lächeln im Gesicht, und wartete auf mich. Ich beschloss, ihm gegenüber auf einen der Barhocker zu gleiten. Mir war nur allzu bewusst, wie bedeutsam diese Szene war. Vor ein paar Monaten noch hatte er gelegentlich dort gesessen und ich hatte ihm Bier eingeschenkt. Nun hatte sich das Machtverhältnis empfindlich umgekehrt. Während ich vorher vor allem mir selbst Rechenschaft schuldig gewesen war, war ich es nun ihm gegenüber. Und das wurmte mich am meisten.

»Bier? Cola? Wasser?«

Ich rümpfte die Nase. »Normalerweise trinke ich nicht während der Arbeit. Da ich bereits einen Kurzen hatte …«

»Nica«, fiel er mir ins Wort. Ein Hauch von Belustigung schwang in seiner Stimme mit. »Was willst du trinken?«

Kurz zog ich in Erwägung, doch etwas Hochprozentiges zu ordern – ab sofort würde das ja auch auf seine Kosten gehen –, entschied mich dann jedoch für die Vernunft. »Ein Wasser reicht, danke.«

Ohne mich aus den Augen zu lassen, holte Miles eine Flasche aus dem Kühler unter der Arbeitsfläche. Offenbar hatte er sich bereits mit allem vertraut gemacht. Ich verkniff mir einen bissigen Kommentar, nahm das Wasser entgegen und trank einen großen Schluck.

Kleine Fältchen legten sich um Miles' Augen, während er mich genau beobachtete.

Ich unterdrückte ein Seufzen, knallte die Flasche etwas lauter als nötig auf den Tresen. »Also gut. Von nun an bist du mein Boss. Darf ich dich denn noch Miles nennen oder wäre dir Mr. Fitzpatrick lieber?«

Augenblicklich verzog er seine Miene. »Miles, natürlich! Ich möchte, dass wir eng zusammenarbeiten. Jede falsche Form von Höflichkeit ist fehl am Platze.«

Natürlich lag mir auch hierzu bereits ein dummer Kommentar auf den Lippen, doch statt ihn seine zweifelhafte Macht entfalten zu lassen, brummte ich auf. »Okay, *Miles*. Wie geht es nun weiter?«

»Offensichtlich werden wir mindestens ein Jahr miteinander auskommen müssen …«

»Kannst es vermutlich kaum erwarten, mich vor die Tür zu setzen, was?«, fiel ich ihm beißend ins Wort.

Seine Stirn legte sich in Falten. »Wieso genau sollte ich das tun? Ich habe von allen Seiten gehört, wie gut du in dem bist, was du tust. Ich würde mir ins eigene Fleisch schneiden, sollte ich dich rausschmeißen.«

Ich reckte das Kinn. »Wenn du gerade versuchst, dich bei mir einzuschleimen, solltest du vielleicht subtiler werden. Nur weil ich vom Land komme, heißt das nicht, dass ich schwer von Begriff bin.«

Miles stöhnte langgezogen auf. »Machst du es mir absichtlich schwer?« Er verstummte, wirkte, als würde er sich seine Worte genau zurechtlegen. Dann schüttelte er den Kopf. »Ja, ich komme aus New York. Ja, ich weißt, dass du den Pub kaufen wolltest. Mittlerweile jedenfalls. Und ja, ich hätte dir wahrscheinlich bereits bei unserem ersten Treffen sagen sollen, wer ich bin. Ein ›Hey, ich bin Miles und zahle zukünftig deinen Lohn‹ wäre sicherlich ein echter Eisbrecher gewesen. Aber ich habe es nicht getan. Ich lebe nicht mehr in New York, und ich wusste nicht, dass ich dein Gebot ausgestochen habe. Ich will dir ganz sicher nichts Böses und habe echtes Interesse daran, dass wir uns die kommende Zeit so angenehm wie möglich machen. Hilfreich wäre es jedoch, wenn du nicht jede sich bietende Möglichkeit nutzen würdest, um mir einen reinzuwürgen. Ich gebe mein Bestes. Kannst du das auch von dir behaupten?«

Ich blinzelte, für den Moment sprachlos. Da war die altbekannte Wut, die mich beherrschte, seitdem ich erfahren hatte, dass Mom und Dad verkauft hatten, verstärkt durch die Erkenntnis, dass sich ausgerechnet der erste Mann, der mich seit längerem mal wieder wirklich interessiert hatte, als Käufer hatte entpuppen müssen. Eine verdammte Ironie des Schicksals, mit der ich noch heute zu kämpfen hatte.

Doch das war längst nicht mehr alles. Ausgelöst durch seinen hitzigen Monolog breitete sich ein weiteres Gefühl in mir aus.

Scham. Heiße, brodelnde, unangenehme Scham.

Ja, es stimmte. Ich verhielt mich nicht sonderlich erwachsen, indem ich ihm und allen um mich herum, die in diese

Geschichte verwickelt waren, die kalte Schulter zeigte. Zwar war ich nach wie vor der Meinung, dass ich ein Anrecht auf Wut und Enttäuschung hatte, doch insbesondere Miles konnte nichts dafür, dass meine Eltern ihn bevorzugt hatten. Er war kein Sandkastenfreund, mit dem ich von jeher um den Pub konkurriert hatte. Kein alter Bekannte, der mir eins hatte auswischen wollen.

Er war frisch hergezogen, hatte mit Sicherheit seine ganz eigene Geschichte, und gerade versuchte er, eine Brücke zu mir zu schlagen. So schwer es mir auch fiel, es zuzugeben: Damit war er mir um Meilen voraus.

Seufzend ließ ich zu, dass ein Teil der Anspannung aus meinem Körper wich. »Du hast recht.«

Seine Augenbrauen schossen in die Höhe. »Ich habe recht?«

»Ja.« Mühsam zwängte ich meine Mundwinkel in die Höhe. »Ich habe mir nicht sonderlich viel Mühe gegeben. Zumindest, seit ich weiß, wer du bist.«

Etwas blitzte in seinen Augen auf. »Und vorher schon?«

Mein Gesicht begann zu brennen. »Vorher war es etwas anderes. Darüber brauchen wir aber nicht mehr zu reden, der Zug ist abgefahren. Aber sowas von.« Einmal mehr veränderte sich der Ausdruck in seiner Miene, plötzlich wirkte er fast schon wölfisch. Als würde ich mit einer lupenreinen Herausforderung vor seiner Nase herumwedeln, die er unbedingt ergreifen wollte. Der Gedanke verunsicherte mich, weshalb ich eilig meine Worte bekräftigte. »Du hast ja gesagt, es gibt einige Dinge zu besprechen. Fangen wir also damit an: Keine Vermischung von Beruflichem und Privatem.«

Spätestens jetzt wusste ich mit absoluter Sicherheit, dass ich mir nichts einbildete, denn seine Augen loderten auf. »Ach ja? Definiere das.«

Unruhig wand ich mich auf meinem Platz. »Du und ich, wir haben beide gespürt, dass wir uns zueinander hingezogen gefühlt haben. Zumindest, bevor sich herausgestellt hat, dass du zukünftig mein Boss bist. Was auch immer da vielleicht war, es ist vorbei.«

Es dauerte eine ganze Weile, doch schließlich nickte Miles. Seine Miene war glattpoliert, ich hatte nicht die geringste Ahnung, was er dachte. »Okay. Notiert.«

Erleichterung und Bedauern fluteten mich zu gleichen Teilen. Ich räusperte mich rau. »Gut, dann hätten wir das geklärt.«

»Ja, das haben wir.«

Wir starrten einander an.

Da. Da war es wieder. Die Atmosphäre heizte sich spürbar auf. Dieses Kribbeln war mir von unseren ersten Treffen mehr als bekannt. Nachdem ich erfahren hatte, dass er der Käufer war, war es schlagartig erloschen; ich dachte für immer. Doch offenbar war es nach wie vor existent. Verdammt.

»Also weiter im Text«, murmelte ich eilig. »Was noch?«

Miles' rechter Mundwinkel wanderte in die Höhe. »Im Großen und Ganzen möchte ich, dass du weitermachst wie zuvor. Ich habe selbst erleben dürfen, wie gerne du deinen Job machst. Ich verlange keine Quantensprünge von dir ...«

»Ach«, fiel ich ihm ins Wort, ehe ich es verhindern konnte. »Hast du etwa keine Verbesserungsvorschläge? Keinen New Yorker Einfluss, den du nehmen willst?«

»Was das angeht ...« Er wirkte beinahe ertappt. »Ein paar Veränderungen würde ich tatsächlich gerne vornehmen. Nur eben nicht an dir.«

Ich schnaubte los. »Das könntest du sowieso nicht.« Dann wurde ich misstrauisch. »Von welchen Veränderungen sprechen wir?«

Sein Blick wurde abschätzend. »Nun ja. Zuerst müssen wir ein paar Schönheitskorrekturen vornehmen. Die Fassade, aber auch Teile der Einrichtung sind mittlerweile ernsthaft abgenutzt ...«

»Das nennt man nicht abgenutzt, sondern Vintage«, fiel ich ihm ins Wort, obwohl ich ihm in Sachen Fassade zustimmte. Die konnte wirklich einen Anstrich gebrauchen. Und auch im Innenraum war an der einen oder anderen Stelle zu erkennen, dass meine Eltern den Pub nur noch aus Pflichtgefühl geführt hatten, ganz sicher nicht aus Leidenschaft. Das würde ich ihm allerdings nicht auf die Nase binden.

»Außerdem dachte ich, wir könnten die Einrichtung optimieren. Insbesondere der Bereich vor der Theke ist sehr eng und chaotisch. Die vielen unterschiedlichen Hocker ...«

»Was ist mit ihnen?«, fiel ich ihm scharf ins Wort, in Gedanken bei den zwei Exemplaren, die ich erst vor kurzem auf dem Flohmarkt erstanden hatte. Mittlerweile waren sie abgeschliffen, lackiert und warteten darauf, neu bespannt zu werden. Bereit für ihren Einsatz – nur schien Miles ein Problem damit zu haben.

»Ich empfinde sie als unruhig«, sagte er langsam. »Durcheinander eben. Etwas Einheitlichkeit würde nicht schaden. Allgemein denke ich, dass wir der Inneneinrichtung einen Feinschliff verpassen könnten ...«

»Jetzt aber mal langsam«, fiel ich ihm ins Wort, die Stirn krausgezogen. »Du kannst nicht einfach so beschließen, alles ändern zu wollen.«

»Ich will ja nicht alles ändern«, erwiderte er unschuldig. »Nur ein wenig ... modernisieren.«

»*Modernisieren?*« Mein Vorsatz, mir Mühe zu geben, geriet ernsthaft ins Schwanken. »Also doch New Yorker Chic, oder was? Mein Gott, Miles, du tust ja so, als würden wir hier gerade in einer mittelalterlichen Spelunke stehen. Ich glaube nicht, dass das nötig ist ...«

So etwas wie Herausforderung blitzte in seinen Augen auf. »Abwarten. Mit etwas Glück bekommen wir demnächst Besuch. Ein Freund kommt vorbei, um uns zu beraten.«

Ich schnaubte los. »Damit wir alles schick und modern und nach Feng Shui ausrichten können, ja?«

Miles setze zu einer Antwort an, doch dann wurde die Tür aufgerissen – und die ersten Gäste des Tages betraten den Pub.

Es handelte sich um Harald und ein paar seiner Freunde. Sie kamen mindestens dreimal die Woche vorbei, um Sport zu gucken und dabei ein paar Bierchen zu trinken. Sie trugen ebenso zu dem wohligen Gefühl von zuhause bei wie *die gesamte Einrichtung der Kneipe*. Ganz sicher scherten sie sich nicht darum, dass nicht jeder Hocker gleich war – im Gegenteil. Mit neumodischem Chic würden sie nicht einverstanden sein. Dinge, die jemand wie Miles nie verstehen könnte.

Der dahergelaufene Großstädter warf mir einen Blick zu, der so viel bedeutete wie »Das Thema ist noch nicht durch«.

Ich reckte mein Kinn angriffslustig und schüttelte knapp den Kopf, ganz so, als wollte ich sagen: »Träum weiter.«

Oh weh.

Das hier hatte gerade erst angefangen – und ich fürchtete, es würde noch schlimmer werden.

Miles 10

Die erste Woche als offizieller Pubbesitzer verging unspektakulärer als erwartet.

Ich verbrachte viel Zeit hinter der Theke. Nicht, dass ich unfassbar viel Ahnung hatte von dem, was ich tat, doch es fühlte sich gut an, Präsenz zu zeigen. Ein Gefühl für die Arbeit zu bekommen, für die Abläufe. Obwohl ich bereits einige Abende als Besucher im *Ol'Mans Pub* verbracht hatte, war es doch etwas gänzlich anderes, auf der anderen Seite der Theke zu stehen. Nica schien darüber nicht allzu glücklich zu sein; sie wurde nicht müde, kleine Spitzen zu verteilen. Spitzen, die die meiste Zeit über sogar ziemlich amüsant waren. Vor allem, weil sie sich trotzdem die Mühe machte, mir alles Mögliche zu erklären. Langfristig würde ich wohl kaum hinter dem Tresen stehen, das war und blieb ihre Aufgabe, aber für den Anfang tat es gut, Schulter an Schulter mit ihr zu arbeiten und dabei einen Teil unserer Kundschaft kennenzulernen. Ich hoffte, dass diese mir weniger skeptisch gegenübertraten, wenn sie mich gemeinsam mit Nica wahrnahmen. Außerdem wäre es sicherlich von Vorteil, zu wissen, wie der Laden lief, für den Fall, dass Nica mal ausfiele. Ich war noch nicht allzu überzeugt davon, ob ich diesen Grünschnabel Justin weiterhin anstellen wollte.

Schon nach wenigen Tagen wuchs mein Respekt für Nica ins Unermessliche. Jeden Abend war sie hier, sechs Tage die Woche, in der Regel mindestens bis elf, an den Wochenenden noch länger. Sie wirkte nie, als wäre es ihr zu viel, während ich schon bald den veränderten Tagesrhythmus zu spüren bekam.

Langfristig würde ich meine Arbeitszeiten auf den Nachmittag verlegen müssen – es sei denn, ich gewöhnte mich daran, regelmäßig so lange im Pub zu sein.

Jeffrey hatte sich bereit erklärt, am Wochenende zu kommen. Im Gepäck würde er Garret haben; ein gemeinsamer Freund aus früheren Zeiten und mittlerweile ziemlich erfolgreich in Sachen Innenausstattung. Ich erhoffte mir auch von ihm einige Impulse. Im Gegenzug würde ich ihnen Paradise zeigen – zumindest das, was es zu zeigen gab. Einen Abend wollten wir bei Scott den Grill anschmeißen. Julia und Noah würden bei Julias Eltern schlafen. Auch wenn es einen Geschmack von Altherrenclub hatte – ich freute mich auf einen Männerabend. Davon hatte es in der Vergangenheit viel zu wenig gegeben. Und darüber hinaus? Ich würde es wie so oft tun und die Dinge auf mich zukommen lassen. Bisher hatte ich damit die besten Erfolge erzielt – auch wenn diese Meinung nicht jeder mit mir teilte. So oder so erhoffte ich mir viel von dem New Yorker Besuch.

Und wenn es nur eine Ablenkung von dem Gefühlswirrwarr war, das nach wie vor in mir herrschte.

Eine gewisse Würze verlieh Nica der Woche, als sie freitags kurz vor Ladeneröffnung in mein Büro stürmte. In der einen Hand hielt sie einen Zettel, den ich relativ schnell als Abrechnung identifizierte, die andere war zu einer zitternden Faust geballt.

»Was ist das?«, schrie sie mir praktisch entgegen.

Ich spürte, wie meine Mundwinkel zuckten, und legte bedächtig den Stift beiseite, mit dem ich bis eben herumgespielt hatte. Was sie nicht wusste: Seit ein paar Tagen befand ich mich bereits ab mittags im Pub, um die Unterlagen zu sortieren. Was auch immer die Clarksons für eine Ordnung bei ihrer Buchhaltung eingehalten hatten – ich konnte sie nicht erkennen. Nicht nur im Hauptraum, auch hier hinten war alles chaotisch und vollgestaubt.

Um es freundlich auszudrücken.

Nun begegnete ich Nica jedenfalls entspannt, froh über etwas Ablenkung von der trockenen Arbeit mit den Unterlagen. »Ich muss einen genaueren Blick darauf werfen, würde aber vermuten, es handelt sich um deine Monatsabrechnung für …«

»September, genau. Und was zur Hölle ist das?« Sie klatschte den Zettel auf den Schreibtisch und bohrte ihren Finger auf die Summe am Ende der Liste.

Ich zuckte nicht einmal mit der Wimper. »Sieht mir nach deinem Nettolohn aus.«

»*Was zum Teufel?*«

Nun konnte ich doch nicht anders und lachte los. »Du verhältst dich gerade, als wäre etwas Schlimmes eingetreten, nicht jedoch …«

»Eine Gehaltserhöhung? *Wofür?*«

Zugegeben. Ich hatte eigentlich schon gehofft, dass sie diese mit etwas mehr Freude aufnehmen würde. Stattdessen sah sie mich an, als hätte ich sie persönlich beleidigt. Ich atmete tief durch und rutschte auf die Kante meines Stuhls. »Vielleicht ist es dir nicht bewusst, vielleicht war es auch so abgesprochen, aber dein Lohn lag deutlich unter dem gängigen Tarif. Ich habe die notwendige Anpassung vorgenommen – plus Bonus, weil du deinen Job wirklich verdammt gut machst.«

»Also kriege ich jetzt jeden Monat so viel, oder was?«

»Zuzüglich Trinkgeld, genau.«

»Ich bin nicht *käuflich!*«

Nun verschlug es mir doch für einen kurzen Moment die Sprache.

Nica richtete sich auf. »Du musst nicht glauben, dass du dir meine Zuneigung erkaufen kannst, klar? Ich bin auch vor dir gut zurechtgekommen …«

»Und nichts anderes habe ich erwartet.« Plötzlich erfasste mich eine heftige Welle der Müdigkeit. »Ich will dich nicht kaufen. Ganz sicher nicht. Aber ich bin nun der Besitzer dieses

Pubs, was auch bedeutet, dass ich dich für deine Arbeit bezahle. Ich würde deinen Ärger ja verstehen, wenn ich dein Gehalt gekürzt hätte, aber du bekommst 400 Dollar mehr im Monat. 400 Dollar, nicht 4000. Ich will nicht den Großkotz raushängen lassen, aber schmerzen wird mich das nicht. Wenn es dich trotzdem so sehr stört, kannst du das Geld sicher auf gutem Wege loswerden. An die Wynchesters, zum Beispiel.«

Ihr Mund klappte auf. »Woher weißt du von ihnen?«

Ich legte meinen Kopf schräg. »Das Spendenglas vorne auf der Theke ist mehr als offensichtlich. Ich brauchte nur ein bis zwei Fragen stellen.«

Nun schien ich sie tatsächlich kalt erwischt zu haben. Sie musterte mich sprachlos, erzitterte, offenbar immer noch ziemlich wütend. Wegen verdammten 400 Dollar.

Schließlich schüttelte sie den Kopf. »Ich bin vorne, wenn du mich brauchst.«

Für einen kurzen Moment spürte ich tatsächlich Enttäuschung, weil sie so abrupt nachgab. Selbst die Art und Weise, wie sie auf dem Absatz kehrtmachte, um mein Büro wieder zu verlassen, wirkte gereizt. »Ist das ein unmoralisches Angebot?«, rief ich ihr eilig hinterher, wohlwissend, dass ich damit nur noch mehr Öl ins Feuer goss.

Nica zeigte mir den Mittelfinger. Kurz darauf knallte die Tür lautstark ins Schloss.

Und ich?

Ich lachte.

Ich lachte richtig.

Diese Frau war unmöglich. Unkalkulierbar. Und sie hatte Feuer im Arsch. Irgendwie mochte ich sie deshalb umso mehr.

Jeffrey und Garret reisten noch am selben Abend an. Es gab eine kleine Pension am östlichen Ufer der Insel. Wie zu erwarten, war es nicht sonderlich schwierig gewesen, dort kurzfristig

Zimmer zu buchen. Sie würden nicht mit dem Four Seasons mithalten können, aber da Jeffrey und Garret, gemessen an den Sprüchen, die sie im Vorfeld abgelassen hatten, nicht einmal mit fließend Wasser rechneten, überträfe die Pension sicher ihre niedrigen Erwartungen.

Ich befand mich nach wie vor im Pub, allerdings nicht hinter der Theke, sondern im Büro. Vorgestern hatte ich mich dazu entschieden, das System zu digitalisieren. Im Nachhinein betrachtet eine dumme Idee, weil ich wahrscheinlich noch einige Wochen damit beschäftigt wäre, aber so würde ich zukünftig von überall darauf zugreifen können, solange ich Internetzugang hatte. Fortschritt, der für mich eine Selbstverständlichkeit war, in einem Kaff wie diesem aber offensichtlich nicht.

Ich verkniff mir, die Gelegenheit zu nutzen, um Nica damit zu ärgern. So gerne ich sah, wie ihre Augen blitzten – nach der Sache mit der Gehaltserhöhung hielt ich lieber erstmal den Ball flach.

Gegen halb zehn, kurz bevor ich mich entschloss, für heute Abend die Segel zu streichen, verkündete mein Handy den Eingang einer Nachricht. Offenbar hatte unser Besuch sich eingerichtet und plante, einen Abstecher in den Pub zu machen, um sich einen ersten Eindruck davon zu verschaffen, wie er besucht wirkte. Ich rief Jeffrey an, um ihm zu erklären, wie sie uns finden würden. Nicht, dass es viele Möglichkeiten gab, sich zu verlaufen.

Zum ersten Mal, seit sich heute unsere Pforten geöffnet hatten, verließ ich mein Büro. Meine Augen brannten von der stundenlangen Arbeit am Bildschirm, und erst jetzt merkte ich, dass ich viel zu lange gesessen hatte.

Eine Mischung aus Spannung und Vorfreude erfüllte mich. Auch wenn ich selbst noch keine Erfahrungen mit ihnen gesammelt hatte, hatte ich bereits das eine oder andere Mal am Rande mitbekommen, wie fruchtbar eine Zusammenarbeit mit Jeffrey und Garret sein konnte. Darüber hinaus hatte ich die beiden wirklich lange nicht mehr gesehen und konnte es kaum erwarten, etwas Zeit mit ihnen zu verbringen. Garret wäre vermutlich der berühmte bunte Vogel inmitten dieser kleinen Gemeinschaft, aber ich schätzte die meisten als eher aufgeschlossen ein.

Ich war gespannt, wie Nica auf ihre Ankunft reagieren würde. Dass sie bald kämen, hatte ich ihr gesagt. Dass es noch heute dazu kommen würde, wusste sie nicht. Es wurde also Zeit, ihr einen kleinen Vorsprung zu geben. Immerhin wollte ich nicht so sein wie ihre Eltern.

Ich schlüpfte durch die Tür, die sich links von der Theke befand, und tauchte geradewegs in den brummenden, schummerigen Raum ein. Eine gewisse Erleichterung erfüllte mich, als ich sah, wie gut wir besucht waren. Ein paar wenige traurige Gestalten an der Theke oder vor den Fernsehern wären mir irgendwie unangenehm gewesen. Doch davon waren wir weit entfernt. Es mochte daran liegen, dass der Pub die einzige Adresse in Paradise war, vielleicht aber auch schlicht und ergreifend an Nica, die den Raum beherrschte wie eine strahlende Sonne. Ich hatte nie zuvor jemanden gesehen, der alleine so viel auf die Beine stellte wie sie. Dennoch machte ich mir eine gedankliche Notiz, dass wir, zumindest für die Wochenenden und für besondere Feiertage, einen weiteren Mitarbeiter einstellen sollten. Einen, der mehr Leidenschaft mitbrachte als dieser pickelige Junge, der mir nach wie vor nicht verziehen hatte, dass ich mich nicht für die New Yorker Footballmannschaften interessierte.

Gerade zapfte Nica einige Gläser vom Fass. Ich nahm eine Flasche Hopscotch aus dem Regal und goss mir zwei Fingerbreit ein. Ein Grinsen umspielte meine Lippen, während ich mich an die Wand lehnte – so, dass ich Nica nicht im Weg war –, um sie zu beobachten. Gleichzeitig ließ ich den Eingang nicht aus den Augen.

»Sieh an! Da traut sich jemand aus der Höhle des

Löwens«, rief sie mir zu, sobald sie mich bemerkte, und mein Grinsen wurde noch breiter.

»Aus oder in?«

Das entlockte ihr immerhin ein Schnauben. Ich nahm mir die Zeit, sie etwas genauer zu mustern. Wie an jedem anderen Abend trug sie eine dunkle Jeans, dazu flache Turnschuhe und ein enganliegendes, einfarbiges Shirt, das kein Geheimnis aus ihrem kurvigen, weiblichen Körper machte. Heute war es mal wieder dunkelrot. Scheinbar hatte sie Lippenstift aufgelegt, nachdem sie mich im Büro zur Rede gestellt hatte. Die Farbe traf den Ton ihres Oberteils perfekt. In Verbindung mit ihrem blonden Pferdeschwanz, der bei jeder Bewegung wippte, und dem lebhaften Funkeln in ihren Augen machte sie das trotz der schlichten Aufmachung unbestreitbar zum Blickfang des Abends, und ich war mir sicher, dass jeder einzelne von den Kerlen, die direkt am Tresen saßen und in ihr Bier sabberten, genau das auch wusste.

Seltsamerweise musste ich ausgerechnet jetzt an diesen Südländer denken, der ihr damals im Diner so schöne Augen gemacht hatte. Unwillkürlich fragte ich mich, welchen Umgang sie mit dem anderen Geschlecht pflegte. Sie hatte einst angedeutet, dass sie sich mit uns mehr hätte vorstellen können, dieses »mehr« jedoch nie definiert. Ob sie es eher locker anging? Wie viele dieser Männer hatten ihre Brüste bereits gesehen – oder würden noch in den Genuss kommen?

Und wieso zum Teufel dachte ich überhaupt darüber nach?

Eilig setzte ich mein Glas an, um einen großen Schluck der scharfen Flüssigkeit zu nehmen – und sah, wie die Tür aufgestoßen wurde. Verdammt. Da waren sie, Jeffrey und Garret, und Nica wusste noch nicht Bescheid.

Räuspernd trat ich einen Schritt näher. »Da vorne kommen …«

»Ja, ja«, fiel sie mir augenrollend ins Wort. »Neue Gäste.

Ich habe alles im Griff, siehst du doch. Oder willst du dich etwa dazu herablassen, mir zu helfen?«

Für einen kurzen Moment ärgerte ich mich über ihre Wortwahl – und das war wohl auch der Grund, wieso ich so plump reagierte. »Das sind meine Freunde aus New York. Sie sind dieses Wochenende da. Wir werden über den Pub sprechen.« Ohne ihre Reaktion abzuwarten, hob ich meine Hand, um die beiden in meine Richtung zu winken. Aus dem Augenwinkel sah ich, wie Nica fassungslos erstarrte, ignorierte sie jedoch, während die beiden Männer näherkamen. Jeffrey sah aus wie immer, er trug einen anthrazitfarbenen Anzug und einen dazu passenden, ernsten Blick. Garret dagegen hatte sich für eines seiner schrillsten Hemden entschieden. Die Farben erinnerten an die bunten Ahornblätter im Herbst, was wahrscheinlich auch der Grund war, wieso er es ausgewählt hatte. Dazu trug er eine hautenge Hose, die optisch an Leder erinnerte, und sein karottenrotes Haar war so gestylt, dass es wirkte, als hätte er in eine Steckdose gepackt. Grinsend schüttelte ich den Kopf. Gegensätzlicher hätten sie nicht sein können.

»Da seid ihr ja«, begrüßte ich sie mit Handschlag. Gespannt sah ich zu, wie die beiden ihre Blicke schweifen ließen, und goss uns allen einen Scotch ein, ehe ich ihnen bedeutete, mir zu folgen.

»Wo willst du hin?«, rief Garret eine Spur zu laut. »Hier ist es doch perfekt?«

Jeffrey, der meinem Bruder relativ ähnlich war, wirkte, als wäre er anderer Meinung, verkniff sich aber im letzten Moment einen Kommentar. Ich warf Nica einen Blick zu. Sie musterte uns mit so viel Misstrauen, dass ich beinahe wieder gelacht hätte. Gleichmütig zuckte ich mit den Schultern. »Mir soll es recht sein. Wir können auch hier bleiben. Ist genug Platz für uns alle.« Grinsend schob ich ihnen die Gläser zu. Es war schon seltsam, ihnen gegenüberzustehen und nicht neben ihnen zu sitzen, doch ich gab meine Position nicht auf, zumindest vorerst. Immerhin war es ja wirklich so: Mir gehörte die Bar, sie waren zu Besuch. Das Gefühl, auch mal etwas Handfestes vorweisen zu können, war erhebend.

Wir prosteten einander zu, und ich spürte, wie meine Anspannung stieg.

Was die beiden wohl dachten? Über den Pub, über meine Entscheidung, hierzubleiben? Über Paradise, einfach alles? Während ich die beiden nachdenklich maß, schärften sich meine Sinne überdeutlich. Ich spürte Nica rechts von mir, nahm ihre Anspannung wahr, als bestünde sie aus einem zähen Nebel, der mich langsam einhüllte. Mir war allzu bewusst, wie sehr sie sich gegen den Gedanken gewehrt hatte, etwas am Pub zu ändern. Innerlich stellte ich mich bereits auf Auseinandersetzungen ein.

»Das hier ist es also«, machte schließlich Garret den Anfang. Ich war froh, dass er das Gespräch eröffnete; er war wesentlich lockerer und aufgeschlossener als Jeffrey, der manchmal doch recht eigenwillig war. Er punktete nicht gerade mit einer hohen sozialen Kompetenz – das hatte er noch nie.

Grinsend breitete ich die Arme aus. »So sieht es aus. Meine erste richtige Investition. Na, was sagt ihr?«

Jeffrey brummte. »Du hättest dafür nicht bis an die Grenze Kanadas reisen müssen. Läden wie diesen gibt es in New York wie Sand am Meer.«

Erstaunlicherweise schoss mir ein Gedanke durch den Kopf: *Gerade deshalb ja.* Ich wusste nicht, wie ich ihn einordnen sollte, geschweige denn, woher er so plötzlich kam, also behielt ich ihn vorerst für mich. Stattdessen wölbte ich die Augenbrauen. »Du kennst mich, mein Freund. Ich bin immer für eine Überraschung gut.«

Das quittierte Garret mit einem Lachen, Jeffrey mit einem Stirnrunzeln. Ja, das war ich wirklich – aber normalerweise spielten sich meine Überraschungen in einem anderen

Rahmen ab. In gewisser Weise hatte ich mich damit selbst überrumpelt, aber auch das würde ich für mich behalten.

»Sehr urig«, sagte Garret schließlich, und in seiner Stimme schwang eine gewisse positive Überraschung mit. »So, wie ich es mir vorgestellt habe, aber doch irgendwie anders.«

»Du meinst altbacken«, fügte Jeffrey trocken hinzu. »Wie alt ist die Klientel hier? Durchschnittlich fünfzig plus?«

»Sieh dich doch um«, erwiderte ich irritiert. »Bunt durchmischt, würde ich sagen. Hier geht jeder hin, der etwas trinken oder ein wenig Spaß haben will.«

»Mangels Alternativen«, fügte Jeffrey hinzu. »Oder?«

Ich beschloss, diesen Einwand zu ignorieren, und nahm einen Schluck Scotch. Aus dem Augenwinkel sah ich, dass Nica regelrecht erstarrt war. Wahrscheinlich gefiel ihr nicht, was sie zu hören bekam. Sofern sie denn lauschte.

Wovon auszugehen war. Ich an ihrer Stelle hätte es definitiv getan.

Plötzlich erschien es mir überaus wichtig, das Gespräch in eine andere Richtung zu lenken. In ruhigere Gewässer, die wesentlich unverfänglicher waren. Zumindest, solange Nica in der Nähe war.

»Also gut«, rief ich aus, vielleicht eine Spur zu locker. »Heute sind wir nicht hier, um zu arbeiten. Wir sind hier, um unser Wiedersehen zu feiern. Auf einen schönen Abend, meine Freunde!«

»Hört, hört«, rief Jeffrey aus. Garret erhob feierlich sein Glas.

Ich warf Nica einen schnellen Blick zu. Jepp. Sie war irritiert. Auf der Hut.

Und Löwinnen sollte man nicht unnötig reizen, so amüsant es auch werden mochte.

Grinsend starrte ich in meinen Scotch.

Nica II

Ich konnte es nicht fassen, dass Miles direkt vor meinen Augen mit diesen beiden Typen sprach, die offenbar hergekommen waren, um ihn in seiner Meinung zu bestärken, dass hier alles geändert werden musste.

Urig? Altbacken? Hatten die beiden den Schuss nicht gehört?

Innerlich tobte ich, während ich versuchte, mich auf die Arbeit zu konzentrieren und nicht allzu sehr auf diesen ungewollten Besuch. Ungewollt, was mich betraf. Miles dagegen wirkte mehr als glücklich.

Irgendwie schaffte ich es, nicht alles durcheinanderzubringen, während ich mit halbem Ohr der Unterhaltung des Trios folgte, mich gleichzeitig für diese Neugierde hasste. Sie waren relativ schnell zu Small Talk übergegangen, der im Großen und Ganzen New York zuzuordnen war. Die meisten Namen kamen mir nicht bekannt vor, egal, ob es um Menschen ging, um Marken oder irgendwelche öffentlichen Orte. Ziemlich oberflächlicher Kram, wenn man mich fragte. Immerhin lästerte Miles nicht allzu offensichtlich über Paradise – das hätte ich ihm auch sehr übelgenommen. Glücklich war ich jedenfalls nicht über die Anwesenheit dieser Männer. Trotzdem – oder gerade deshalb – knipste ich mein breitestes Grinsen an, als ich vernahm, wie sich das Gespräch in meine Richtung lenkte.

»Sag mal, Miles, du hast uns noch gar nicht das offensichtliche Highlight des Pubs vorgestellt. Wer ist denn die hübsche Blondine da drüben?«

Musste ich erwähnen, dass ich es hasste, als Blondine bezeichnet zu werden? Vermutlich nicht. Irgendwie schaffte ich es, über diese wenig schmeichelhafte Bezeichnung hinwegzusehen. Wahrscheinlich bemerkte nicht einmal Miles, wie sehr mich das ankotzte. Er warf mir einen dieser schnellen Blicke zu, die er anscheinend einzig für mich reserviert hatte, und nickte. »Das ist Nica. Sie hat schon vorher hier gearbeitet und ich habe sie sozusagen übernommen.«

Zwangsläufig. Diesen Kommentar behielt ich jedoch für mich.

»Hi.« Ich trat einen Schritt näher. Nach außen hin ganz locker und freundlich, innerlich jedoch gespannt wie ein viel zu strammer Bogen. »Ich gehöre quasi zum Inventar.« Und, weil ich es mir nicht verkneifen konnte: »Ich hoffe, wenigstens ich komme nicht urig daher.«

Das löste ein herzhaftes Lachen aus – zumindest bei Jeffrey und Garret, die die dahinter verborgene Spitze ignorierten oder einfach nicht kapierten. Miles' Augen wurden jedoch schmal.

»Nein, als urig würde ich dich nicht bezeichnen«, stellte Garret mit einem breiten Grinsen fest. Überrascht stellte ich fest, dass er eines dieser glitzernden Zahnsteinchen trug. War das nicht seit Jahrzehnten out? Nun, vielleicht war es in Metropolen wieder der letzte Schrei. In *altbackenen* Gegenden wie Paradise gingen solche Trends schnell an einem vorbei.

»Dann bin ich ja froh.« Mit hochgezogenen Augenbrauen deutete ich auf ihre Gläser. »Will wer Nachschub?«

»Ich mach das schon«, begann Miles, doch ehe er etwas tun konnte, hatte ich bereits die Flasche Scotch in der Hand.

»Noch einmal das Gleiche?«

Jeffrey nickte, Garret strahlte mich an, als wäre ich das neue liebste Spielzeug in seiner großen Kollektion. Mit geübten Griffen goss ich den drei Männern nach, wich dabei Miles' Blick aus – und landete bei Jeffrey, der mich musterte, als hätte er mich gerade erst so richtig bemerkt. Bislang hatte er eher verschlossen auf mich gewirkt, grübelnd. Auf düstere Art und Weise sexy, trotz seines eher konservativen Auftretens. Nun schenkte er mir ein kleines Lächeln. »Wie macht Miles sich denn so als Chef?«

Nun, dazu hatte ich einiges zu sagen. Vieles war sogar relativ freundlich, das meiste jedoch eingefärbt von meinem Unmut, weil er den Posten besetzte, nicht ich. Also zuckte ich nur mit den Schultern. »Allzu viel kann ich noch nicht über ihn sagen, fürchte ich.« Außer, dass er mir einfach mehr Geld überwies, weil er glaubte, mich dadurch zu besänftigen. Und dass er plante, alles zu ändern, was ich liebte.

Jeffreys Augen blitzten auf. »Ich hoffe, er ist dir noch nicht zu nahe gekommen. Unser Miles ist ein ganz schöner Frauenheld.«

»War«, fiel dieser ihm scharf ins Wort. »Jeder Mensch hat seine Vorgeschichte, das ist kein Geheimnis. Aber diesen Teil habe ich hinter mir gelassen.«

»Hört, hört«, murmelte Garret, versteckte sein ungläubiges Grinsen aber eilig hinter seinem Glas. »Liegt das an einer ernsthaften Wandlung deines Charakters – oder am mangelnden Angebot?« Er war mir von den Neuankömmlingen wesentlich sympathischer. Vielleicht, weil er so eigenwillig aussah mit dem Glitzersteinchen, dem schrillen Hemd und dem wilden Haar. Womöglich lag es aber auch einfach nur daran, dass ihm eine Aufrichtigkeit anhaftete, die ich dem anderen Kerl nicht zutraute. Wieso auch immer.

Miles rollte mit den Augen. »Nica? Das sind Jeffrey und Garret. Ich kenne sie aus Collegezeiten. Jeffrey ist mittlerweile erfolgreicher Architekt, Garret hat sich auf Innenausstattung spezialisiert. Die beiden waren unter anderem mit der Gestaltung der neuen Mall in der Upper East Side beschäftigt. Ich weiß nicht, ob du davon gehört hast?«

»Nö«, erwiderte ich ungerührt. »Sagt mir gar nichts. Klingt aber so, als wärt ihr etwas überqualifiziert für diesen Job hier …«

»Mein Reden«, brummte Jeffrey, was ihn mir direkt etwas sympathischer machte, obwohl man es strenggenommen als Beleidigung auffassen konnte.

Garrets Grinsen wurde breiter. »Schätzchen, wir sind hier, weil Miles uns um Hilfe gebeten hat. Um der guten Zeiten willen. Was sagst du denn zu seinen Plänen?«

Nur, weil ich Miles einen Blick zuwarf, sah ich, wie er Garret anstarrte, als wollte er ihm den Mund verbieten. Wenn die Sache nicht so ätzend gewesen wäre, hätte ich sogar gelacht. Betont locker stützte ich meine Ellenbogen auf den Tresen und beugte mich ganz vertraulich vor. »Ganz unter uns?«

Alle Männer nickten – mehr oder weniger begeistert.

»Ich finde sie scheiße.«

Das entlockte allen ein Lachen, sogar Miles. Kurz wirkte er, als wolle er mir ein High Five geben, dann strich er sich doch nur das Haar aus der Stirn. Da war es wieder, ein kurzes Gefühl von intensiver Vertrautheit. Das Prickeln wollte loslegen, verstummte jedoch wieder, als ich mich von seinem Anblick löste und stattdessen erst Jeffrey, dann Garret fest in die Augen sah. »Meiner Meinung nach gibt es keinen Grund, hier alles auf den Kopf zu stellen. ›Never change a running system‹, oder? Paradise ist eine Kleinstadt. Hier laufen die Dinge anders als drüben bei euch. Es wird die Leute irritieren, wenn hier eines Tages alles anders aussieht. Es ist gerade das Vertraute, das Behagliche, was sie anzieht. Macht es Sinn, all das aufs Spiel zu setzen, nur weil Miles der Meinung ist, dem Pub seinen ganz persönlichen Stempel aufdrücken zu müssen? Ich bin mir da nicht so sicher.« Ich zuckte mit den Schultern. »Aber das ist nur meine ganz bescheidene Meinung.«

Jeffrey wirkte, als würde er ganz genau über meine Worte nachdenken, während Garret sich ein Grinsen verkneifen musste.

Ich wandte mich Miles zu, der mich musterte, als wüsste er nicht, ob er mich einen Kopf kürzer machen sollte oder nicht.

»Du weißt, wie ich darüber denke. Ja, über die Fassade brauchen wir nicht diskutieren. Mach was du willst, solange sie am Ende nicht in Neonfarben erstrahlt. Aber mit jeder deutlichen Veränderung hier drinnen bin ich nicht einverstanden. Das ist alles, was ich dazu sagen werde.«

Ich ließ die Männer stehen. Nicht, weil ich einen möglichst dramatischen Abgang hinlegen wollte, sondern vielmehr, weil mittlerweile einige Gäste nach meiner Aufmerksamkeit heischten. Ich begann, ihre Bestellungen nach und nach abzuarbeiten, zitternd, weil ich meine Meinung so klar vertreten hatte.

Ob ich deshalb in Schwierigkeiten geraten würde?

Womöglich.

Würde ich es wieder tun?

Ein ganz klares Ja! Das hier war mein Zuhause. Ich liebte es mit jeder Faser meines Körpers. Und ich würde immer wieder dafür in den Ring steigen.

Gegen Mitternacht leerte sich der Pub langsam. Zum Glück saßen die Leute hier selten bis weit in die Nacht. Spätestens, wenn die diversen Sportübertragungen endeten, gingen die meisten nach Hause. Nun klackten nur noch gelegentlich die Billardkugeln, weil eine Truppe Halbstarker ein letztes Spiel spielte, und ein frisch verliebtes Pärchen saß in einer der Nischen und hielt angetrunken Händchen. Miles, Jeffrey und Garret steckten nach wie vor die Köpfe zusammen. Da ich mittlerweile einige Male nachgeschenkt hatte, waren sie alle bereits gut dabei.

Gerade, als ich an ihnen vorbei in den Raum huschen wollte, um schon ein paar der Tische abzuwischen, fuhr Jeffreys Hand aus und umfasste meinen Arm. »Hey, wieso gesellst du dich nicht ein wenig zu uns?«

Es gab einige Gründe, die dagegensprachen; angefangen

bei der Tatsache, dass ich sie als Feinde betrachtete, die Miles davon überzeugen wollten, meinem – diesem – Pub an den Kragen zu gehen. Dennoch tat ich, was ich immer machte: Ich schenkte ihm ein breites Lächeln. »Ein paar Minuten habe ich. Allerdings muss ich auch noch etwas Arbeit erledigen. Also, Jungs, was kann ich für euch tun?«

Garret schien das total witzig zu finden, er schnaubte ziemlich laut los. Jeffreys Blick jedoch wurde herausfordernd. »Wie findet dein Freund es eigentlich, dass du jeden Abend hier stehst und arbeitest?«

»Jeffrey«, knurrte Miles leise.

Mein Lächeln schwankte nicht eine Sekunde. »Oh, ich habe keinen. Deshalb kann ich ja auch so viel Zeit hier verbringen, wie ich will.«

»Kein Freund also?« Etwas blitzte in seinen Augen auf. Es wollte nicht so recht zu dem ersten, eher zugeknöpften Eindruck passen, den er mir anfangs vermittelt hatte. Andererseits hatte er bereits einige Gläser Scotch intus. Ob er einer dieser Typen war, die unter Alkoholeinfluss zu Arschlöchern wurden? Irgendwie bezweifelte ich das. Zum einen gehörte er zu Miles, und ich wollte glauben, dass er um solche Kerle einen Bogen machte. Zum anderen hatte ich in all den Jahren ein gewisses Gefühl für die verschiedenen Nuancen einer Anmache entwickelt. Er wirkte nicht wie diese Typen, die nicht lockerließen und irgendwann aufdringlich wurden. Am Ende blickte ich ihm jedoch nur vor die Stirn – und ich wollte ganz sicher nicht herausfinden, was er im Sinn hatte.

Sanft entzog ich ihm meinen Arm. »Und auch keine Freundin. Was soll ich sagen? Es war einfach noch nicht der Richtige dabei.«

Jeffrey setzte zu einer Antwort an, doch ehe auch nur ein Wort seinen Mund verlassen konnte, legte Miles abermals los.

»Das reicht jetzt. Du bist nicht hier, um meine Angestellte anzubaggern, klar?« Mit entschuldigendem Blick wandte er sich mir zu. »Sorry, Jeffrey tendiert dazu, etwas anhänglich zu werden, wenn er getrunken hat. Wird nicht wieder vorkommen.«

Ich fühlte mich wie vor den Kopf gestoßen. Nicht etwa, weil Jeffrey versucht hatte, mich mehr als plump anzubaggern – nein. Vielmehr von Miles' Worten. *Meine Angestellte.*

Alles klar.

Es sollte mich nicht treffen, da es absolut der Wahrheit entsprach, doch leider tat es das. Entschuldigend hob ich den Lappen in meiner Hand, während ich gleichzeitig versuchte, das Stechen in meiner Brust in den Griff zu kriegen. »Wie gesagt, ich habe sowieso noch ein wenig zu tun.«

Damit ließ ich die drei Männer zurück.

Seine Angestellte. Nicht mehr und nicht weniger.

Überraschenderweise störte mich das in diesem Moment aber nicht primär in Bezug auf die Besitzverhältnisse des Pubs.

Näher würde ich nicht darauf eingehen.

Samstag kam Miles das erste Mal in dieser Woche nicht in den Pub. Oder falsch: Womöglich war er tagsüber da gewesen, in jedem Fall aber nicht mehr, als ich die Türen aufschloss.

Ich hätte erleichtert sein müssen. Seine Anwesenheit war anstrengend. Nicht nur, weil ich viele Fragen beantworten musste, die zwischen »Ist er Single?« und »Warum hat ausgerechnet er den Pub gekauft?« rangierten, sondern auch, weil ich selbst nicht mit mir im Reinen war.

Ärgerlicherweise.

So schwer es mir auch fiel, das zuzugeben: Er ließ mich nach wie vor nicht kalt. Es mochte daran liegen, dass er der Erste war, der mich seit langem interessiert hatte; egal, wie oft ich mir auch einredete, dass er absolut nicht mehr zur Debatte stand, spürte ich doch diese ganz besondere Anziehungskraft zwischen uns.

Es prickelte eindeutig. Zumindest ich nahm es wahr. Und

das beeinträchtigte mich in meiner Arbeit, wenn er so wie gestern Abend in unmittelbarer Nähe war.

Erfüllt von Erleichterung und Enttäuschung zugleich, machte ich mich wie immer an die Arbeit.

Nur, dass nichts mehr so war wie immer.

Gegen acht flog die Tür auf. Das hatte sie bereits einige Male an diesem Abend getan, und jedes Mal war mein Blick rüber gezuckt. Diesmal erlebte ich zumindest eine kleine positive Überraschung: Niemand anderes als Tracy betrat den Pub, dicht gefolgt von Julia. Nicht der Anblick, den ich insgeheim erhofft hatte, aber dennoch erfreulich.

Ein Lächeln umspannte meine Lippen. »Was für eine seltene Ehre!«

Tracy verdrehte die Augen, Julia jedoch grinste mich an. »Unverhofft kommt oft, oder nicht?«

Das stimmte wohl.

Anstatt den Ecktisch neben der Theke anzusteuern, an dem sie gerne saßen, wenn sie mit ein paar Mädels herkamen, pflanzten sie sich auf zwei Hocker direkt vor meiner Nase. Lächelnd hob ich eine Augenbraue. »Was darf ich euch Gutes tun?«

»Ich nehme ein Cider«, entschied Julia sich wenig überraschend. Das Getränk ihrer Wahl in neunzig Prozent aller Fälle.

Tracy seufzte auf. »Für mich bitte eine Cinderella.«

Nun hob ich auch noch die andere Augenbraue. »Wieso so gequält?«

»Weil ich verdammt nochmal gerne wieder einen richtigen Cocktail trinken würde. Oder ein Bier. Oder einen Schnaps. Aber …«

»Liam, ich weiß.«

Na ja. Ich wusste *nicht*, zumindest nicht in dem Ausmaß, wie ich es womöglich vermittelte. Dass man Alkohol nicht trank, während man schwanger war, war mir durchaus bewusst. Doch irgendwie vergaß ich ständig, dass Tracy auch noch stillte und deshalb weiterhin darauf verzichten musste.

Während ich mich beeilte, ihren Wünschen nachzukommen, stellte ich fest, dass ich gar keine Ahnung von Babythemen hatte – und auch nicht die Ambition, so schnell etwas daran zu ändern. Was sagte das über mich aus? Hoffentlich nur, dass ich einfach in einer anderen Lebensphase steckte – wie auch immer man die bezeichnen wollte. Konfus und unentschieden? So in etwa vielleicht.

»Bitte sehr, die Damen.« Nach wie vor grinsend, wenn auch etwas angestrengter, stellte ich die Gläser vor ihren Nasen ab. Anstatt eine Weile bei ihnen stehen zu bleiben, huschte ich erstmal ans andere Ende der Theke, um ein paar Gäste zu bedienen, die bereits auf mich warteten. Es dauerte eine gute Viertelstunde, bis der Andrang abflaute. Der Pub war etwa zur Hälfte gefüllt; fast schon wenig für einen Samstagabend. Aber ich wusste, dass die McDonalds ihre Silberhochzeit feierten. Jeder, der sonst hierhergekommen wäre, war vermutlich bei ihnen eingeladen. Anstatt mich über den Umsatzeinbruch zu sorgen, erfreute ich mich an dem Umstand, einen ruhigen Abend vor mir zu haben.

Immerhin ermöglichte mir das ein wenig Smalltalk mit meinen Freundinnen.

»Also«, rief ich locker aus, als ich es endlich wieder zu ihnen schaffte, eine Flasche Wasser in der Hand. »Schießt los, was treibt euch hierher?«

»Wir wollten nach dir sehen«, stellte Julia fest.

Im selben Moment sagte Tracy eilig: »Einfach nur ein bisschen Ablenkung, was sonst?«

Die beiden starrten einander an – und lachten los.

Ich verdrehte die Augen. »Ich lebe noch. Miles übrigens auch, falls ihr das eigentlich wissen wollt.«

»Das ist uns bekannt«, erwiderte Julia lächelnd. »Er ist der Grund, wieso ich nicht bei Scott bin.«

»Huh.« Das fand ich im ersten Moment irritierend. »Hattet ihr Zoff?«

»Nein, nein.« Julia grinste vorsichtig. »Wahrscheinlich erzählen wir dir nichts Neues, wenn wir sagen, dass gestern …«

»Hoher Besuch aus New York gekommen ist. Ich weiß.«

Einmal mehr tauschten die beiden einen Blick, und dieses Mal konnte ich das ungute Gefühl nicht ignorieren. »Also gut, raus mit der Sprache. Was ist der eigentliche Grund für euer Auftauchen? Normalerweise kündigt ihr euch immer vorher an.«

Tracy räusperte sich. »Julia hat erzählt, dass Miles einige Änderungen am Pub plant.«

Mein Blick schweifte zu ihr. »Und das weißt du, weil …?«

Sie wirkte beinahe ertappt. »Die Männer, die heute Abend bei uns sind – sie scheinen nur deshalb da zu sein. Du weißt schon, um Miles ein wenig bei seinen Ideen zu helfen. Ich habe ein Gespräch mitangehört, ehe ich mit Noah aufgebrochen bin.«

Ich schnaubte los. »Seine Pläne, ja. Hat er darüber gesprochen, was er vorhat?«

Julia zuckte mit den Schultern. »Nicht allzu viel. Ich war quasi schon auf dem Sprung. Noah und ich schlafen heute bei meinen Eltern. Ich dachte, wir verbringen den Abend zusammen, aber dann stellte sich heraus, dass sie einen Filmabend mit ihm machen wollen. Ohne mich. Daher sind Tracy und ich jetzt hier.«

Ich blickte Tracy amüsiert an. »Machen Ben und Liam mit, oder was?«

Tracy schnitt mir eine Grimasse. »Nö. Die feiern ihre eigene Party. Ist mir nur recht so. Aktuell hängt Liam ständig an meinen Brüsten …«

»Keine Details«, rief ich, während Julia in ihr Cider prustete.

Grinsend setzte ich die Flasche an die Lippen. Innerlich tobte schon wieder diese Unruhe in mir. »Eins sage ich euch«, murmelte ich daher auch, sobald ich dazu in der Lage war. »Wenn Miles meint, den Pub in irgendeinen Schickimicki-

Laden verändern zu wollen, weiß ich das schon zu verhindern. Er hat sich über die Barhocker beschwert!«

»Die Hocker«, erwiderte Tracy trocken.

In Julias Augen blitzte Verständnis auf. Immerhin eine von beiden.

»Ja, ganz genau. Es wäre hier zu unruhig. Was glaubt ihr, wie blöd Harald und die anderen gucken, wenn sie hier eines Tages reinkommen, und alles sieht aus wie ... wie... keine Ahnung. Anders eben.«

»Veränderung ist nicht immer schlecht«, begann Julia sanft. »Ich weiß, dass es dir schwerfällt, zu akzeptieren, dass Miles nun der neue Besitzer ist – aber denk dran, er will auch nur das Beste für den Pub.«

»Und woher soll er wissen, was das Beste ist? Er kommt nicht von hier, und er ...« Ich verstummte, als mir klar wurde, wie blöd ich mich anhörte. Gerade erfüllte ich jedes Klischee eines Eigenbrötlers, der Fremden gegenüber voreingenommen war. Aber verdammt! »Ach, ist ja auch egal«, wischte ich meinen Einwand seufzend fort. »Eigentlich bin ich froh, dass Miles heute Abend nicht hier ist, lasst uns also nicht die ganze Zeit über ihn quatschen.« Mühsam lächelnd wandte ich mich Julia zu. »Drei Wochen noch, hm? Wie aufgeregt bist du?«

Damit hatte ich die richtigen Knöpfe gedrückt. Selig begann sie, loszuplappern. Wie ein Wasserfall sprudelten die Worte aus ihrem Mund. Mir selbst auf die Schulter klopfend, lehnte ich mich mit der Hüfte an die Arbeitsfläche und ließ zu, dass Julia mich in ihre aktuelle Planung mit einbezog. Je mehr sie erzählte, desto besser konnte ich nachvollziehen, wieso es Weddingplaner gab. Ganz ehrlich: Wenn ich eines Tages vor meiner Hochzeit stünde, würde ich entweder so jemanden beauftragen oder das Fest wirklich klein halten. Eine Gartenparty, grillen, irgendwas Überschaubares eben.

»Wie sieht es eigentlich bei dir aus?«, fragte Julia plötzlich – und brachte mich damit kurz aus dem Konzept. »Kommst du nun alleine oder in Begleitung?«

»Alleine!«, stieß ich aus. Seltsamerweise musste ich gleichzeitig ausgerechnet an Miles denken. Eilig schob ich den Gedanken beiseite. »Wen soll ich auch mitbringen, hm?«

Julia lächelte mich mitfühlend an. »Ich wünschte, es gäbe jemanden. Das weißt du, oder?«

»Klar weiß ich das«, erwiderte ich mit einem schiefen Grinsen. »Irgendwann wird es auch so weit sein. Aber ich glaube kaum, dass ich innerhalb von drei Wochen meinen Mann fürs Leben kennenlernen werde. Wie auch? Es ist ja nicht so, als würden hier ständig neue Leute auftauchen.«

Eben. Ständig geschah das nicht. Aber erst vor kurzem. Und für einen winzigen Moment hatte ich geglaubt, dass ...

Nein. Mit allem, was ich an mentaler Kraft noch besaß, stemmte ich mich gegen diesen Gedanken.

Stattdessen wurde mein Grinsen noch breiter. »So oder so, ich freue mich auf den Tag. Die Traumhochzeit des Jahres ...«

Julia verdrehte die Augen, doch sie wirkte unbestreitbar glücklich. Und für einen winzigen Augenblick beneidete ich sie darum.

Sie hatte ihr Glück gefunden.

Sie war mit sich selbst im Reinen.

Bis vor kurzem hätte ich im Brustton der Überzeugung gesagt, zufrieden mit mir und meinem Leben zu sein. Doch nun? War ich mir nicht mehr so sicher.

Und das stimmte mich nachdenklich und traurig zugleich. Sie alle schienen vorwärtszukommen. Julia heiratete Scott. Tracy war beinahe zwei Jahre mit Ben verheiratet, gemeinsam hatten sie einen Sohn.

Was hatte ich schon vorzuweisen, abgesehen von geplatzten Träumen und einem riesigen Beutel Verbitterung, den ich nun schon seit Wochen wie ein modisches Accessoire mit mir herumschleppte?

Die Wahrheit lautete: nicht viel.

Unnötig zu erwähnen, dass ich bei diesem Vergleich nicht gerade gut abschnitt, oder?

Miles 12

Das Wochenende verging wie im Flug. Es tat gut, Jeffrey und Garret wiederzusehen. Der Abend mit Scott wurde lang, und wir schwelgten in Erinnerungen. Erinnerungen, die meine Sehnsucht nach New York weckten. Dennoch, stellte ich fest, war sie längst nicht so intensiv wie vermutet. Stattdessen begann ich, die Vorteile von Paradise zu sehen – oder, im Umkehrschluss, die Nachteile der Großstadt. Das behielt ich jedoch lieber für mich.

Garret und Jeffrey hatten einige Ideen für den Pub. Sie hatten ihre Hausaufgaben gründlich gemacht und waren mit ein paar Skizzen und Plänen angereist. Garret hatte seine Entwürfe nach jenem Abend im Pub zwar etwas abgeändert, blieb im Großen und Ganzen jedoch bei seiner Idee.

Kurz gesagt: sie erforderte einige Umbauten. Geschätzte Kosten: rund hundert Riesen. Es ging nicht um die Kohle, die war wirklich das geringste Problem. Die Ideen, die Garret entwickelt hatte, gefielen mir sehr gut. In Manhattan wäre ich in einem Pub mit diesem Konzept liebend gerne versackt. Genau genommen in einer Bar; der Umbau würde definitiv erfordern, dass ich den Namen anpasste. Ein moderner Raum mit kühlen Grau- und kräftigen Rosttönen würde nicht länger *Ol'Mans Pub* heißen können.

Und mehr als alles andere überzeugte mich dieser Gedanke davon, dass Nica mir diese Änderung niemals verzeihen würde.

Nica …

Viel häufiger, als gut für mich war, dachte ich daran, wie

plump Jeffrey versucht hatte, sie anzubaggern. Wie wütend mich der Anblick gemacht hatte. Die Frage, die mich dabei besonders quälte, war, ob sie eingestiegen wäre, hätte ich es nicht direkt unterbunden. Ich konnte es nicht mit Sicherheit sagen – und das wurmte mich.

Samstagabends, als Jeffrey und Scott sich am Grill herumgetrieben hatten, war Garret grinsend zu mir getreten und hatte mich gefragt, seit wann ich auf sie stand. Mich dumm zu stellen hatte nichts gebracht; wenn Garret eine Fährte witterte, war er unerbittlich. Und offensichtlich hatte er unsere Spur aufgenommen.

Tja, nun. Dass es so offensichtlich war, hatte ich nicht vermutet.

Wenigstens hatte er die Chance genutzt, mich darauf anzusprechen, als niemand sonst in der Nähe war. Da Abstreiten nicht funktionierte, versuchte ich, ihm glaubhaft begreiflich zu machen, dass es keine Rolle spielte, doch auch damit scheiterte ich, und den Rest des Abends warf er mir immer wieder diese ganz speziellen Blicke zu, die mich bereits vor Jahren schon in den Wahnsinn getrieben hatten.

Sonntags trafen wir drei uns für ein spätes Frühstück im *Sweet&Coffee*. Vermutlich wäre das Diner die bessere Adresse gewesen, gemessen daran, wie verkatert wir alle uns fühlten, doch der hatte nur einmal im Monat sonntagmorgens auf – und dies war erst w34 kommendes Wochenende der Fall. Natürlich. Statt vor Fett triefende Frühstücksburger gab es also die gesündere Variante. Mrs. Pemplefort musterte uns mit klugen Augen, während wir uns alle eine Dosis Koffein und eine ganze Palette an Bagel und Sandwiches bestellten. Sie war höflich genug, unsere rotgeäderten Augen nicht zu kommentieren, schickte mir aber ein wissendes Grinsen mit auf den Weg, als sie mir das Tablett in die Hände drückte.

Immerhin über diesen Laden hatten Garret und Jeffrey nichts zu meckern. Es mochte daran liegen, dass sie völlig fertig waren; vielleicht erkannten sie aber auch das Gute, wenn es vor ihren Nasen herumtänzelte – ausnahmsweise einmal. Das Frühstück verlief relativ wortkarg, aber nicht auf unangenehme Art und Weise. Es erinnerte mich an viele ähnliche Situationen nach einer gemeinsamen Nacht in den Clubs. Lang, lang war es her.

Am frühen Nachmittag machten sie sich schließlich wieder auf den Heimweg.

»Irgendwie habe ich das Gefühl, unser Besuch hat nicht allzu viel gebracht«, stellte Jeffrey brummig fest, einen Arm auf das Dach seines BMWs gelehnt.

»Doch«, erwiderte ich fest. »Alleine schon, weil es echt guttat, euch wiederzusehen. Und was eure Ideen betrifft …«

»Sprich mit der Kleinen«, fiel Garret mir grinsend ins Wort. »Du willst ihr schließlich nicht das Herz brechen, oder? Auf die Sanierung der Toiletten muss ich aber bestehen. Sie sind echt in die Jahre gekommen, und mit meinen Ideen holst du mehr aus dem begrenzten Raum.«

Ich nickte. Es gab einige Impulse, die mir gefielen. Die beiden hatten mir ein paar Kontakte dagelassen, an die ich mich wenden konnte, sollte ich einen Umbau beauftragen, doch ich hielt es für sinnvoller, hierzu Handwerker vor Ort zu suchen. Die Extrakosten, die auf mich zukommen würden, sollte ich New Yorker Unternehmen beauftragen, konnte ich mir sparen. Außerdem würde es kein allzu gutes Licht auf mich werfen, wählte ich dafür keine Handwerker vor Ort.

Außerdem … obwohl ich sicher nicht um Nicas Erlaubnis bitten musste, stimmte ich Garret zu. All das ohne ihr Wissen in Auftrag zu geben, war vermutlich nicht die beste Idee. Ich würde mit ihr reden müssen – und mir war schon jetzt klar, dass das kein angenehmes Gespräch werden würde. Nicht, dass wir davon in letzter Zeit viele gehabt hätten.

Als Jeffreys BMW aus meinem Sichtfeld verschwunden war, schlenderte ich ziellos durch Paradise.

Ich hatte mir noch nicht allzu oft die Zeit genommen, so etwas zu tun. Bislang hatte es mich meist zielstrebig an irgendeinen Ort gezogen. Nicht, dass ich jede Minute des Tages verplant gewesen war. Dennoch war das hier ziemlich untypisch für mich.

Zunächst nahm ich den kleinen Fußweg, der von der Pension aus am Ufer entlang zur südlichen Spitze der Insel führte. Mittlerweile war es kühl geworden, ich bohrte meine Hände in die Manteltaschen und zog meine Schultern in die Höhe.

Paradise war beschaulich, sofern ich das beurteilen konnte. Wenn man die Entfernungen in New York gewohnt war, kam einem die kleine Insel winzig vor. Ungefähr jeder Ort war über kurz oder lang zu Fuß erreichbar, insbesondere im Zentrum. Ich wusste, dass es im Norden und Westen größere Waldflächen gab, außerdem einen Steinbruch, wo das jährliche Sommerfest stattfand. Dorthin würde wohl kaum jemand spazieren. Doch was den Rest betraf ... ich konnte verstehen, wieso es hier so wenig Autos gab. Absolutes Kontrastprogramm zu meiner alten Heimat.

Ein weiterer, wirklich überraschender Gegensatz: Jeder, der mir entgegenkam, begrüßte mich lächelnd. Niemand gab mir das Gefühl, unerwünscht zu sein; ein Fremder, der nur auf Durchreise war. Außer Nica, in gewisser Weise.

Den Gedanken an sie schob ich eilig beiseite. Sie beherrschte auch so bereits mehr als genug von mir; hier und jetzt wollte ich mich einzig auf mein neues Zuhause konzentrieren. *Zuhause*. Es wurde immer leichter, so über Paradise zu denken, stellte ich überrascht fest.

Das leise Schwappen des Sees war beruhigend. Ich ließ meinen Blick über das Wasser schweifen. Es wirkte glatt und ruhig, wie ein glänzender Kieselstein. Egal, wohin ich blickte, das andere Ufer war zu erkennen, und doch fühlte ich mich seltsam abgeschnitten vom Rest der Welt. Ein Gefühl, das mich zu Beginn in den Wahnsinn getrieben hatte, nun aber eine gewisse Faszination auf mich ausübte.

Jeffrey und Garret hatten es sehr treffend auf den Punkt

gebracht: Hier war es still. Trotz des allgegenwärtigen Lärms – aktuell von einer Horde kreischender Kinder, die den Platz vor *Ginny's Gelateria* belagerten –, war Paradise wie eine verdammte Entzugsklinik für Städter wie mich. Meine Schritte wurden langsamer, während ich den Trubel vor der Eisdiele fixierte. Kurz zog ich in Erwägung, mir auch eine Kugel zu holen. Früher waren wir so oft hier gewesen; zu einer Zeit, da ich selbst getobt und gelärmt hatte. Melancholie überwältigte mich. Trotz der herbstlichen Temperaturen war es ein schöner Tag, mit tiefstehender Sonne und verfärbten Bäumen in leuchtenden Farben. Eine Kugel Eis wäre womöglich genau das Richtige. Doch mir war nicht nach Gesprächen, nicht nach neugierigen Kindern. Nicht nach *Müttern*. Nach Frauen wie Sheila.

Also marschierte ich weiter.

Ehe mich der Weg in jenes Wohngebiet führte, das vor allem von Einfamilienhäusern mit beschaulichen Gärten besiedelt war und wo Julias Eltern lebten, bog ich Richtung Stadtzentrum ab. Die Straße würde mich über kurz oder lang am Pub vorbeiführen, doch der war heute geschlossen. Ich zog in Erwägung, trotzdem einen Abstecher zu machen; vielleicht, um mir alles in verlassenem Zustand anzusehen und mit den Skizzen zu vergleichen, doch was würde das schon über mich aussagen? Statt sonntags Zeit mit anderen zu verbringen, mit meinem Neffen zum Beispiel, zog es mich in einen verlassenen Pub?

Dennoch … als wären Körper und Geist sich nicht einig, führten mich meine Schritte zu meinem neuesten Besitz. Überrascht stellte ich schon von weitem fest, dass drinnen ein Licht brannte.

Was zum …?

Hatte Nica gestern vergessen, es zu löschen? Ich konnte es mir bei ihrer Gewissenhaftigkeit kaum vorstellen. Hatte der Pub heute doch geöffnet? Ich hatte damals zunächst nicht verstanden, wieso er ausgerechnet sonntags zu war; in

Gedanken bei all den Leuten, die das Wochenende über einem Bier ausklingen lassen wollten. Doch die Clarksons hatten erklärt, dass der Sonntag ein Familientag war und sie sich deshalb entschieden hatten, ihn als Ruhetag zu nutzen, nicht etwa den Montag. In gewisser Weise sogar nachvollziehbar. Dementsprechend irritierte mich jedoch das Licht.

»Was soll's«, murmelte ich mir zu und trat zur Tür. Sie war verschlossen, was mich in meiner Vermutung bestärkte, dass Nica einfach vergessen hatte, es gestern zu löschen.

Was womöglich noch?

Vor mir selbst rechtfertigend, dass ich das einzig Richtige tat, sperrte ich die Tür auf. Insgeheim war ich froh, einen stichhaltigen Grund zu haben, um den Pub zu betreten ... zumindest, bis ich sah, wer einsam an der Theke saß und mich, offenkundig erschrocken, mit großen Augen anstarrte.

»Du«, stellte ich wenig einfallsreich fest.

»Ich«, erwiderte sie – ebenfalls nicht gerade kreativ.

Eine komplizierte Mischung aus Freude und Vorsicht erfüllte mich. Sorgfältig schob ich die Tür hinter mir wieder ins Schloss. Ich verzichtete darauf, sie abzuschließen, so wie sie es gemacht hatte, vermutlich um Überraschungsgäste wie mich zu vermeiden, und kam langsam näher.

Nica ließ mich nicht eine Sekunde aus den Augen. Sie klammerte sich an einem Glas fest und wirkte gleichermaßen genau richtig und fehl am Platze.

»Was treibt dich hierher?«, fragte ich sie behutsam. Eine innere Stimme sagte mir, dass etwas sie beschäftigte. Zwar war es nicht gerade überraschend, dass ihr typisches Grinsen fehlte, wenn sie mich ansah, aber darüber hinaus strahlte sie eine Niedergeschlagenheit aus, die tiefe Instinkte in mir weckte.

Ich wollte sie trösten. Wollte sie in den Arm nehmen und ihr versichern, dass alles, was sie bedrückte, irgendwie zu klären war. Nur glaubte ich, dass ihre Verstimmung mit mir zusammenhing.

»Die Frage könnte ich dir stellen«, erwiderte sie daher

auch wenig überraschend. Immerhin funkelte etwas von diesem Kampfgeist in ihren Augen auf, wenn auch wesentlich schwächer als sonst.

Als ich sie erreichte, wandte sie sich wieder ihrem Glas zu. Kurzerhand trat ich hinter die Theke und schenkte mir ebenfalls etwas ein. All das quittierte sie mit Schweigen.

»Ich habe einen kleinen Spaziergang gemacht«, sagte ich mit etwas Verspätung. »Bin zufällig vorbei gekommen und habe gesehen, dass Licht brennt.«

Obwohl sie normalerweise sicher mit irgendeiner Spitze reagiert hätte, blieb sie weiterhin stumm.

Also füllte ich das angespannte Schweigen. »Jeffrey und Garret sind vorhin gefahren. Ich soll dich von ihnen grüßen.«

»Klar«, erwiderte sie schwach sarkastisch, aber deutlich hörbar.

Ich glitt auf den Barhocker direkt neben ihr – und bereute meine Wahl noch im selben Moment. Nun saßen wir einander so nahe, dass unsere Arme sich streiften. Es dauerte nicht einmal eine Sekunde, bis mir ihr Geruch in die Nase drang und die mittlerweile altbekannte und dennoch immer wieder überraschende Reaktion in mir auslöste: Ein Schauder kroch über meinen Rücken und mein Brustkorb füllte sich mit brennender Wärme. Sehnsucht. Ich sehnte mich so sehr danach, ihr nahe zu sein, dass meine Kehle eng wurde.

Eilig nahm ich einen großen Schluck der kühlen Flüssigkeit, doch die half natürlich nicht gegen die Hitze, die einen ganz anderen Ursprung hatte.

»Und jetzt gehen die großen Pläne los?«

Froh, dass sie dieses Gespräch eröffnete, warf ich ihr einen Seitenblick zu – und erstarrte, als ich bei ihren Augen hängenblieb. Wieder einmal überraschte mich, wie intensiv sie leuchteten. Nie in meinem Leben hatte ich jemanden mit dieser Augenfarbe gesehen. Wahrscheinlich hätte sie Werbung machen können – für Make-up, für Brillen, einfach für alles, was ihr Gesicht ins Zentrum stellte. Meine Mundwinkel zuckten unfreiwillig in die Höhe.

»Was ist daran so witzig?«, murrte Nica mit gerunzelter Stirn.

Ich schnaubte leise. »Oh, nichts, was den Umbau betrifft.« Kurz zögerte ich, doch dann ... was soll's. »Eigentlich dachte ich gerade, dass du in großen Werbungen auftreten könntest. Deine Augen ...«

»Hör auf, mich zu verarschen!« Sie gab mir einen so beherzten Stoß mit der Schulter, dass ich beinahe das Gleichgewicht verlor.

Grinsend wölbte ich die Augenbrauen. »Ich verarsche dich nicht. Vielleicht hat dir das ja wirklich noch niemand gesagt. Du hast sehr faszinierende Augen ...«

Ein Ausdruck absoluter Müdigkeit huschte über ihr Gesicht, ließ mich abrupt verstummen. »Lass das«, murmelte sie leise.

»Was?«, fragte ich, obwohl ich bereits ahnte, worauf sie hinauswollte.

»Diese Komplimente und so. Das sind wir nicht mehr, Miles. Eigentlich waren wir es nie. Tu uns beiden doch den Gefallen und mach es nicht noch schwerer.«

Ich wusste nicht, was der ausschlaggebende Punkt war: Dass sie so erschöpft klang oder dass sie die Wahrheit sagte. In jedem Fall wallte Widerspruch in mir auf. Ich reckte das Kinn. »Also darf ich dir keine netten Sachen mehr sagen, nur weil ich dein Boss bin? Was ist? Soll ich stattdessen den Arsch raushängen lassen? Dich ignorieren? Dich vielleicht sogar scheiße behandeln?«

»Darum geht es nicht«, fiel sie mir ins Wort. Immerhin klang sie nicht mehr so niedergeschlagen. »Es ist nur, wenn du... ach, was soll's. Vergiss es einfach. Das Thema ist zu kompliziert, zumindest für heute Abend.« Ein langgezogenes Seufzen entwich ihren Lippen. »Was treibt dich wirklich her?

Willst du direkt mit dem Umbau anfangen? Vielleicht ein paar der Hocker kaputtschlagen?«

Überrascht von ihrer Wortwahl, musterte ich sie genauer. »Was hat es mit den Hockern auf sich? Das Thema scheint dich besonders zu reizen.«

Sie blies ihre Wangen auf, und für einen kurzen Moment glaubte ich, dass sie mich ignorieren würde. Dann schüttelte sie sachte den Kopf. »Etwa drei Viertel aller Hocker, die du hier siehst, habe ich besorgt. Die meisten habe ich selbst aufgemöbelt. Du erinnerst dich an mein Hobby?«

Oh. Das ergab natürlich Sinn. Ich schluckte. »Schätze, meinen Kommentar dazu hast du persönlich genommen.«

Sie sagte nichts, zuckte nur mit den Schultern, wandte sich aber wieder von mir ab – und das war Antwort genug. Mist. Irgendwie hatte sie sich in ein verdammtes Minenfeld verwandelt.

»Warte mal kurz, ja?« Ich glitt von meinem Platz, um ins Büro zu joggen, wo ich gestern die Pläne von Jeffrey und Garret deponiert hatte, ehe wir zu Scott gefahren waren. Ich wusste, dass ich mich nun auf dünnes Eis begab, doch ich musste mit ihr darüber sprechen, musste sie einbeziehen. Mir blieb gar keine andere Wahl.

Vielleicht dreißig Sekunden später kehrte ich zurück – und stellte fest, dass sie verschwunden war. Mein Herz stockte, weil ich für einen kurzen Moment befürchtete, sie hätte die Chance genutzt, um abzuhauen, doch dann entdeckte ich sie an dem großen Ecktisch neben der Theke. Sie winkte mir halbherzig zu.

»Ich dachte, hier sitzt es sich besser, wenn es ernst wird.«

Damit hatte sie natürlich recht. Bemüht, mir nicht anmerken zu lassen, wie angespannt ich war, gesellte ich mich zu ihr. Sie hatte unsere Gläser mitgenommen, schob sie aber beiseite, damit ich die Papiere ausbreiten konnte. Ihre Miene war glatt und ausdruckslos, und mein Herz galoppierte los.

Innerlich bereitete ich mich auf alles Mögliche vor. Protest, Streit, Widerstand. Nur mit Zustimmung rechnete ich nicht.

Eilig begann ich zu reden, ehe sie überhaupt die Zeit hatte, sich alles anzusehen. »Das hier sind nur grobe Entwürfe. Vieles davon ist entstanden, ehe die beiden überhaupt hier waren und sich vor Ort einen Eindruck verschafft haben. Garret hat einige Dinge angepasst. Er will …«

»… alles ändern. Das habe ich befürchtet.« Nica lehnte sich zurück. Da war keine Wut. Keine Zustimmung. Sie wirkte lediglich erschöpft – und das war so viel schlimmer.

Ich atmete tief durch. »Das war sein Vorschlag. Aber das heißt nicht, dass ich alles umsetzen werde. Schau, wir sitzen jetzt hier, um darüber zu reden. Du willst mir doch nicht allen Ernstes sagen, dass du alles perfekt findest, so wie es gerade ist?«

Das quittierte sie lediglich mit großen Augen. Sie war so anders als sonst. Ihre quirlige, fröhliche Art war ihr völlig abhandengekommen und ich *vermisste* sie. Ohne darüber nachzudenken, packte ich sie am Unterarm – und erstarrte.

Das taten wir beide.

Hitze schoss durch meinen Körper; ausgelöst durch jene Stelle, wo wir uns berührten. Der Moment war magisch; es war, als würde mir jemand, vermutlich das Schicksal, zeigen wollen, was möglich wäre, wenn die Dinge anders stünden. Was ich spürte, war intensiv, es raubte mir den Atem und hielt mich gefangen. Obwohl es sich anfühlte, als würde ich mich an ihr verbrennen, ließ ich sie nicht los. Genoss das sengende Gefühl der Hitze, das mich zunehmend erfüllte. Sie und ich – das war einzigartig. War es von Anfang an gewesen. Als wären wir komplementäre Substanzen, die aufeinander reagierten, die nur gemeinsam richtig funktionieren konnten. Ich badete darin, sog jede Sekunde auf …

Bis sie den Bann brach. »Miles«, brachte sie gequält hervor. »Bitte, tu das nicht.«

Ihre offensichtliche Zerrissenheit ließ mich nicht kalt. Oh, verdammt. In diesem Moment hätte ich alles aufs Spiel setzen können, indem ich darüber hinweg ging. Ihr verdammt nochmal klar machte, dass ich all das tun *wollte*. Mein Herz raste unnatürlich schnell, während ich ihren Blick suchte. Dieses wunderschöne Türkis. Ihre dichten, dunklen Wimpern. Fuck. Ich war kurz davor, einen Fehler zu begehen, einen sehr Großen sogar. Also verstand ich ihre Worte absichtlich falsch. »Werde ich nicht.« Gemessen daran, dass ich ihren Arm nach wie vor umklammert hielt, mochte das ironisch daherkommen. Eilig fuhr ich fort. »Das meiste ist bereits wieder vom Tisch. Du hast recht, es bringt nichts, alles komplett zu ändern. Dennoch gibt es ein paar Dinge, die ich gerne angehen würde. Dazu brauche ich aber deine Meinung.«

Sie blinzelte. Kleine, rote Flecken hatten sich auf ihren Wangen ausgebreitet, und sie atmete in kurzen, hektischen Stößen. Es brauchte eine Weile, ehe sie wieder zu uns fand, zu unserem Gespräch. Als es so weit war, verwandelten sich die Flecken in eine einheitliche Röte. »Dann ... äh ... schieß mal los.«

Nun lockerte ich doch meinen Griff. Nicht, weil ich es wollte, sondern weil es seltsam gewesen wäre, mich weiter an ihr festzuhalten wie an einem rettenden Anker. Natürlich nutzte sie die Chance, um ein paar Zentimeter von mir fortzurücken.

Vielleicht half ihr diese Distanz; für mich war es zu spät. Ich spürte noch immer dieses Kribbeln, es schnürte mir heiß die Kehle zu, verhöhnte meine Versuche, mir etwas einzureden. Ich fühlte mich zu Nica hingezogen. Mehr noch als das, sie wurde zu einer regelrechten Obsession. Ich wollte sie, und ich war Manns genug, mir einzugestehen, dass es nicht ausschließlich mit purer Begierde zu tun hatte. Sie war keine Trophäe, die ich gewinnen wollte, um sie dann in meinem Regal verstauben zu lassen. Es mochte sein, dass ihre abweisende Haltung mein Verlangen nach ihr verstärkte, das war jedoch nicht die einzige Triebfeder. Immerhin war sie mir bereits vorher schon unter die Haut gekrochen. Ich wollte sie. Wollte, dass sie wieder lächelte, wenn sie mich ansah. Wollte, dass sie mit mir flirtete, so wie sie es vorher getan hatte.

Dummerweise war sie die Klügere von uns beiden, und sie hielt an ihrer Meinung fest, dass das mit uns keine gute Idee war. Obwohl ich wusste, dass sie recht hatte, wollte ich all die Zweifel über Bord werfen, meine Hand um ihren Nacken schlingen, sie an mich ziehen und küssen.

Tief küssen.

Intensiv küssen.

Ich wollte sie *verschlingen*. In meiner Vorstellung war unser Aufeinandertreffen explosiv. Das Knistern, das schon so früh zwischen uns geherrscht hatte, versprach eine intensive Chemie.

Doch wir waren meilenweit davon entfernt. Und das, obwohl sie direkt neben mir saß.

Frustriert atmete ich tief durch.

Fehler. Ihr Geruch legte sich um meine Duftknospen wie ein seidiges Tuch, benebelte meine Gedanken zusätzlich.

Mühsam konzentrierte ich mich auf die Skizzen. »Garret hatte einige gute Ideen bezüglich der Gästetoiletten. Er schlägt vor, dass wir die Wände an dieser Stelle verschieben. Das würde zum einen Platz für eine weitere Kabine bei den Frauen schaffen, zum anderen könnte man die Einrichtung etwas zeitgemäßer gestalten.« Ich warf ihr einen kurzen Blick zu – wieder war da dieses Pokerface, aber immerhin hörte sie mir zu, ohne Gift und Galle zu spucken. Also fuhr ich fort. »Was den Hauptraum angeht, gibt es an der Substanz eigentlich nicht viel zu ändern. Den Stilwechsel können wir sein lassen, allerdings denke ich, dass es gut investiertes Geld wäre, wenn wir neue Elektronik anschaffen. Ich schätze, mit größeren Fernsehern könnten sich die Herrschaften durchaus anfreunden, oder? Außerdem schwebt mir eine Wohnzimmerecke vor.« Ich wölbte die rechte Augenbraue. »Du weißt schon.

Etwas Vertrautes, wohin sie gerne zurückkehren. Ein paar Sofas und so weiter.«

Sie blinzelte. Ihre Lippen teilten sich, ohne dass sie einen Laut von sich gab. Jepp. Ich hatte sie überrascht.

Lächelnd nutzte ich ihre Sprachlosigkeit. »Nach wie vor empfinde ich den Bereich vor der Bar als zu unruhig, aber ich verstehe jetzt, dass dir die Hocker wichtig sind. Vielleicht hilft es ja, wenn wir die Anzahl reduzieren. Nicht aussortieren, einfach nur in den Abstellraum bringen. Wir könnten sie regelmäßig austauschen, damit sie nicht nebenan verstauben. Im Normalfall ist ja sowieso nicht jeder Platz besetzt – oder?«

Sie räusperte sich. »Also kein Imagewechsel? Du willst diesem urig-altbackenem Stil treu bleiben?«

Die Spitze blieb mir nicht verborgen – und ich hieß sie breit lächelnd willkommen. Sticheleien waren besser als diese Niedergeschlagenheit. Weitaus besser sogar. »Nun, ein paar Vorschläge hätte ich schon. Ich finde, die Wände könnten einen neuen Anstrich gebrauchen. Und was die Außenfassade angeht, dachte ich an ein kräftiges Grün ... hey!« Lachend rieb ich die Stelle, gegen die sie kräftig geboxt hatte, und schüttelte den Kopf. »Nein. Spaß. Mir schwebt ein dunkles Rot vor. Ähnlich wie Garrets Vorschlag für drinnen. Im Innenraum könnten wir denselben Farbton nehmen. Ich denke, er würde die Holzvertäfelung gut ergänzen. Vielleicht könnten wir einen Teil der Poster und Bilder abnehmen. Wenn wir weniger Bilder aufhängen, diese aber dafür gerahmt, vielleicht in einem Bronzeton ...«

»Es gefällt mir«, stellte sie überrascht fest – und traf mich damit völlig unvorbereitet.

Wir starrten einander an. Ihre Augen funkelten wie teure Edelsteine, und ich konnte dem Impuls, sie zu berühren, kaum widerstehen. »Was genau?«

»Die Wohnzimmerecke. Die Farben. Alles ein wenig aufzuräumen. Ich denke, damit kann ich leben.« Sie pustete sich eine Strähne aus dem Gesicht. »Die Toiletten brauchen wirklich dringend eine Sanierung. Meine Eltern … sie haben den Pub nicht direkt verlottern lassen, aber doch vieles nicht in dem Umfang gepflegt, wie es nötig gewesen wäre …«

»Kein Grund, sich für sie zu rechtfertigen.« Ich lächelte sie an, in einem Maße erleichtert, dass es beinahe peinlich war. Sie konnte sich mit Veränderungen anfreunden. Mehr noch … mit Veränderungen, die ich vorschlug. Die Wohnzimmerecke? Die war mir eben spontan in den Sinn gekommen. Garret hätte etwas in der Art ganz sicher nicht angeregt. Je mehr ich darüber nachdachte, desto stimmiger kam es mir jedoch vor. Ich sah sie bereits alle dort sitzen; die älteren Herrschaften ebenso wie die Männertruppen, die herkamen, um Football zu gucken. Oder Eishockey. Oder Baseball.

Plötzlich war Nica diejenige, die eine Hand auf meinen Unterarm legte. Federleicht, beinahe wie ein sanfter Traum. In ihrem Blick lag so etwas wie ein Friedensangebot. »Danke«, sagte sie schlicht.

Und ich wusste, was sie damit wirklich sagen wollte.

Mein Herz vollführte einen Satz. Ich hatte mich richtig entschieden. Garret behielt Recht, am Ende hätten sie sich den Besuch sparen können. Zumindest, was den Pub betraf.

Ein schlechtes Gewissen verspürte ich deshalb nicht.

Was zählte, war Nica. Und sie sollte nicht unglücklich sein. Nicht wegen mir.

Diese schlichte, aber bedeutsame Erkenntnis erfüllte mich mit der Macht eines Tsunamis.

Ich stellte Nicas Bedürfnisse über meine eigenen Vorstellungen und Wünsche.

Und es fühlte sich richtig an.

Nica 13

In der kommenden Woche bekam ich Miles nicht allzu oft zu Gesicht. Wahrscheinlich war das auch gut so – jenes zufällige Treffen am Sonntag hatte mich mehr aufgewühlt, als ich zugeben wollte.

Immer wieder sah ich ihn vor mir, wenige Zentimeter vor meinem Gesicht, all die Dinge über meine Augen sagend. Wie er meinen Arm umfasst und mich angestarrt hatte, als wollte er ... ja, keine Ahnung. Als wollte er mich küssen?

Und dann der Ausdruck, der seine Miene beherrscht hatte, als sich unser Gespräch den möglichen Veränderungen zuwandte.

Ja, er hatte mich überrascht. Ich war fest davon ausgegangen, dass er den Pub in einen Schickimicki-Laden verändern wollte. Das, was ihm vorschwebte, war jedoch so nahe an unserem alten – nicht vorhandenen – Konzept, dass ich es mir bildlich vorstellen konnte.

Mein Herz zog sich zusammen, wann immer ich daran dachte.

Also ja. Dass er die meiste Zeit in seinem Büro war, kam mir eigentlich ganz gelegen. Es gab mir die Möglichkeit, mich zu sammeln. Denn verdammt: Nun, da ich wusste, dass seine Pläne in Ordnung waren, fiel es mir wieder deutlich schwerer, mich darauf zu besinnen, wieso dieses Knistern zwischen uns falsch war. Wieso ich ihn so schrecklich fand.

Was so viel bedeutete wie: Ich steckte in ernsthaften Schwierigkeiten.

Je näher die Hochzeit von Scott und Julia rückte, desto mehr veränderte sich die Stimmung in Paradise.

Überall gab es Gerede, auch in unserer kleinen Stadt, und es erfüllte mich mehr als einmal mit Belustigung, zu hören, womit die Bewohner so rechneten. Hätte es sich um eine stinknormale Hochzeit gehandelt, wäre das sicher nie der Fall gewesen, aber wir sprachen hier immerhin von einem Fitzpatrick. Jeder von uns wusste, dass Scott einst im sechsstelligen Bereich verdient hatte. Natürlich rechnete jeder mit Prunk und Protz – und vergaß dabei, dass Julia seine Verlobte war; eine der bodenständigsten Frauen, die Paradise je geschaffen hatte.

Manch einer tuschelte hinter vorgehaltener Hand über Live-Bands und Star-Auftritte. Wieder andere vermuteten, dass Scott Sterneköche aus New York einfliegen ließ, die für das leibliche Wohl sorgen sollten. Dann wiederum ging es um Kristallleuchter und einen riesigen Schokoladenbrunnen.

Wie so oft lag die Wahrheit irgendwo in der Mitte. Da ich Julia kannte, ging ich davon aus, dass die allzu extravaganten Dinge nicht der Wahrheit entsprachen. Der Schokoladenbrunnen war jedoch realistisch, gemessen an Julias süßem Zahn, und mit Sicherheit würde Scott sich nicht auf eine bloße Playlist beschränken, die von einem Laptop abgespielt wurde.

Auch war es Fakt, dass aus einem kleinen, überschaubaren Fest eine rauschende Gesellschaft geworden war. Ursprünglich hatte es eine familiäre Runde werden sollen, mittlerweile jedoch vermutete ich, dass nahezu jeder Einwohner von Paradise auftauchen würde. Irgendwie hatte sich die Sache verselbstständigt, und Scott war trotz seiner manchmal eher zugeknöpften Art ein liebenswerter und großzügiger Kerl. Niemals hätte er zugelassen, dass jemand sich ausgeschlossen fühlte. Nicht, nachdem er und sein Sohn vergangenes Jahr mit derart offenen Armen aufgenommen worden waren.

Zu Beginn hatte zur Debatte gestanden, dass wir uns um

die Getränke kümmerten. Auch wenn es am Ende lukrativ gewesen wäre – es erleichterte mich, nicht für ein Fest dieser Größe verantwortlich zu sein. Ausnahmsweise wäre der Pub an diesem Samstag geschlossen – und ich nichts weiter als ein Gast auf der Party des Jahres. Ein ebenso ungewohnter wie erfreulicher Umstand, auch wenn es mich vor ein gewisses Problem stellte. Im Gegensatz zu den meisten Frauen war ich nicht der Typ für schicke Kleider, ich mochte es wesentlich bequemer. Dementsprechend gähnend war die Leere in meinem Kleiderschrank. Widerstrebend wagte ich mich also mit Tracy nach Swanton und wurde dort erfreulicherweise recht schnell in einem kleinen Second-Hand-Shop fündig. Ein Traum aus königsblauer Seide, die sich perfekt an meinen Körper schmiegte, mit halblangen Ärmeln und einem Wasserfallausschnitt. Anstatt, wie befürchtet, stundenlang durch die Läden tingeln zu müssen, blieb uns nun Zeit, einen Kaffee in der angenehmen Herbstsonne zu trinken, ein wenig über Männer zu lästern und für einen flüchtigen Moment so zu tun, als wären wir wieder siebzehn.

Nun hing das Kleid an der Vorderseite meines Kleiderschranks, bereit für den großen Tag, der immer näher rückte. Wann immer ich davor stand und es musterte, fragte ich mich unwillkürlich, was Miles dazu sagen würde.

Wenn das mal nicht die größte Dummheit überhaupt war!

Ich war nicht naiv genug, zu glauben, dass so etwas wie eine Hochzeit alles ändern würde. Im Gegenteil. Er war immer noch mein Boss. Vielleicht nicht mehr ganz der Schreckliche, den ich befürchtet hatte, aber nach wie vor tabu. Ich betrachtete es als ärgerlichen Umstand, dass ich mich immer noch so intensiv zu ihm hingezogen fühlte. Deshalb die Hochzeit sausen zu lassen, kam jedoch nicht in Frage. Zwar war ich mit Julia längst nicht so eng befreundet wie mit Tracy, dennoch gehörte sie zu meinen Freundinnen, und ich wollte diesen Tag mit ihr feiern. Wollte den ersten freien Samstag seit Jahren genießen.

Und das würde ich mir von Miles nicht verderben lassen.

»Holá Chica!«

Mein Blick schoss in die Höhe, als ausgerechnet Josés Stimme ertönte. Sofort musste ich grinsen. »José! Was treibt dich denn hierher?«

»Ich habe ein paar Tage frei. Du kennst doch Adam. Er hat darauf bestanden, dass ich Urlaub nehme.«

Freitagabend. Normalerweise würde er im Diner arbeiten. Dennoch stand er mir gegenüber und sah mich mit dieser Mischung aus Bewunderung und Hitze an, die mir schon damals gefallen hatte. Eilig warf ich einen Seitenblick zu Miles, der sich heute zum ersten Mal wieder aus seinem Büro bequemt hatte, um mir an der Theke zu helfen und ein wenig mit den Besuchern zu plaudern. Offenbar hatte er es sich zur Aufgabe gemacht, die Meinung der anderen einzufangen. Bislang waren seine Ideen gut angekommen – auch wenn diese erforderten, dass wir im November für eine Weile schlossen. Das Projekt Umbau wurde immer konkreter. Zum Glück konnte ich mich mittlerweile damit arrangieren.

Gerade war Miles in ein Gespräch mit Sheila vertieft, die keine Gelegenheit ungenutzt ließ, sich an ihn heranzuschmeißen. Mühsam konnte ich mir ein herzhaftes Augenrollen verkneifen, weil sie wie zufällig mit ihren Brüsten wackelte, die nur mit viel gutem Willen in ihrem knappen Top stecken blieben. Spöttisch grinsend wandte ich mich wieder José zu, der nach wie vor geduldig darauf wartete, dass ich ihm meine Aufmerksamkeit schenkte.

»Wieso nicht kommendes Wochenende?« Zur Hochzeit. José war natürlich ebenso eingeladen wie der Rest der Belegschaft des Diners. Ich wusste nicht, ob Adam, der Besitzer, damit gerechnet hatte, für das Catering beauftragt zu werden, doch in dieser Hinsicht hatten sich die Gerüchte als wahr herausgestellt: Scott *ließ* das Essen aus New York kommen. Oder, genauer gesagt, die Köche. Einzig, weil er und Noah sich bereits so sehr in die Herzen aller geschlichen hatte, brachte ihm das keine Minuspunkte ein. Genau genommen war das *Sweet&Coffee* der einzige Laden aus Paradise, der sich an der Hochzeit beteiligen durfte – und ich beugte mich wohl nicht allzu weit aus dem Fenster, wenn ich behauptete, dass dies einzig auf Mrs. Pempleforts Willensstärke zurückzuführen war. Wenn der alte Knochen sich etwas in den Kopf setzte, erreichte er sein Ziel auch – und besagtes Ziel war es gewesen, einen Teil zu diesem großen Fest beizutragen. Nun würde sie die Gesellschaft mit Gebäck beliefern. Wahrscheinlich liefen ihre Planungen bereits auf Hochtouren. Arme Lucy, sie schob schon jetzt Überstunden. Sie wohnte im selben Gebäude wie ich. Gestern hatte ich sie im Hausflur getroffen – fix und fertig und mit weißem Mehlstaub in den dunklen Augenbrauen.

»Oh, ich habe bis nächsten Sonntag frei.« José zwinkerte mir zu. »Und ich gedenke, die Zeit gut auszunutzen.«

Was er damit sagen wollte, war mehr als offensichtlich. Grinsend biss ich mir auf die Unterlippe. Er war ein angenehmer Zeitgenosse, und ich mochte die subtile Art und Weise, mit der er mir klarmachte, dass er nach wie vor auf mich stand. Dennoch war nie mehr als das eine Mal zwischen uns gelaufen. Eilig warf ich einen Blick zu Miles – er wirkte nach wie vor völlig in Sheila vertieft. Kurz spürte ich so etwas wie Widerwillen …

Also schob ich ihn ganz weit von mir fort und beugte mich etwas über den Tresen.

Josés Augen wurden dunkler.

»Was darf ich dir denn heute anbieten?«, schnurrte ich regelrecht, wohlwissend, dass ich mit dem Feuer spielte. Ich wollte José keine Hoffnungen machen. Andererseits war er eine angenehme Überraschung an diesem Abend – und im

Gegensatz zu Miles jemand, mit dem ich frohen Mutes flirten konnte.

»Oh, wenn du mich so fragst?« Sein Blick wanderte einmal nach unten, und ich spürte regelrecht, wie er sich an meinem Oberkörper festsaugte. Grinsend schüttelte er den Kopf. »Ich fürchte, das steht nicht auf eurer Karte.«

Belustigt legte ich den Kopf schräg. »Charmant wie eh und je. Leider wäre nicht bezahlbar, was auch immer du dir gerade vorstellst. Wie wäre es stattdessen mit einem Tequila aufs Haus?«

José nickte mir strahlend zu, als hätte ich eine Glanzleistung hingelegt, nur weil ich mich an seinen Lieblingsschnaps erinnern konnte. Während ich den Shot vorbereitete, fiel mein Blick ein weiteres Mal auf Miles – und ich gefror zu Eis. Er hatte sich endlich von Sheila gelöst und starrte mich an. Feuer loderte in seinen Augen, ein Muskel in seinem Kiefer zuckte. Er wirkte *außer sich*.

Eilig wandte ich mich ab.

»Bitte schön.«

»Oh«, erwiderte José herausfordernd. »Ich dachte ›auf's Haus‹ impliziert, dass du mittrinkst.«

Ich zögerte nur kurz. Normalerweise tat ich so etwas nicht – höchstens, wenn die Mädels da waren. Doch etwas an dieser Situation ließ mich all meine Zurückhaltung über Bord werfen. Die seltsame Stimmung zwischen Miles und mir, die frustrierende Aufgeriebenheit – und die lockere Art, mit der José dafür sorgte, dass ich mich zumindest kurzfristig besser fühlte. Es dauerte nicht allzu lange, bis mein moralischer Kompass ausschlug. »Gib mir eine Sekunde.«

Wenige Augenblicke später hielten wir beide ein Glas mit der scharfen, klaren Flüssigkeit in der einen, eine Zitrone in der anderen Hand. Der Salzstreuer stand bedeutungsschwer zwischen uns. Ich war kein allzu großer Fan von Tequila, aber gelegentlich ging das in Ordnung.

»Auf die Schönheit des Abends«, murmelte José mit genau dem perfekten Maß an Zweideutigkeit in der Stimme.

Ich zwinkerte ihm zu. »Auf uns.«

Das gefiel José natürlich. Er ließ mich nicht eine Sekunde aus den Augen; nicht einmal, als er in die Zitrone biss. Eilig brachte ich es hinter mich – und nahm mir vor, zukünftig auf dieses Zeug zu verzichten. Es gab deutlich schmackhaftere Alternativen. Ich verzog das Gesicht, unterdrückte das Bedürfnis, Wasser nachzukippen, und lächelte mein Gegenüber angestrengt an.

»Also gut«, stellte dieser fest, nachdem er das Glas mit einem dumpfen Knall abgestellt hatte. »Wie ist die Lage, nun, da du für diesen Kerl da arbeiten musst?«

Mir entwich ein Kichern, weil José so direkt war – und das, obwohl der besagte Kerl nur wenige Schritte entfernt stand. Ich spürte regelrecht, wie sich Miles' Blick in uns bohrte und beugte mich noch ein wenig weiter vor, um die Vertraulichkeit des Moments zu unterstreichen. »Unter uns gesagt: Ich hab's mir schlimmer vorgestellt. Wahrscheinlich wird es am Ende passen.« Ich zwinkerte ihm zu. »Du kennst mich, ich lasse mich nicht unterkriegen.«

Das entlockte José ein lautstarkes Lachen. »Nica wie sie leibt und lebt«, stellte er fest. »Bringst du mir ein Bier, Guapa?«

»Nichts lieber als das.« Grinsend machte ich auf dem Absatz kehrt, um ihm ein Bier zu zapfen – und rannte dabei beinahe in Miles, der plötzlich viel näher da stand als noch vor wenigen Augenblicken.

Das Lodern in seinen Augen? Es schien ihn zu verschlingen. Und mich gleich mit.

»Hoppla«, rief ich aus, legte meine Hände auf seine Brust, um mich an einem Sturz zu hindern – und da war es wieder. Dieses ohrenbetäubende Knistern. Dieses intensive Gefühl, das durch meine Adern rauschte, meine Sinne benebelte und dafür sorgte, dass ich nichts lieber wollte, als mich an diesen großen, breit gebauten Körper zu schmiegen.

Schrecklich!

Eilig wich ich zurück, doch natürlich war es zu spät. Verflucht. Verlangen brodelte in meiner Magengrube. Verlangen und eine so tiefe, verzehrende Sehnsucht, dass mir schwindelig wurde. So eng wie heute Abend war es mir hinter der Theke noch nie vorgekommen. Die Luft war zum Schneiden dick, und ich versuchte verzweifelt, meine Lungen mit frischer Luft zu füllen. Ein sinnloses Unterfangen. Stattdessen schien mich das Prickeln von innen zu verschlingen. Mir schwindelte, und ein Rauschen in meinen Ohren verdrängte all die Geräusche, die den gut gefüllten Pub normalerweise beherrschten.

Da war nur er. Und ich.

Blinzelnd erstarrte ich, während er mich mit seinem Blick festnagelte. Wie das berühmte Reh im Scheinwerferlicht. Ich. Großer Gott!

Mühsam befeuchtete ich meine Lippen, die sich plötzlich staubtrocken anfühlten. Seine Augen huschten nach unten, und es kam mir so vor, als würden sie noch dunkler werden. Das, was zwischen uns pulsierte, war nicht von dieser Welt. Eindeutig nicht normal. Ich konnte kaum in Worte fassen, was geschah – hinterrücks, in Momenten wie diesem, wenn meine Schutzschilde nicht hochgefahren waren und mein Körper seinen eigenen Willen hatte.

Wie? Wie konnte ich mich von einem Mann so dermaßen angezogen fühlen? Und dann auch noch ausgerechnet er? Ich wollte es einfach nicht begreifen. Ich konnte es nicht akzeptieren.

Verdammt – dieser Mann war ein ernsthaftes Problem. Für mich, für meine Nerven, für meine Integrität. Und ich hatte nicht die geringste Ahnung, wie ich damit umgehen sollte.

»Hältst du das für eine gute Idee?«, brummte er rau –

und brach damit den intensiven Bann, der mich gefangen gehalten hatte. Seine Worte waren wie die berüchtigte kalte Dusche, die ich dringend benötigte.

Ich atmete scharf ein. »Das fragst du nicht wirklich, oder? Wer hat denn gerade die ganze Zeit mit Sheila rumgeflirtet?«

»Das kann man nicht gerade flirten nennen«, erwiderte Miles schnaubend. »Im Gegensatz zu dir. Du hast dich diesem Kerl ja praktisch an den Hals geschmissen ...«

Jepp. Die sexuelle was-auch-immer Anziehungskraft verwandelte sich in Aggression. Schnaubend verschränkte ich die Arme vor der Brust. »José ist ein alter Bekannter von mir, und ich rede mit ihm, wie es mir beliebt. Du hast kein Recht der Welt, das zu verurteilen.«

Seine Lippen kräuselten sich. Nicht mehr und nicht weniger. Wie er so da stand, ebenfalls die Arme vor der Brust verschränkt, die Ärmel seines weißen Hemdes hochgekrempelt, dazu die dunkle Jeans ... ich hasste es, dass er so charismatisch war. So anziehend.

So *sexy*.

Dieser Anflug von Höhlenmensch-Getue machte es ärgerlicherweise nicht besser.

Wir lieferten uns ein Blickduell. Langsam drangen die Geräusche der Bar wieder in mein Bewusstsein; wir waren nicht alleine. Bei weitem nicht. Und wahrscheinlich beobachtete uns die Hälfte des Pubs mehr oder minder interessiert – inklusive Sheila und José. Es hätte mir nicht so egal sein dürfen. In jedem Fall hätte es mich mehr stören müssen als der Umstand, dass Miles der Meinung war, mich in irgendeiner Weise bewerten zu können. Doch das war nicht der Fall, musste ich mir eingestehen. Egal, was ich mir auch einredete: Mir war wichtig, was er von mir dachte, und das Letzte, was ich wollte, war, dass er mich für eine Schlampe hielt.

Lächerlich, absolut lächerlich. Aber die Wahrheit.

Da Miles auch nach einer Minute nicht der Meinung war, etwas sagen zu müssen, schob ich mich an ihm vorbei. Ein Teil von mir erwartete, dass er mich stoppte, mich am Arm packte, mich womöglich sogar an sich zog – doch Fehlanzeige. Kaum war ich seinem direkten Anblick nicht mehr ausgesetzt, konnte ich wesentlich freier atmen. Dennoch war ich nach wie vor verwirrt. Und seltsamerweise enttäuscht.

Was hatte ich noch gleich tun wollen? Blinzelnd starrte ich an die Wand.

Ach ja. José. Das Bier.

Meine Hände zitterten, während ich es zapfte.

Das hier war ein Problem. Ein ernsthaftes sogar. Eines, dem ich irgendwie Einhalt gebieten musste, damit es sich nicht überdeutlich auf mich und meine Arbeit auswirkte. Wenn ich nur eine Ahnung hätte, wie!

Es kam mir vor, als würde mich jeder anstarren, während ich mich erneut an Miles vorbeischob, um José sein Bier zu bringen. Miles hatte sich nicht einen Zentimeter bewegt, selbst seine Arme waren noch vor der Brust verschränkt, und als ich vor José Position bezog, spürte ich seinen Blick überdeutlich in meinem Nacken.

»Dein neuer Boss ist ziemlich auf dich fixiert«, stellte José daher auch folgerichtig fest.

Immerhin grinste er dabei.

Ich verdrehte die Augen. »Hör auf. Es ist kompliziert genug.«

»Hm«, machte er summend. »Heißt das also, du hast keine Lust auf ein bisschen Spaß?«

Ich klimperte übertrieben mit den Wimpern. »Oh, du kennst mich. Für Spaß bin ich immer zu haben …« Er riss seinen Mund auf, doch ehe er etwas erwidern konnte, fuhr ich eilig fort. »Allerdings nicht so. Nicht aktuell. Tut mir leid, Kumpel.«

Sein Grinsen verwandelte sich kaum merklich; war nicht weniger freundlich, aber eingefärbt von ehrlichem Bedauern. »Ich habe es mir fast gedacht. Schade, Guapa. Wir wissen beide, wie gut es mit uns werden könnte. Solltest du deine

Meinung ändern – du weißt, wo du mich findest.« Er zwinkerte mir zu und verließ seinen Platz an der Theke. Natürlich. Wahrscheinlich machte er sich auf die Suche nach einem anderen, potentiellen Partner für die Nacht. Es hätte mich fassungslos machen sollen, dass er einfach so ging, kaum dass ich für klare Verhältnisse gesorgt hatte, doch am Ende war es besser so.

Ich wollte ja wirklich nichts von ihm. Nicht jetzt. Nicht morgen. Mehr als ein bisschen Flirten war nicht drin. Weder mit ihm, noch mit irgendwem anderes, wurde mir klar. Dafür nahm ein ganz bestimmter Mann zu viel Raum ein. Welch Ironie, dass ausgerechnet dieser tabu war!

Seufzend schnappte ich ein paar benutzte Gläser, die auf dem Tresen standen, und wandte mich ab, um sie zu spülen.

Einmal mehr stand dort Miles.

Einmal mehr starrte er mich mit diesem lodernden Blick an.

Dieses Mal machte ich einen Bogen um ihn, sorgfältig darauf bedacht, dass ich ihn nicht berührte.

Sollte er doch starren.

Sollten sie alle doch starren.

Ich hatte mir nichts vorzuwerfen.

Zumindest noch nicht.

Hoffentlich würde sich nichts daran ändern.

Miles 14

Zuzusehen, wie dieser schmierige Typ aus dem Diner sich an sie heranmachte, hatte zu den größten Herausforderungen gehört, die man mir hier in Paradise bislang gestellt hatte. Dann auch noch mitzubekommen, wie Nica sich auf das Spielchen einließ – und damit unmissverständlich klar machte, dass bereits irgendetwas zwischen ihnen gelaufen war – hatte mich beinahe den Verstand gekostet. Zum Glück war er abgedampft, und als er gegen Mitternacht mit irgendeiner Frau den Pub verlassen hatte, hatte Nica nicht gerade gewirkt, als würde es sie stören.

Immerhin etwas.

In den kommenden Tagen hielt ich mich wieder vermehrt vorne im Pub auf, und das, obwohl es nicht einmal nötig gewesen wäre. Wieso ich das tat? Es fiel mir schwer, es mir selbst einzugestehen, aber am Ende wollte ich sichergehen, dass Typen wie dieser José nicht erneut ihr Glück versuchten. Nicht, dass ich etwas dagegen hätte tun können, wäre es dazu gekommen. Doch es geschah nicht. Alles, was es mir einbrachte, war eine zunehmend aufgeheizte Stimmung zwischen Nica und mir. Sie schien mich zu durchschauen, und ihre Meinung dazu war mehr als offensichtlich. Anstatt mir diese jedoch an den Kopf zu werfen, ging sie dazu über, mich mit diesem strafenden Blick zu mustern und darüber hinaus zu ignorieren.

Kein Lächeln für mich. Keine Sticheleien. Keine Scherze.

Das machte mich wahnsinnig.

Natürlich war nicht gerade hilfreich, dass ich in dieser

Woche zum ersten Mal von ihr träumte. Kein jugendfreier Traum, sondern einer von der Sorte, der mich schweißgebadet wach werden und schlaftrunken nach meinem Schwanz greifen ließ, um ihn zu massieren.

Diese Kleine hatte mich irgendwie verhext. Anders konnte ich mir die Intensität nicht erklären, mit der sie mich beherrschte. Tagsüber, nun auch im Schlaf.

Und es brachte mich verdammt nochmal nirgendwo hin. Unzählige Male wünschte ich mir, dass sie jemand anderes war. Nicht die Tochter der ehemaligen Besitzer. Nicht diejenige, die den Pub eigentlich hatte kaufen wollen. Einfach irgendeine Frau aus Paradise, bei der es keinerlei Gründe gab, mich von ihr fernzuhalten. Doch wie es mit solchen Wünschen nun mal war – sie halfen nicht weiter, machten es im Zweifel sogar schlimmer.

Immerhin verging die Woche wie im Flug. Ich hatte noch einige Dinge für Scott zu erledigen. Das erste Mal in meinem – unseren Leben – war mein großer Bruder deutlich angespannt. Er war schon immer der Strukturiertere von uns beiden gewesen; derjenige, der die Zügel in der Hand hielt. Nun war ich es, der das Ruder übernahm, sei es, um letzte Anweisungen an das New Yorker Team weiterzuleiten, die Donnerstag anreisen wollten, oder um ein paar Probleme zu klären, die plötzlich mit der Band auftraten. Allesamt Kleinigkeiten, die Scott jedoch beinahe aus der Haut fahren ließen.

Ich behielt wohlweislich für mich, dass es mir gefiel, zur Abwechslung mal die Oberhand zu haben. Irgendwann würde ich ihm das wahrscheinlich aufs Brot schmieren, nicht jedoch, wenn er sowieso bereits kurz davor war, auszuflippen.

Hochzeiten. Wer war eigentlich der Meinung gewesen, dass daraus immer so ein Theater gemacht werden musste?

Zusätzlich gab es noch ein paar Dinge mit Noah zu klären. Er war Scotts Sohn und mein erster und einziger Neffe. Ich hatte ihn von Beginn an geliebt, doch zu jener Zeit, als er nach dem Unfalltod seiner Mom aufgehört hatte zu sprechen, war meine Zuneigung für den Jungen ins Unermessliche gestiegen. Umso schlimmer war es für mich gewesen, als Scott einfach so mit ihm verschwunden war. Mittlerweile redete Noah wieder. Wenig, längst nicht wie ein Wasserfall, so wie er es einst getan hatte, aber er sprach. Und etwas daran, wie wohlbedacht er seine Worte auswählte – und auch, an wen er sie adressierte – ließ alles, was er sagte, so viel wichtiger erscheinen.

Vor ein paar Wochen war er eines Nachmittages an mich herangetreten. Scott und Julia hatten irgendeinen Termin wegen ihrer Hochzeit gehabt, weshalb ich zu ihnen gefahren war, um Noah Gesellschaft zu leisten. Er hatte die Vögel gefüttert, ich hatte die Playstation vorbereitet, um eine Runde mit ihm zu zocken, doch als er zu mir zurückgekehrt war, hatte ihn der Controller nicht interessiert. Stattdessen hatte er mich mit diesem ernsthaft nachdenklichen Blick gemustert, den er so oft zur Schau stellte, und sichtbar nach Worten gerungen. Er wollte eine Rede halten. Er, der Neunjährige, der mehr als ein Jahr nicht gesprochen hatte, wollte sich vor all diese Leute stellen und etwas sagen. Zu seinem Dad, Julia, zu seinem neuen Leben. Scheiße, ich kannte nicht einen Kerl, der mehr Mumm in den Knochen hatte als dieser Bengel.

Ehrensache, dass ich es mir zur Aufgabe gemacht hatte, ihm dabei zu helfen, so gut es mir möglich war. Scott und Julia wussten nichts von Noahs Plänen, und ich war überzeugt davon, dass es sie zerreißen würde, wenn er plötzlich vor ihnen stünde.

Im positiven Sinne.

Ich konnte es schon jetzt kaum erwarten.

Freitagabend ließ Scott sich im Pub sehen. Jeder andere Mann hätte vermutlich Besseres zu tun gehabt, als am Abend vor seiner Hochzeit der Kneipe seines kleinen Bruders einen Besuch abzustatten, doch Scott hatte mich schon oft überrascht. Er schmiss eine Runde für sämtliche Besucher – und später eine weitere. Um es zusammenzufassen: Der Abend endete ziemlich feuchtfröhlich, und viele der Anwohner von

Paradise, die normalerweise längst nicht so tief ins Glas geschaut hätten, torkelten angetrunkener nach Hause als geplant, davon war ich überzeugt. Es war, als würden wir gemeinsam die anstehende Hochzeit feiern; egal, in welches Gesicht ich sah, ich erkannte eine tiefe Verbundenheit, und das war für mich so neu und gleichzeitig so überwältigend, dass ich mehr als einmal innehielt, um das Geschehen auf mich wirken zu lassen. Wärme brodelte in meiner Brust, anders als die Hitze, die ich in Nicas Gegenwart verspürte. Grundlegender, erschütternder. Als würde ich zum ersten Mal den wahren Geist dieser Gesellschaft begreifen. Überall war Gelächter, herrschte Fröhlichkeit. Mit Stolz konnte ich behaupten, dass ich mittlerweile jeden Gast kannte – mindestens vom Sehen, wenn nicht gar beim Namen. Nach nur wenigen Wochen! Ich konnte gar nicht anders, als mich von der ausgelassenen Stimmung mitreißen zu lassen. Selbst Nica warf mir zwischendurch ein Lächeln zu; als hätte sie für kurze Zeit vergessen, dass sie mich nicht mehr leiden konnte. Als wäre die Eiszeit vorbei, mit der sie mich in dieser Woche gestraft hatte. Ich wagte es kaum, zu hoffen, und doch erwiderte ich ihr Lächeln überglücklich, genoss die Energie, die schlagartig in meinen Körper zurückkehrte. Als wäre sie die Frühlingssonne, die nach einem harten Winter das erste Mal ihre Macht entfaltete – und mich vor dem sicheren Kältetod rettete.

An dieses Lächeln dachte ich noch, als ich gegen eins in meine Wohnung zurückkehrte, um wenigstens ein paar Stunden Schlaf zu bekommen, ehe es am kommenden Tag ernst wurde.

Ihr galt mein letzter Gedanke.

Nica. Nica Clarkson.

Aus uns hätte so viel werden können.

Wehmütig schloss ich die Augen.

Der zweiundzwanzigste Oktober brach mit Nebel an; eine unwirkliche, fast schon bezaubernde Atmosphäre. Über Nacht war es kühl geworden, ein erster Vorbote des anstehenden Winters, und der Nebel fühlte sich dicht und feucht an. Es hätte deprimieren können, doch die Nachrichten hatten einen wunderschönen Spätherbsttag mit Sonne vorausgesagt, sobald sich der Dunst erst einmal verzogen hatte. Daran klammerte ich mich fest, während ich mich für den Tag herrichtete. Ich war nur leicht verkatert, was vermutlich wenige der gestrigen Besucher von sich behaupten konnten. Ein schwaches Lächeln umspielte meine Lippen, als ich meinen Anzug aus dem Schrank zog und mich nach und nach in meine New Yorker Version zurückverwandelte. Ich hatte nie eine derartige Auswahl an Anzügen besessen wie mein großer Bruder, es aber durchaus zu schätzen gewusst, mich dem Anlass angemessen zu kleiden.

Aus genau diesem Grund war ich in den vergangenen Wochen hier in Paradise auch zu Jeans und Hemden oder Pullovern übergegangen. Es hatte sich nicht richtig angefühlt, im Business-Stil herumzulaufen, insbesondere abends, wenn ich hinter der Theke des *Ol'Mans Pub* stand. Seite an Seite mit Nica, die Jeans und Shirt eine völlig neue Bedeutung verlieh.

Nun. Heute würde sie das ganz sicher nicht tragen. Seltsamerweise fiel es mir schwer, sie mir in einem Kleid vorzustellen. Dennoch konnte ich es kaum erwarten, sie zu sehen.

Ich warf mir ein schiefes Grinsen im Spiegel zu. Auf einer Skala von eins bis zehn, wie tief steckte ich in Schwierigkeiten, wenn ich selbst am Hochzeitstag meines Bruders an Nica dachte?

Gott sei Dank gab es niemanden, der mir darauf eine Antwort geben konnte.

Eine halbe Stunde später machte ich mich auf den Weg. Scott war alleine; Julia und Noah waren bereits in den frühen Morgenstunden zu ihren Eltern gefahren. »Bin gleich bei dir, Scottie, halt durch«, schickte ich ihm eine Sprachnachricht.

Zur Antwort bekam ich einen eindeutigen Smiley, der mir deutlich machte, wie viel er von meinem Spruch hielt.

Lachend stieg ich in meinen Wagen.

Paradise besaß eine Festhalle. Ursprünglich war diese mal eine Scheune gewesen, und diesen rustikalen Stil hatte sie auch beibehalten, obwohl sie seitdem umfassend renoviert worden war. Viele Alternativen waren Scott und Julia bei der Planung ihrer Feierlichkeit sowieso nicht geblieben, sobald die wahren Dimensionen klar gewesen waren. Zugegebenermaßen hatte ich mit Vorbehalten zu kämpfen gehabt, als Scott mir zum ersten Mal von der Location berichtet hatte, doch als ich gestern Morgen hergekommen war, um mich davon zu überzeugen, dass alles nach Plan lief, war mir der Atem gestockt.

Natürlich konnte man im Foyer des Plazas heiraten. Man konnte ein verdammtes Schloss mieten oder die Räumlichkeiten eines exklusiven Restaurants. All das hätte für ein exquisites Ambiente gesorgt und wäre meiner Meinung nach die einzig wahre Option gewesen. Doch ich hatte keine Ahnung von Festen dieser Art, immerhin war ich selbst nie auch nur ansatzweise kurz davor gewesen, zu heiraten, und das letzte Mal, dass ich zu einer Hochzeit eingeladen worden war …

Nun. Daraufhin hatte ich den Pub gekauft, mehrere hundert Meilen entfernt. So viel also zu meiner objektiven Meinung.

Gestern jedoch hatte ich all diese Gedanken über Bord geworfen.

Die Deckenhöhe lag locker bei fünfzehn Metern. Dennoch hatte irgendwer Stoffbahnen im First angebracht; Stoffbahnen, die bis zu den Wänden führten, dort zusammengerafft wurden und dann fließend bis zum Boden hinabfielen. Die Stoffe waren cremefarben und verliehen dem Raum eine helle, festliche Atmosphäre. Irgendwann einmal hatte es hier sicher nur kleine Fenster gegeben, doch im Zuge des Umbaus waren bodentiefe Glasfronten eingebaut worden, die dem Saal zusätzlich Helligkeit verliehen.

Kleine Erker, Nischen, verwittert wirkendes Holz und rote Backsteinwände gaben dem Ganzen ein rustikales Ambiente, das in der Kombination erstaunlich gut funktionierte.

Direkt gegenüber von den breiten Scheunentoren, die den Eingang markierten, etwa mittig des Raumes, befand sich der langgezogene Brauttisch. Rechts und links davon waren große, ovale Tische platziert worden, an denen sich die Gäste einfinden würden. Arrangements aus Trockenblumen, dazu hochstielige Kerzen und kleine, edel verpackte Kartons mit Pralinen stellten die Tischdeko dar. Die Pralinen waren extra von einem New Yorker Chocolatier hergestellt worden. Jeder Gast würde ein kleines Paket erhalten. Da ich in das Vergnügen gekommen war, die Pralinen vorab zu testen und bei der Auswahl zu helfen, wusste ich, wie fantastisch sie schmeckten.

Das Buffet befand sich rechts vom Eingang; ich hatte mir sagen lassen, dass es normalerweise nur aus ein paar Tischen bestand, die bei Bedarf mit Schüsseln vollgestellt wurden. Scotts Köche hatten die Ecke komplett umgebaut; es gab nun nicht nur Anrichten, sondern auch eine Art mobile Küche mit Grill, wo den Abend über für frische Delikatessen gesorgt werden sollte. Ich wusste bereits, dass es sich um eine Mischung aus traditionellen Gerichten sowohl aus Vermont als auch aus New York handeln würde, dazu einige Eigenkreationen, die eine Brücke zwischen beiden Küchen herstellen sollten. Auf den New Yorker Cheesecake mit karamellisiertem Ahornsirup auf Apfelbett freute ich mich am meisten.

Außerdem gab es, auf ausdrücklichem Wunsch von Julia, einen Schokobrunnen. Natürlich extragroß. Grinsend schüttelte ich den Kopf.

Links vom Eingang befand sich die Theke, die zwar etwas in die Jahre gekommen war, aber funktional und mit edelsten

Getränken bestückt. Die New Yorker Köche hatten ein ganzes Geschwader an Kellnern mitgebracht, die sich um die Verpflegung der Gäste kümmern würden. Als besondere Überraschung für Scott hatte ich eigenhändig seinen Lieblingsscotch besorgt, der eine ganze Weile lang ausverkauft gewesen war. Mittlerweile gab es eine neue Charge, die der alten geschmacklich recht nahekam. Ich war überzeugt davon, dass sie ihn begeistern würde. Grinsend klopfte ich auf mein Sakko, wo ein flacher Gegenstand auf seine Übergabe wartete.

Die Band hatte am anderen Ende der Halle ihren Platz bezogen. Nach dem Abendessen würde es Zeit und Raum für Tanz geben. Ich wusste, dass Scott plante, noch eine Weile mit Julia dazubleiben, ehe sie sich in ihre Flitterwochen verabschiedeten. Ich würde mich nach ihrer Abreise darum kümmern, dass die Gäste noch einen schönen Abend hätten. Nichts Leichteres als das.

Zufrieden nickend verließ ich die Scheune, um nach meinem Bruder zu sehen. Hoffentlich würde es ihm einen Teil seiner Anspannung nehmen, wenn ich ihn darüber informierte, dass zumindest an dieser Front alles nach Plan lief.

Die offizielle Zeremonie fand auf der Wiese neben der Scheune statt. Scott stand unter einer Art Torbogen mit blumenbesetztem Himmel, der am Ende einer langen Reihe von Stühlen mit cremefarbenen Hussen aufgebaut worden war. Auch hier sorgten Arrangements von Trockenblumen für eine ansprechende Atmosphäre. Am beeindruckendsten waren jedoch die vielen Bäume, die in strahlenden Farben den Herbst verkündeten. Rot, gelb, orange – ich verstand mittlerweile, wieso die beiden darauf bestanden hatten, vor der Kulisse des Indian Summers zu heiraten, nicht etwa im frisch erblühten Frühling. Das hier war einzigartig. Wer konnte schon von sich behaupten, in diesem Ambiente den Bund fürs Leben geschlossen zu haben?

»Alles läuft nach Plan«, informierte ich Scott, als ich ihn endlich erreichte. Er wirkte deutlich übernächtigt, leicht verkatert und darüber hinaus so nervös wie noch nie in seinem Leben. Wieso eigentlich? Zweifelte er etwa daran, dass Julia auftauchen würde? Stellte er seine Entscheidung infrage? Beides war dermaßen untypisch für ihn, dass sich seine Nervosität beinahe auf mich übertrug. Aber nur beinahe. Brüderlich klopfte ich ihm auf die Schulter. »Alles wird gut.«

»Ich weiß«, erwiderte er knapp. »Es ist nur ... ach, keine Ahnung.« Sein Blick wanderte zum Himmel. Wie versprochen, war er klar und blau, nur wenige Schleierwolken zogen in weiter Ferne über das Firmament. Die Temperaturen waren stabil genug, damit wir während der Trauung draußen bleiben konnten. Für später hatte Scott einige Heizpilze besorgt, die dafür sorgen sollten, dass die Frostbeulen unter uns nicht erfroren, wenn sie sich nach draußen zurückzogen. Da die Temperaturen am Abend deutlich abfallen sollten, sicherlich eine kluge Entscheidung.

Mir kam ein Gedanke. »Geht dir etwa der Arsch auf Grundeis?«

Überraschung, aber auch Ärger loderten in seinen Augen auf, als er sich schlagartig auf mich konzentrierte. »Nein!«, rief er, allerdings so schnell, dass es beinahe gelogen klang.

Meine Mundwinkel zuckten in die Höhe. »Oh, der erfolgreiche Scott Fitzpatrick – auch er ist nur ein Mensch.« Ich konnte das Grinsen nicht länger zurückhalten. »Das hier ist normal, Scott. Es ist normal, nervös zu sein. Normal, zu zögern. Eigentlich dachte ich, das Jahr in Paradise hätte dir gezeigt, dass du mehr sein kannst als die zielstrebige Arbeitsmaschine. Akzeptiere, dass du Lampenfieber hast, aber lass dir davon nicht den Tag versauen. Am Ende wird alles gut. Du tust das Richtige.«

»Ich tue das Richtige«, murmelte er – es klang fast wie eine Frage. Aber nur fast.

Ich drückte seine Schulter, ehe ich gegen seine Fliege schnippte, um sie wieder gerade zu rücken. »Das tust du wirklich. Spätestens, wenn Julia auf dich zuläuft, wirst du das auch wissen. Und jetzt ...« Lächelnd zog ich die flache Schachtel aus der Innentasche meines Sakkos. Ich überreichte sie Scott, der mich mit milder Überraschung musterte, das Geschenk aber sofort auspackte. Zum Vorschein kam ein hochwertiger Flachmann aus Edelstahl mit Schutzhülle. Ins Leder hatte ich in geschwungenen, edlen Lettern seine Initialen gravieren lassen. Scotts Augenbrauen schossen in die Höhe. »So, so. Denkst du etwa, ich überstehe den Tag nur auf diese Weise?«

Ich zuckte mit den Schultern. »Falls du es noch nicht mitbekommen hast, mir gehört neuerdings ein Pub. Es erschien mir passend, dir so etwas zu schenken.«

Ohne mich aus den Augen zu lassen, schraubte Scott den Deckel ab und hob den Flachmann an seine Nase. Augenblicklich wurden seine Pupillen groß. »Ist das ...?«

»Jepp. Und es wird noch mehr davon geben. Ich habe für heute zwei Kartons bestellt. Sie haben nachproduziert. Wenn du dir einen kleinen Vorrat beiseiteschaffen willst, solltest du es tun, ehe die es Gäste bemerken.« Mein Grinsen wurde breiter. »Wahrscheinlich werden sie sich darauf stürzen wie die Geier. Ich habe auch eine Flasche gebunkert.«

Mit diesen Worten ließ ich Scott erst einmal stehen. Aus dem Augenwinkel sah ich, wie die ersten Menschen den Platz vor der Scheune betraten. Es wurde Zeit. Keine Stunde mehr, bis die Zeremonie beginnen würde. Mir selbst einredend, dass ich nach Noah Ausschau halten wollte, schlenderte ich den Gang hinab, wohlwissend, dass Scott zumindest etwas ruhiger geworden war.

Mein großer Bruder. Mein großer, bald schon verheiratateter Bruder.

Wo war verdammt nochmal die Zeit geblieben?

Die Zeremonie war wunderschön. Ein wenig kitschig aber berührend, und es gab mehr als nur eine Person, die sich zwischendurch die Augen abtupfen musste. Ich natürlich nicht. Das Brennen in meinen Augen hatte mit dem scharfen Wind zu tun, der gelegentlich aufkam.

Scott und Julia hatten sich eigene Treueschwüre zurechtgelegt. Während der von Scott von einer gewissen Nüchternheit unterlegt war, strotzte Julias nur so von Emotionen. Sie versprach sogar, immer für Noah zu sorgen, was dazu führte, dass jeder, der an der Zeremonie teilnahm, zu ihm blickte.

Und er weinte. Vor Glück, wie ich glaubte.

Okay. An dieser Stelle hörte ich auf, mir einzureden, dass der Wind schuld war. Auch meine Augen liefen über. Aber verdammt – wenn nicht auf einer Hochzeit, wann dann?

Mein Blick wanderte zu Nica, als wäre sie die Antwort auf alles, und zu meiner großen Überraschung stellte ich fest, dass sie mich beobachtete. Mein Puls verdreifachte sich schlagartig.

Nica.

Da waren wir also wieder beim Thema.

Sie war gemeinsam mit Noah und den Myers aufgetaucht, untergehakt bei Tracy und mit vor Aufregung glühenden Augen.

Es kostete mich all meine Kraft, sie nicht länger als nötig anzustarren. Mein Gott, sie war so wunderschön. Hatte ich im Vorfeld wirklich geglaubt, dass sie kein Typ für Kleider war, hatte sie mich bei ihrer Ankunft innerhalb von Bruchteilen einer Sekunde eines Besseren belehrt.

Sie *war* ein Kleidertyp.

Sie sah unglaublich aus.

Und die Farbe ihres Kleides passte perfekt zu meinem Anzug – bis hin zu der Tatsache, dass ihre Clutch den Farbton meines Einstecktuches traf. Königsblau und cremefarben. In meinen Augen die perfekte Mischung für einen Anlass dieser Art.

Nica schien derselben Meinung zu sein.

Wir hatten noch kein Wort miteinander gewechselt. Jetzt wünschte ich mir nichts sehnlicher, als zu hören, was sie zur

Zeremonie sagte. Ihre Augen verengten sich kaum merklich, und mit mehr Mühe, als ich mir eingestehen wollte, wandte ich mich von ihr ab, um mich wieder darauf zu konzentrieren, wieso wir hier waren.

Die Hochzeit.

Scott und Julia.

Wir näherten uns dem Finale. Ich musste dringend Luft schnappen. Mich konzentrieren.

Während der Trauredner ihnen erlaubte, sich endlich zu küssen, während allgemeiner Jubel in den Stuhlreihen ausbrach und damit eine der wichtigsten Verbindungen eines Lebens besiegelt wurde, verlor ich einmal mehr gegen meine Instinkte und wandte mich um. Ich war einfach machtlos.

Nica beobachtete mich. Mein Herz erstarrte, nur um kraftvoll loszugaloppieren, und ein Kribbeln überzog erst meine Kopfhaut, dann auch den Rest meines Körpers. Oh verdammt nochmal. Ich steckte ja sowas von in Schwierigkeiten. Eine machtvolle Welle durchfuhr mich, erfüllte mich bis in die Zehenspitzen. Dennoch versuchte ich, eine harmlose Antwort zu finden.

Es war die Hochzeit. Die einzigartige Atmosphäre. Natürlich spielte dann alles verrückt, inklusive der Hormone.

In der Hoffnung, dass nicht jeder gesehen hatte, wie ich sie ausgerechnet in diesem Moment anstarrte, riss ich mich von Nica los, um dem frisch vermählten Pärchen zu gratulieren. Immerhin hatte ein Fitzpatrick sein Glück gefunden.

Der wichtigste Teil des Tages war somit erfolgreich absolviert.

Nicas Platz befand sich an einem Tisch mit den Pempleforts und einigen anderen Leuten, die ich nicht kannte, meiner auf Scotts Seite des Brauttisches neben Noah, der nicht eine Sekunde aufhörte, mit den Knien zu zappeln. Er war eindeutig nervös, aber auf andere Art und Weise, als sein Vater es vorhin gewesen war. Der hatte, wie von mir prophezeit, jegliche Unruhe abgeschüttelt, sobald Julia am Ende des Gangs aufgetaucht war. Untermalt von feierlicher Musik und einem kollektiven Seufzen der Anwohner von Paradise war sie in ihrem bodenlangen, mit Spitze besetztem Kleid und in Begleitung ihres Dads auf Scott zugelaufen, und die Sache war geritzt gewesen.

Nun befanden wir uns in der riesigen Scheune. Entgegen allen Vorhersagen hatten sich dichte, dunkle Wolken am Himmel aufgebauscht, kaum dass die Zeremonie vorbei gewesen war. Das schien der allgemeinen Stimmung jedoch nicht zu schaden. Die Leute wussten, wie das Wetter hier oben ticken konnte, insbesondere im Herbst.

Scott befand sich bei den Caterern, während Julia, ein schmales Glas in der Hand, neben Tracy, ihrer Mom und ein paar anderen Frauen stand, breit lächelnd und immer wieder ihren Ehering zeigend, der selbst auf Distanz wie verrückt funkelte. Leider gehörte auch die schreckliche Blondine zu der Truppe. Die, die bereits das eine oder andere Mal direkt vor meinen Augen mit ihren Titten gewackelt hatte. Ich hatte schon zweimal Reißaus nehmen müssen, um eine Begegnung mit ihr hinauszuzögern. Sie war nicht die Einzige, die ich lieber nicht gesehen hätte. José, dieser Schmierlappen von Kerl, war ebenfalls da. Meiner Meinung nach hätten er und Sheila sich einfach zusammentun sollen. Sie gäben sicher ein vortreffliches Paar ab.

Die Band spielte angenehme Hintergrundmusik. Sie würde erst dann richtig aufdrehen, wenn sich der offizielle Teil des Abends dem Ende neigte. Dafür, dass ich in dieser Woche noch solche Probleme mit ihnen gehabt hatte, überzeugten sie nun mit ihrer Auswahl.

Dass Noah neben mir saß, anstatt durch den Saal zu laufen, zeugte von seiner zunehmenden Anspannung. Er plante, seine Rede nach dem Hauptgang zu halten; zu einem

Zeitpunkt, wenn die meisten erst einmal gesättigt, ruhig und zufrieden waren. Normalerweise hätte ich diesen Zeitpunkt für mich beansprucht, doch Noah war wichtiger. Wahrscheinlich gäbe es sowieso nichts, was seiner Rede noch hinzuzufügen wäre; nichts, womit ich die Gesellschaft noch mehr anrühren könnte. Gerade wollte ich mich zu ihm beugen, um ihm Mut zuzusprechen, als die Eingangstür aufflog. Der laute Knall, der ertönte, lenkte meine Aufmerksamkeit auf die Neuankömmlinge.

Nein. Großer Gott, *nein!*

Mir stockte der verdammte Atem. Mehr noch als das, ein Eisenband legte sich um meine Brust. Was zum Teufel? Wer hatte sie eingeladen? Ich konnte es einfach nicht fassen, dass sie den Weg auf sich genommen hatten, um hierherzukommen.

Zu spät. Sie waren da, standen im Eingang, mit diesem arroganten Gesichtsausdruck, als erwarteten sie, dass man ihnen den roten Teppich ausrollte, sobald sie sich auch nur dazu herabließen, dieselbe Luft zu atmen wie wir.

Obwohl sich alles in mir wie erstarrt anfühlte, zuckte mein Blick zu Scott, der natürlich ebenfalls bemerkt hatte, wer die Feierlichkeit platzen ließ.

Wir starrten einander an. Überraschung traf auf Unglauben.

Wie?

Wieso?

Warum hatten sie ausgerechnet jetzt beschließen müssen, mit ihrer Anwesenheit zu glänzen?

»Miles?« Noahs Stimme war nicht mehr als ein Piepsen, seine Hand glitt in meine, und ich drückte sie vorsichtig.

Dort standen sie also. Unsere Mutter und das, was sich Stiefvater schimpfte. Aufgetakelt bis hin zu einer vollverspiegelten Sonnenbrille von Dior oder Chanel oder was auch immer, auffällig wie bunte Hunde, wenn auch nicht so angenehm wie Garret.

Alles in mir wurde hart. Unnachgiebig und hart.

»Schon gut, Kumpel«, murmelte ich meinem Neffen zu, obwohl nichts gut war, gar nichts. Galle sammelte sich in meiner Magengrube, schwer und ätzend, während ich die Menschen beobachtete, die einen großen Teil dazu beigetragen hatten, wieso ich letztlich in New York nicht glücklich geworden war. Und auch jetzt taten sie das, was sie am besten konnten: Sie verpesteten alles.

Soeben waren die Chancen sprunghaft gestiegen, dass der Abend in einer Katastrophe endete.

Nica 15

Wenn man von der einen lästigen Offensichtlichkeit absah, die mich seit Wochen beschäftigte, war dieser Tag bislang wirklich perfekt.

Und damit meinte ich alles: Die Zeremonie hatte mich – und alle um mich herum – mehr als einmal zu Tränen gerührt. Das Wetter hatte gehalten. Die geschmackvolle Deko, die *Libby's Flowery* aus Swanton übernommen hatte, bis hin zu der Mischung aus rustikalem Flair und edlen Akzenten, die die Scheune in etwas unwirklich Schönes verwandelte. Das Essen, davon war ich überzeugt, würde mit Sicherheit super schmecken und die Kellner waren aufmerksam. Die Stimmung war nicht ohne Grund so gelöst.

Also ja. Wenn ich jetzt schon sagte, dass der Tag perfekt war, lehnte ich mich nicht allzu weit aus dem Fenster. Ich wusste nicht, was noch schief gehen sollte. Lächelnd ließ ich meine Hände über den seidigen Stoff meines Kleides gleiten, während ich zu meinem Tisch zurückkehrte, erfüllt von Wärme und Euphorie. Ich saß mit den Pempleforts und den Wynchesters zusammen, froh über ihre Gesellschaft, da sie mich darüber hinwegtrösteten, dass meine Eltern es nicht für nötig gehalten hatten, für das Event des Jahres zurückzukehren. Soweit ich wusste, waren sie gerade unterwegs Richtung Florida, wo sie den Winter über bleiben wollten. Viel Kontakt hatten wir nicht. Ob es nur an mir lag oder an uns allen, konnte ich nicht sagen. Ich zwinkerte Sophie zu, die neben mir saß und einen Großteil des bisherigen Nachmittages damit verbracht hatte, entweder mit Noah zu spielen oder mir ernsthaft zu erklären, wieso sie eines Tages das *Sweet&Coffee* übernehmen würde. Hoffentlich hatte die Kleine mehr Glück als ich.

Gerade zog ich in Erwägung, eine der köstlich aussehenden Pralinen zu probieren, die verlockend in diesem kleinen Karton vor mir lagen, als die Tür so heftig aufschlug, dass sie gegen die Wand knallte. Der Moment hätte nur dramatischer sein können, wenn ein Blitz den Herbsthimmel durchzuckt hätte; ein Umstand, der nicht einmal sonderlich unwahrscheinlich war. Scott und Julia hatten eine seltsam enge Verbindung zu Gewitter.

Mein Blick schoss in die Höhe. Mit Verwirrung musterte ich das Paar, das den Saal betrat und ihren Blick so abschätzig schweifen ließ, dass ich das Bedürfnis verspürte, aufzuspringen und ihnen die Stirn zu bieten. Wären wir woanders gewesen, hätte ich vermutet, dass sie sich verlaufen hatten. Doch nach Paradise verlief sich niemand einfach so. Hier war jeder mit Absicht, und das machte die Angelegenheit doppelt so seltsam. Die Fremden traten einige wenige Schritte vor, hielten dann aber inne und wirkten, als warteten sie darauf, dass ihnen jemand Mantel und Tasche abnahm.

Was zum Teufel?

Aus einem Instinkt heraus, den ich nicht näher begründen konnte, schwenkte ich meinen Blick zu Miles – und meine Irritation verwandelte sich in Sorge. Er wirkte wie versteinert. Hatte den Blick ebenso wie viele andere zum Eingang gerichtet, doch während die meisten tuschelten und wenig beunruhigt wirkten, schien er immer starrer zu werden. Blasser.

Ohne darüber nachzudenken, was ich hier gerade tat, sprang ich auf, um zu ihm zu eilen. Neben ihm saß Noah, der nicht allzu irritiert wirkte, was vor allem daran lag, dass er auf einen Zettel starrte, der vor ihm auf dem Tisch lag, und lautlos vor sich hin murmelte.

»Hey«, sagte ich leise, sobald ich Miles erreichte – und

legte nach kurzem Zögern eine Hand auf seine Schulter. Erst dann schien er meine Ankunft zu bemerken, zumindest zuckte er leicht zusammen und hob seinen Blick.

In seinen Augen tobte eine nicht genauer zu definierende Mischung unterschiedlichster Emotionen.

Ich glitt auf den freien Stuhl neben ihm. »Was ist los?«

Er blinzelte – und plötzlich wurde seine Miene ganz glatt und starr. Es war das erste Mal überhaupt, dass ich ihn derart kühl erlebte. Emotionslos. Bislang hatte er immer irgendwie lebendig gewirkt, in der Regel belustigt und gut gelaunt, aber auch leidenschaftlich. Manchmal sogar wütend. Das hier war völlig neu, und es überraschte mich.

»Miles?«

Er blinzelte erneut. Da, völlig emotionslos war er nicht. In seinen Augen glomm ein Konflikt, wenn auch gut verborgen.

»Überraschungsgäste«, murmelte er nahezu tonlos.

Beide richteten wir unsere Aufmerksamkeit auf den Eingangsbereich. Mittlerweile war Scott zu besagten Gästen getreten. Die Interaktion kam mir angespannt vor. Wenn es ihn ebenso betraf wie Miles ... »Wer ist das?«, fragte ich, ehe ich es mir verkneifen konnte. Vielleicht war ich zu neugierig, aber Miles schien sich mit diesen Leuten nicht wohlzufühlen, und allen Spannungen zum Trotz, die in den vergangenen Tagen und Wochen zwischen uns geherrscht hatten, wollte ich nicht, dass es ihm schlecht ging. Das wünschte ich niemandem. Schon gar nicht an einem Tag wie diesem.

»Menschen, die ich hier nicht erwartet hätte«, erwiderte Miles, nach wie vor mit dieser tonlosen Stimme. Nun reagierte auch Noah. Er warf mir einen vorsichtigen Blick zu. Ich lächelte ihn an.

»Menschen, die auf der Gästeliste stehen?«, hakte ich nach.

»Vielleicht, vielleicht auch nicht«, war seine seltsame Antwort.

Gemeinsam sahen wir zu, wie das ältere Paar Scott folgte –

erst zur Garderobe, dann in unsere Richtung. Ach du meine Güte.

»Entschuldige mich bitte«, presste Miles hervor und sprang so abrupt auf, dass ich erschrocken zusammenzuckte. Mit zusammengekniffenen Augenbrauen sah ich zu, wie er dem Trio entgegeneilte.

Meine Gedanken rasten.

Einen Moment lang überlegte ich, ob ich bei Noah bleiben sollte, doch der konzentrierte sich schon wieder auf den Zettel vor sich, und ich erhob mich ebenfalls; nicht in der Lage, still sitzen zu bleiben.

So angespannt und rastlos hatte ich Miles noch nie erlebt. Gut, ich kannte ihn noch nicht allzu lange. Dennoch war sein Verhalten auffällig, um nicht zu sagen: beunruhigend.

Weil seine Unruhe sich auf mich übertragen hatte, machte ich einen Abstecher zur Toilette, wo ich mein Make-up kontrollierte. Ich fixierte mich verwirrt im Spiegel und zog den Lippenstift nach, während meine Gedanken ohne Unterlass rasten.

Viele Optionen gab es nicht, wenn Menschen in diesem Alter auftauchten. Menschen, die gleichermaßen mit Scott und Miles zu tun hatten. Ich lehnte mich vermutlich nicht allzu weit aus dem Fenster, wenn ich behauptete, dass es sich um Familie handelte. Vielleicht Onkel und Tante? Eltern? Mir wurde bewusst, dass ich gar nichts über ihre Verhältnisse wusste. Miles hatte nie groß von seinen Wurzeln erzählt. Ich hatte nie gefragt, aber nun bereute ich das. Mühsam versuchte ich, mein Gedächtnis zu durchforsten. Hatte Julia jemals über Scotts Familie gesprochen? Es wollte mir nicht recht einfallen. Abgesehen von Noahs Existenz und dessen Mutter, die bei einem Unfall gestorben war, war alles rund um die Fitzpatricks wie eine Black Box für mich. Ein einziges Mysterium.

Und das rächte sich jetzt.

Ich schnitt eine Grimasse. Wer auch immer gekommen

war, ich hoffte, sie würden den Abend nicht ruinieren. Bislang war alles perfekt nach Plan gelaufen und das sollte sich auch nichts ändern.

Als ich kurz darauf in den Saal zurückkehrte, saßen die Neuankömmlinge am Brauttisch. Irgendjemand hatte Stühle dazu geholt. Dass nicht für sie eingedeckt gewesen war, sprach dafür, dass sie nicht auf der Gästeliste gestanden hatten. Ich hielt nach Miles Ausschau – und fand ihn in der Ecke neben der Theke, wo er mit Scott die Köpfe zusammensteckte und sichtbar hitzig diskutierte. Julia saß auf ihrem Platz, selbst sie wirkte mittlerweile angespannt.

Verdammt, das sollte an einem Tag wie diesem wirklich nicht sein. Unsicher, ob ich irgendetwas tun, irgendwie helfen konnte, blieb ich mitten auf der späteren Tanzfläche stehen und fühlte mich gleichermaßen fehl am Platz wie überflüssig. Es war eine Familiensache, und doch hatte ich das Bedürfnis, zu helfen.

Allerdings stand mir diese Art von Hilfe nicht zu – und das schmerzte mich.

Es schmerzte mich sogar sehr.

Kurz darauf verkündete Scott den Beginn des Essens. Zunächst wurde uns Suppe an die Tische gereicht. Immer wieder schweifte mein Blick zu Miles, doch nachdem er wieder Platz genommen hatte, ließ er sich nichts mehr anmerken. Die Wut, die er vorhin im Gespräch mit Scott ausgestrahlt hatte? Verschwunden. Allerdings wirkte er auch nicht mehr so gelöst wie zuvor. Lächeln? Fehlanzeige. Sein Gesicht trug dieselbe glattpolierte Maske zur Schau, die mich eben so erschrocken hatte. Ich unterdrückte das Bedürfnis, erneut an seine Seite zu eilen und versuchte, mich auf die Tischgespräche einzulassen. Dass Mrs. Pemplefort nicht gewusst hatte, um wen es sich bei den Neuankömmlingen handelte, schien sie selbst am meisten zu stören. Immer wieder fing sie von den beiden an, bis Sophie verlangte, dass sie doch endlich ihre Suppe aß – was eine neue Diskussion auslöste, dieses Mal über verschiedene Suppeneinlagen und Eintöpfe. Neuerdings brachte Mrs. Pemplefort Sophie Kochen und Backen bei. Das kleine Mädchen konnte wirklich froh sein, dass es eine so enge Beziehung zu ihrer Großmutter hatte. Ich hatte nie die Chance dazu gehabt; sowohl die Eltern meiner Mom als auch die meines Dads waren gestorben, als ich noch klein gewesen war.

Immerhin Joanne beschäftigte sich nicht länger mit dem Thema, das wie ein Geist über uns schwebte, weshalb ich mich auch schon bald in ein Gespräch mit ihr vertiefte. Letzte Woche war das Spendenglas vom Pub voll gewesen und ich hatte ihr das Geld vorbeigebracht. Sie plante, damit einen Teil ihrer Zäune zu erneuern. Verlegen lächelnd zupfte sie am spitzenbesetzten Ausschnitt ihres Kleides herum, während sie mir davon erzählte, und ich machte mir eine gedankliche Notiz, bei den Männern herumzufragen. Vielleicht kannten Harald und seine Freunde jemanden, der den Wynchesters dabei helfen konnte.

»Gestern war Dr. Brenner da, um die Tiere zu impfen. Wirklich schade, dass er heute nicht kommen konnte.«

»Kommen konnte – oder kommen wollte?«, mischte Mrs. Pemplefort sich spitzfindig ins Gespräch ein. Offenbar waren die Suppen ausdiskutiert.

Joanne zuckte verlegen mit der Schulter. »Ihr kennt ihn doch. Veranstaltungen dieser Größe sind nichts für ihn. Außerdem hat er aktuell einen Pflegehund, der ziemlich traumatisiert ist. Er wollte ihn nicht alleine lassen.«

Mein Herz krampfte sich zusammen. Was ihm wohl geschehen war? Ob er früher oder später bei den Wynchesters landen würde? Gut möglich. Es wäre nicht das erste Mal, das Dr. Brenner ein Tier aufpäppelte, um es dann Joanne zu überlassen.

Kurz darauf wurde der Hauptgang eröffnet. Dieser wurde als Buffet dargereicht; inklusive Show-Küche oder wie auch immer man es nennen wollte, dass Fleisch und Fisch von einem freundlich lächelnden Koch frisch zubereitet wurden. Während ich in der Schlange anstand, überhörte ich mehr als ein getuscheltes Gespräch.

Die meisten Gäste waren ehrlich beeindruckt von alledem, allerdings war da auch die eine oder andere wohlplatzierte Spitze. Klar, so etwas Effektheischendes kannten wir hier nicht. José, der ein paar Plätze vor mir stand, zwinkerte mir zu. »Damit hätte unser Diner wirklich nicht mithalten können, was?«

Ich rollte zur Antwort grinsend mit den Augen. Ich hätte auch nichts gegen ein paar Burger und gute Fritten gehabt, aber das hier war schließlich eine Hochzeit, kein spontanes Stadtfest. Am Ende waren alle Menschen gleich: Jetzt beschwerten sie sich über diesen »neumodischen Schick«, gleich würden sie sich die Bäuche damit vollschlagen. Jede Wette, dass im Anschluss niemand mehr tuschelte.

Als die meisten gesättigt waren, verstummte die dezente Musik, und das schabende Geräusch von Stuhlbeinen sorgte dafür, dass ich mich auf den Brauttisch konzentrierte. Eigentlich rechnete ich damit, dass Miles nun eine Rede halten würde. Umso überraschter stellte ich fest, dass sich Noah erhob.

Augenblicklich tauchten Bilder vor meinem inneren Auge auf. Bilder von einem kleinen, blassen Siebenjährigen, der innerhalb kürzester Zeit Freundschaft mit Mrs. Pempleforts Enkelin geschlossen hatte. Ich warf Sophie einen Seitenblick zu, sie hüpfte auf ihrem Stuhl herum und wirkte, als könne sie kaum erwarten, was auch immer nun geschah. Ob sie Bescheid wusste? Ich jedenfalls hatte ganz sicher nicht damit gerechnet, dass Noah etwas plante. Lange war er das Gesprächsthema Nummer eins gewesen, ein kleiner, hübscher Junge, der nicht nur seine Mom verloren hatte, sondern darüber hinaus auch noch seine Sprache. Ich kannte niemanden, der kein Mitleid mit ihm gehabt hatte – und daher zwangsläufig auch mit Scott, obwohl dieser sich zu Beginn wie der typische, arrogante Großstadt-Schnösel verhalten hatte. Natürlich war das Interesse an dem Kleinen noch einmal aufgeflammt, als er sein Schweigen gebrochen hatte, doch in den vergangenen Monaten war das Gerede abgeflaut, die Fitzpatricks endgültig integriert worden. Das war es, was ich an dieser Gemeinschaft so liebte. Sie mochten ihre Eigenheiten haben, mochten manche Dinge nicht gutheißen und sich ihre eigene Meinung bilden. Aber wenn es darauf ankam, öffneten sie ihre Arme weit und herzlich und voller Liebe. So wie für die Fitzpatricks.

Nun stand Noah etwas verloren da, blickte sich um, als wüsste er selbst nicht so recht, was passieren würde. Der Sänger der Hochzeitsband kam angelaufen und drückte ihm ein Mikro in die Hand. Kurz kam es zu einer Rückkopplung, Noah zuckte zusammen. Miles beugte sich zu ihm, und mein Herz verkrampfte sich, als ich beobachtete, wie er ihm etwas zuflüsterte, lächelte und durch sein Haar fuhr. Noahs Miene erhellte sich etwas. Langsam setzte er sich in Bewegung, umrundete den Tisch, bis er vor Scott und Julia und damit im Zentrum aller stehen blieb.

»Zehn Dollar darauf, dass Julia weinen wird«, murmelte ich leise, mehr zu mir selbst.

Mrs. Pemplefort warf mir einen Blick zu, der zunächst tadelnd wirkte … dann lachte sie auf. »Ich erhöhe auf zwanzig.«

Das brachte sogar Joanne zum Kichern.

Noah räusperte sich ein weiteres Mal, sorgte für schlagartige Stille im Saal. »Eins, zwei, Test …«

Mir stockte der Atem, so wie vermutlich jedem anderem auch. Außer vielleicht den Neuankömmlingen; die wirkten fast schon gelangweilt.

Arschlöcher.

Einmal mehr gab Noah ein Geräusch von sich, und ich

bohrte unwillkürlich meine Fingernägel in die Handflächen. Der arme Kerl war total nervös. Und dennoch stand er da. Mein Blick huschte zu Miles, doch der war voll und ganz auf seinen Neffen konzentriert. Wärme durchzuckte mich. Seine Zuneigung war offenkundig.

»Das ist Noah«, murmelte Sophie mit so viel Stolz in der Stimme, dass ich unwillkürlich lächeln musste. »Mein bester Freund.«

Und dann legte er los, der lange verstummte Junge.

»Äh, hallo in die Runde. Wahrscheinlich kennt ihr mich schon, aber ich stelle mich trotzdem nochmal vor. Ich bin Noah, und das da ist mein Dad. Als ... als er letztes Jahr beschloss, dass wir hierherziehen, ging es mir nicht allzu gut.« Er gab ein kehliges Geräusch von sich. Sollte es ein Lachen sein? »Aber na ja, das wissen wohl alle. Wahrscheinlich war es gut so, denn dadurch war es mir irgendwie egal, neu anfangen zu müssen.« Er legte eine kurze Pause ein; eine Pause, bei der vermutlich jeder in diesem Saal schlucken musste. Ich ganz bestimmt. »Es war echt cool, wie ihr uns aufgenommen habt. Die meisten haben mir nicht das Gefühl gegeben, ein Freak zu sein, obwohl ich nicht geredet habe. Danke dafür.« Wieder Stille. Wieder ging ein kollektives Raunen durch den Saal. Großer Gott. Großer, verdammter Gott. Wenn das so weiterginge, würde am Ende jeder von uns heulen, nicht nur Julia.

Noah lächelte zaghaft in die Runde. »Vor allem Julia hat sich wirklich Mühe gegeben, damit es mir, uns, gut geht. Ich habe sie ganz schnell ins Herz geschlossen – und auch mein Dad, obwohl er anfangs ziemlich blöd zu ihr war.« An dieser Stelle ertönte Gelächter an fast jedem Tisch. Grinsend musste ich daran denken, wie Julia sich über Scott aufgeregt, ihn später vor Sheila und den anderen verteidigt hatte. Dass ausgerechnet zwischen ihnen beiden etwas lief, hatte mich damals doch ziemlich überrascht – und dann wiederum auch nicht. Trotz ihrer Gegensätzlichkeit war die Chemie zwischen den beiden einfach die Richtige gewesen und mehr als offensichtlich, wenn man sie erst einmal zusammen erlebt hatte. Noah wechselte von einem Fuß auf den anderen. »Im vergangenen Jahr ist so viel passiert. Dad und ich sind uns richtig nahegekommen. Paradise ist zu unserem Zuhause geworden. Wir haben Freunde und Familie gefunden. Dass wir jetzt hier stehen und eure Hochzeit feiern, macht mich wirklich glücklich.« Er hob ein Glas, das bis eben völlig unbeachtet in seiner anderen Hand gehangen hatte, in die Höhe, um Julia und Scott zuzuprosten. Jeder im Saal tat es ihm gleich. Jeder, abgesehen von diesem fremden Paar, das immer noch völlig fehl am Platz wirkte – und dennoch am Brauttisch saß.

Aber selbst diese störende Erkenntnis konnte mich nicht daran hintern, eine Träne der Rührung zu verdrücken.

»Auf euch«, endete Noah seine Rede. »Auf uns. Und auf eine schöne Zukunft in Paradise.«

Natürlich strömten Julia Tränen aus den Augen, und auch Scott wirkte zutiefst ergriffen. Die beiden standen auf, eilten um den Tisch und zogen Noah zwischen sich in die Arme. Es war ein perfekter Moment. Wieder zuckte mein Blick zu Miles – und ein Grinsen zupfte an meinen Mundwinkeln, als ich sah, dass auch seine Augen ganz glasig wirkten. Dieser Mann war ebenso wenig ein Stein wie Scott. Nun, das war mir auch vorher schon bewusst gewesen, trotzdem erzeugte der Gedanke ein Kribbeln tief in meiner Magengrube. Als hätte er gespürt, dass ich ihn beobachtete, hob Miles seinen Blick, und ein seltsames Ziehen durchzuckte mich, während wir einander anstarrten. Er lächelte nicht, stattdessen wirkte sein Blick intensiv und fordernd, und meine Kehle schnürte sich zunehmend zu. Dennoch schaffte ich es nicht, mich von ihm zu lösen.

»Nica?«

Ich blinzelte.

»Hey, Nica.« Ein Ellenbogen rammte sich in meine Seite – und verwirrt blickte ich zu Sophie hinab, die mich unschuldig angrinste. »Du magst Miles, oder?«

Vier Worte. Vier unschuldig anmutende Worte, die jedoch die Aufmerksamkeit aller an diesem Tisch auf mich lenkten. Meine Wangen brannten, als ich mir eine Antwort zurechtlegte. »Klar mag ich ihn, er ist ja auch nett. Oder kann irgendjemand von euch etwas anderes behaupten?«

Mrs. Pemplefort starrte mich an. Sie hatte diesen ganz speziellen Blick drauf; der, bei dem einem ganz angst und bange wurde. Ihre Mundwinkel zuckten. »Er ist ein höflicher und charmanter junger Mann, der sich oft bei mir blicken lässt. Er bestellt immer einen Kaffee und eine Kleinigkeit zu essen und sitzt dann an dem runden Tisch am Fenster, um zu arbeiten. Soweit ich weiß, hat er keine Freundin, oder?«

Ich schnaubte los. Was für eine interessante Zusammenstellung an Infos! »Nicht dass ich wüsste. Über solche Dinge sprechen wir allerdings nicht. Er ist mein Boss …«

»Na und?«, fiel sie mir ins Wort, und nun schlich ein kluges Lächeln in ihr Gesicht »Das hat doch gar nichts zu bedeuten.«

Ich wusste genau, worauf sie hinauswollte. Wusste, was sie damit implizierte. Sie hatte damals wie Lucy als Aushilfe im *Sweet&Coffee* angefangen. Etwa ein Jahr später hatten sie und der Besitzer des Coffeeshops geheiratet. Dass es bei den beiden gut gegangen war, wusste jeder aus Paradise. Ein Teil von mir wollte ihr freudig zustimmen, wäre das doch die dringend benötigte Hintertür, nach der ein Teil von mir sich unbestreitbar sehnte. Dennoch weigerte ich mich, es ihr – geschweige denn mir – so leicht zu machen. »Wie auch immer. Dann bemühe ich mich eben, demnächst über persönlichere Dinge mit ihm zu reden. Wie gesagt, er ist nett. Aber das sollte niemanden überraschen, nachdem Scott und Noah es ja auch sind, oder?«

Zum Glück ließen die anderen das Thema fallen. Einzig Sophie musterte mich noch eine Weile prüfend, ehe sie sich anderen Dingen zuwandte. Der Eröffnung des Nachtischbuffets zum Beispiel.

Ich selbst? Versuchte, meine Schultern zu entspannen, die sich während dieses kleinen Intermezzos unangenehm verspannt hatten. Gleichzeitig musste ich aktiv dagegen ankämpfen, einmal mehr zu Miles zu starren.

Er war mein Boss.

Na und?

Er war Single.

Na und?

Er war ...

Ja. Was war er? Definitiv ein großer Teil meiner Gedankenwelt. Und ich konnte weder behaupten, dass mir das sonderlich gefiel, noch, dass es mich störte.

Es war einfach ... ungünstig.

Wäre er doch nur jemand anderes. Stünden die Dinge anders ... womöglich säße ich dann längst an seiner Seite. Doch Gedankenspiele dieser Art waren völlig überflüssig, änderten sie doch nichts an den unumstößlichen Tatsachen. Er war noch ein gutes Jahr lang mein Chef – mindestens. Ich wollte den Pub nicht verlieren, doch wenn das mit uns schief ginge, würde genau das passieren.

Und das durfte ich einfach nicht riskieren. Der Pub war alles an Familie, was mir noch geblieben war.

Seufzend schloss ich die Augen.

Nach dem Nachtisch hielt auch Miles eine Rede. Gespickt von Andeutungen auf frühere Zeiten und einigen Anekdoten rund um Scott wurde sie zu einer unterhaltsamen Unterbrechung, doch ich wurde das Gefühl nicht los, dass ihn etwas ausbremste. Seine Augen – sie blieben stumpf, wenn nicht gar wachsam, und mehr als einmal zuckte sein Blick zu den Überraschungsgästen. Doch was auch immer ich glaubte, zu sehen, damit schien ich alleine dazustehen, zumindest gemessen an den Begeisterungsstürmen, die ausbrachen, als er zum Ende fand. Julia und Scott fielen auch ihm herzlich um den Hals, und für einen winzigen Moment wünschte ich, ebenfalls dort vorne zu stehen. Dieselbe herzliche Umarmung zu erhalten. Von Miles natürlich, nicht von Julia und Scott. Wie auch immer, ich war offensichtlich durcheinander. Das Glas Weinschorle, das ich mir zum Abendessen gegönnt hatte, war vielleicht schon zu viel gewesen.

Schließlich verlagerte sich die Gesellschaft in den hinteren Teil des Saals. Die Tische wurden etwas zur Seite gerückt, um die Tanzfläche zu erweitern, und die Band nahm ihre Arbeit so richtig auf. Zu »Can You Feel the Love tonight« von Elton John eröffneten Julia und Scott die Tanzfläche. Die Intensität des Moments überzog mich mit einer prickelnden Gänsehaut – verstärkt durch Miles' Aufmerksamkeit. Er stand auf der anderen Seite der Tanzfläche und fixierte mich, als gäbe es nichts anderes zu sehen. Was nur ging ihm durch den Kopf? Fühlte er sich ebenso rastlos wie ich? Bekämpfte er das irrationale Bedürfnis, den Raum zu durchqueren, ebenso mühsam wie ich? Ich jedenfalls erschauderte, musste meine Hände ballen, um ihr Zittern zu verbergen, und tief und kontrolliert atmen, um nicht zu hyperventilieren. Verdammte Hochzeiten. Sie machten das mit einem, verwandelten einen in ein emotionales Nervenbündel. Anders konnte ich die verzehrende Sehnsucht nicht erklären, die mich zunehmend verschlang. Vielleicht auch Miles, wenn man bedachte, dass er mich nicht eine Sekunde aus den Augen ließ, mich intensiv musterte, ohne auch nur zu lächeln. Zumindest, bis Tracy ihn anstieß und die beiden sich zu den frisch Vermählten auf die Tanzfläche gesellten.

Ihnen folgten noch weitere Pärchen, und der Zauber des Moments löste sich auf.

»Wollen wir?«

Überrascht wandte ich mich José zu, der wie aus dem Nichts neben mir aufgetaucht war und mir nun seine Hand entgegenhielt. Mein erster Impuls, sein Angebot abzulehnen, verpuffte. Vielleicht würde ich so endlich auf andere Gedanken kommen. Als wir kurz darauf über die Tanzfläche wirbelten, schaffte ich es zumindest für eine Weile, einfach loszulassen, mich ganz auf die Bewegung und die flotte Musik zu konzentrieren.

José grinste auf mich herab. »Gut siehst du aus, Guapa. Und endlich lächelst du richtig. Muss an meinen Tanzkünsten liegen, hm?«

Das brachte mich sogar herzlich zum Lachen. »Selbstverliebt wie eh und je.«

José zwinkerte mir zu. »So kennt man mich, so liebt man mich.«

Ich schnaubte, verkniff mir aber jeden weiteren Kommentar, damit wir nicht aus dem Takt gerieten. Mit jedem Refrain, der verstrich, ließ ich etwas mehr von meiner Anspannung zurück. Ich hatte viel zu große Teile des Tages damit verbracht, an Miles zu denken, mich in meinen widersprüchlichen Sehnsüchten zu verlieren. Es wurde Zeit, das Fest zu genießen, und das tat ich ab sofort auch.

Zumindest, bis das Lied endete und plötzlich Miles vor uns stand. »Darf ich?«

»Äh«, brachte José hervor, offensichtlich nicht gerade begeistert davon, dass Konkurrenz auftauchte, kaum das die Musik langsamer wurde.

Ich selbst war auch nicht gerade euphorisch bei der Aussicht, mich für die kommenden Minuten an Miles schmiegen zu müssen. Er war ein verdammter Fluch, der mich gnadenlos verfolgte. Dennoch löste ich mich aus Josés Griff – und ließ zu, dass mein Boss mich an sich zog. Ebenso mühelos, wenn nicht gar geschmeidiger, begann er, mich über die Tanzfläche zu bewegen – und dabei möglichst viel Abstand zu José zu schaffen, der nach wie vor an Ort und Stelle stand und uns finster hinterherblickte.

»Ich mag ihn nicht«, brummte Miles an meinem Ohr, jagte einen Schauder über meinen Rücken.

»Wieso?«, erwiderte ich mit belegter Stimme. Er drehte mich, und mein Blick fiel auf Mrs. Pemplefort, die uns zufrieden grinsend musterte. Wahrscheinlich begann sie bereits, sich ihre eigene Geschichte zusammenzuspinnen. Nein, falsch. Das hatte sie längst getan. Jetzt sammelte sie nur noch Beweise, um ihre Theorie zu untermauern. »Er ist höflich und aufmerksam und macht mir Komplimente.«

»All das trifft doch hoffentlich auch auf mich zu?«

Mir wurde heiß. Es konnte nur an der stickigen Luft im Saal und an der Bewegung liegen; daran, dass so viele Menschen um uns herum ebenfalls tanzten, Körperwärme und Endorphine ausstrahlten. Obwohl mir eine innere Stimme zuflüsterte, dass es ein Fehler wäre, versank ich in seinen Augen, weshalb meine Antwort völlig anders ausfiel als geplant. »Nichts anderes habe ich je behauptet.«

Seine Augenbrauen wölbten sich. »Und doch scheinst du mit ihm lieber Zeit zu verbringen als mit mir.«

Ich blinzelte; unfähig, etwas darauf zu erwidern. Ich meine ... die Gründe dafür waren doch offensichtlich, oder nicht? Abgesehen davon war er nicht gerade in der Position, so etwas zu behaupten. Ich war José in den vergangenen Monaten dreimal über den Weg gelaufen: im Diner, das eine Mal im Pub und heute. Miles dagegen sah ich nahezu jeden Tag. Anstatt ihn genau darauf hinzuweisen, damit weitere Diskussionen auszulösen, wechselte ich die Richtung. »Wer sind diese Leute, die vorhin gekommen sind? Du und Scott, ihr habt euch offensichtlich darüber aufgeregt.«

Augenblicklich wich jegliche Belustigung aus seinem Gesicht. Mehr noch als das, er blieb abrupt stehen, ließ mich los.

»Miles!«, rief ich erschrocken aus, als er Anstalten machte, dic Tanzfläche zu verlassen. Nicht bereit, einfach so von ihm stehengelassen zu werden, griff ich nach seiner Hand. Zu meiner großen Überraschung verschränkte er seine Finger mit meinen und zog mich mit sich. Miles steuerte eine der gläsernen Türen an der Seite des Saals an. Die meisten von ihnen konnte man öffnen, so auch diese. Draußen war es mittlerweile dunkel geworden, doch es drang ausreichend Licht durch die bodentiefen Fenster. Leider gab es an dieser Seite der Scheune keine Heizpilze, und ich erschauderte, als die kühle Herbstluft uns empfing. Mein Kleid war nicht dafür gedacht, bei diesen Temperaturen draußen herumzustehen. Insbesondere, wenn ich derart erhitzt war. Mein Puls beschleunigte sich, doch ich verkniff mir, ihn auf das Offensichtliche hinzuweisen. Miles zog mich weiter, bis wir nicht mehr vor der Glasfront standen, beinahe im Schatten versanken. Erst dann blieb er stehen.

Ich blinzelte, gefangen zwischen Überraschung und Neugierde, aber auch Irritation. Wieso genau hatte er mich ausgerechnet hierher gebracht?

Miles seufzte auf, und es klang so gequält, dass ich jeden Gedanken vorerst beiseiteschob. Ohne darüber nachzudenken, legte ich eine Hand auf seine Brust. »Hey.«

Es war, als würden wir beide gleichzeitig erstarren. Ich konnte nicht allzu viel ausmachen, doch dass er mich fixierte, war mir mehr als bewusst. Auch, dass die Hitze seines Körpers die feuchtkühle Herbstluft vertrieb. Für einen Moment vergaß ich, wie seltsam die Umstände waren, verlor mich ganz in seiner Nähe, die mich schon früher umgehauen hatte. Heute war alles anders. Noch intensiver. Ich lief ernsthaft in Gefahr, etwas sehr, sehr Dummes zu tun.

»Hey«, erwiderte er, und seine Stimme war nicht viel mehr als ein raues Kratzen.

»Rede mit mir«, bat ich ihn eindringlich. »Wer sind sie? Sie haben etwas mit dir gemacht, so viel steht fest. Du hast dein Strahlen verloren …«

Er lachte auf, es klang bitter. »Mein Strahlen, ja? Großer Gott, Nica, du hast ja keine Ahnung.« Ruppig fuhr er sich durchs Haar; dunkle, seidige Strähnen, die mich mehr als einmal verführt hatten, sie zu berühren. Bislang hatte ich mich stets zurückgehalten, doch meine Willenskraft baumelte am seidenen Faden. Miles schnaubte los. »Sie hätten nicht kommen sollen. Es ist doch offensichtlich, dass sie lieber woanders wären, und die Trauung haben sie sowieso verpasst. Was hat sie also dazu getrieben, den langen Weg auf sich zu nehmen, wo sie sich sonst auch nicht für uns interessieren?«

Meine Kehle wurde immer trockener. Es war ziemlich offensichtlich, um wen es sich handelte. Ich dachte an meine Eltern, daran, wie wütend ich auf sie gewesen war, weil sie sich über meine Wünsche hinweggesetzt hatten. Weil sie nun verschwunden waren. Doch nichts hätte mich je dazu bringen können, so bitter über sie zu reden. Am Ende liebte ich sie, und ich würde darüber hinwegkommen. Bei Miles war ich mir da nicht so sicher. »Du hast mir nie viel über dich erzählt. Über deine Familie …«

»Weil es da nichts zu erzählen gibt«, fiel er mir knapp ins Wort. »Ich habe Scott und Noah. Sie sind der Hauptgrund, wieso ich überhaupt hierhergekommen bin. Früher hätten mich keine zehn Pferde in ein verschlafenes Nest wie dieses getrieben.« Er lachte auf. Es klang beißend.

Im ersten Moment flammte Wut in mir auf. Ich war durch und durch ein Paradise-Mädchen. Natürlich gefiel es mir nicht, wenn sich jemand so abfällig über mein Zuhause äußerte, auch wenn ich mir ziemlich sicher war, dass Miles es längst nicht so harsch meinte, wie er sich ausgedrückt hatte. Sorgfältig legte ich mir meine Worte zurecht. »Was auch immer deine Beweggründe waren, jetzt bist du hier. Und ich würde behaupten, es geht dir gut, oder?«

Er legte seine Hand über meine, eine simple, aber bedeutungsvolle Geste, die mir den Atem raubte, und atmete sanft aus. »Ich bin hier.«

Die Luft knisterte. Ich spürte es. Spürte die Hitze, die sich zwischen uns ausbreitete. So wie sie es bereits so oft zuvor getan hatte. Verdammt nochmal. Wie in einem Zeitraffer zogen all diese Momente an mir vorüber. All die zufälligen und weniger zufälligen Begegnungen, in denen er mich tiefer berührt hatte als all die Männer, die bislang mein Leben gekreuzt hatten. Wie konnte es sein, dass jemand, den ich kaum kannte, so einen Einfluss auf mich nahm? Er hatte es ja bereits früh getan, zu einem Zeitpunkt, da die Dinge noch unkompliziert gewesen waren. Irgendwo in meinem Hinterkopf lauerte das Wissen, dass er mein Boss war, dass er mir den Pub unter der Nase weggeschnappt hatte. Doch darüber hinaus ... es war so schwer, sich dieser Anziehungskraft zu entziehen. Hier, in der trüben Dunkelheit, wenige Meter von der Festgesellschaft entfernt und doch so privat. Er war mir so viel näher als sonst. Näher, als ich es unter anderen Umständen zugelassen hätte. Mein Selbstschutz versagte, während ich mich unwillkürlich in seine Richtung schob, den geringen Abstand noch verkleinerte. Ich brauchte seine Hitze, seinen Atem, der über meine Haut streifte.

Doch da war nach wie vor diese Anspannung, die ihn beseelte. Die den Moment verpestete.

»Wer sind sie?«, wiederholte ich daher meine Frage, obwohl ich mir grausam vorkam. »Was haben sie dir und Scott getan? Wieso sind sie hier?«

»Sie sind ein Teil unserer Vergangenheit«, erwiderte Miles knurrend – und presste mich völlig überraschend gegen die kühle Holzwand der Scheune. Ich spürte, wie die raue Beschaffenheit über meine Haut kratzte, dort, wo das Kleid meinen Rücken nicht bedeckte. Ein intensives Gefühl braute sich in mir zusammen. Vorahnung, Erregung, aber auch ein gewisser Widerwillen. Miles wich mir aus. Es war mehr als offensichtlich.

Und er verwendete die körperliche Anziehungskraft zwischen uns, um mich abzulenken.

Mein Atem stockte. »Was tust du da?«

Die Frage war so sinnbefreit; so unnötig. Wir befanden uns hier draußen im Halbdunkel, versteckt vor neugierigen Blicken, nur wenige Zentimeter Luft zwischen uns. Es gab keinerlei Interpretationsspielraum. Und doch versuchte ich, nach Strohhalmen zu fischen, unsicher, ob ich wirklich bereit war, ihm das durchgehen zu lassen. Ich brauchte Zeit, brauchte die Möglichkeit, das hier zu analysieren. Gleichzeitig zerfaserte mein Verstand, je näher er mir kam. Je näher *wir* uns kamen.

Als wäre das Antwort genug, drängte Miles sich noch enger an mich. Ich spürte, wie seine Hüfte meine streifte, wie sich sein Schenkel zwischen meine drängte. Eine Hand umfasste meine Taille, mit der anderen fuhr er über meine Schulter. »Hat dir schon jemand gesagt, wie fantastisch du aussiehst?«

Ich ... oh, großer Gott, ich war auch nur eine Frau, und natürlich sog ich sein Kompliment auf. Und doch ... »Miles«, presste ich hervor. »Ich halte das hier für keine gute Idee.«

»Und wieso?«, murmelte er rau. »Wieso verdammt nochmal wehrst du dich dagegen? Wir wissen es doch beide, bereits seit unserer ersten Begegnung.«

»Ich bin deine Angestellte«, presste ich hervor. »Und der Pub bedeutet mir einfach alles. Wenn das hier schief geht – und das wird es –, verliere ich alles, was mir je wichtig war. Deshalb ...« Weiter kam ich nicht, weil sich seine Lippen auf meine legten.

Einfach so.

Sie waren weich und warm, gleichzeitig forsch und fordernd. Jeder Protest, jeder Widerstand fiel in sich zusammen, als ich von dem Gefühl überwältigt wurde, das diese Berührung auslöste. Hitze? Der Begriff reichte nicht aus, um zu beschreiben, was in mir explodierte. Es war so verdammt intensiv, so viel, so überwältigend. Überall war Miles. Er war auf mir. In mir. Sein Geruch hüllte mich ein, Minze und Sandelholz und etwas, das ich nicht definieren konnte. Ich spürte, wie eine Hand in meinen Nacken fuhr, mich dort packte, während die andere ihren Griff an meiner Taille verstärkte. Unwillkürlich stöhnte ich auf – und er nutzte die

Gelegenheit, um seine Zunge in meinen Mund gleiten zu lassen.

Ungefähr zu dieser Zeit wurden meine Knie weich, und ich gab nach. Zumindest für jetzt.

So lange hatte das hier zwischen uns gestanden. So lange hatten wir auf den ersten Kuss gewartet. Natürlich überwältigte er uns. Natürlich fegte er jeden Zweifel beiseite. Es war, als würde nichts mehr eine Rolle spielen. Gar nichts – abgesehen von unserer Verbindung.

Erfüllt von verzweifeltem Verlangen schlang ich meine Arme um seinen Hals, meinen Fuß um seine Wade. Jeglicher Abstand zwischen uns schmolz auf ein Minimum, bis nicht mehr zu sagen war, wo er aufhörte und wo ich begann. Miles wurde fordernder; er vertiefte den Kuss, begegnete meiner Zunge mit einer Dringlichkeit, die mir den Atem raubte. All diese Spannung zwischen uns, das Knistern – es implodierte. Als hätten wir wochenlang auf diesen einen Moment hingearbeitet, als wäre all das nichts weiter als ein Vorspiel gewesen, eine Vorbereitung auf genau diesen Augenblick.

Ich verlor mich. Verlor mich in der Intensität. In den Gefühlen, die er in mir auslöste. Wahrscheinlich bemerkte ich deshalb erst, dass er es irgendwie geschafft hatte, meine Brust aus dem Ausschnitt zu befreien, als er sich von meinen Lippen löste, um an ihr zu saugen.

Spätestens hier und jetzt hätte ich ihm Einhalt gebieten, ich hätte ihn von mir stoßen müssen. Doch stattdessen stöhnte ich langgezogen auf. Tiefe, brodelnde, alles verzehrende Lust verschlang mich, während er meine Brustwarze zwischen seine Lippen nahm. Unfähig, etwas anderes zu tun, krallte ich meine Finger in seinem Haar, hin- und hergerissen zwischen dem Bedürfnis, ihn noch enger an mich zu pressen und ihn von mir zu schieben. Das hier war verrückt. Es war nahezu unwirklich. Es brachte Dinge in mir zum Vorschein, von denen ich nicht gedacht hatte, dass sie in mir schlummerten. Verdammt, es war eine Sache, sich auf einen One-Night-

Stand einzulassen – aber eine ganz andere, in unmittelbarer Nähe all dieser Menschen so wild herumzumachen.

Miles stöhnte auf; der Laut verriet seine Lust ebenso wie seine Qual. Ob er demselben inneren Widerstreit verfallen war wie ich? Ehe ich wusste, wie mir geschah, packte er mich an der Taille und schob mich an der Wand hinauf, bis er sich nicht länger hinabbeugen musste, um meine Brust zu liebkosen. Damit war wohl klar, wofür er sich entschieden hatte. Das Holz riss an meiner Haut, ich verlor den Boden unter den Füßen und schlang meine Beine um seine Hüften, ehe ich überhaupt begriff, wie mir geschah. Miles widmete sich meiner zweiten Brust, die er ebenfalls irgendwie aus dem Kleid befreit hatte. Verdammter BH. Er ließ mich einfach so im Stich. Oder auch nicht. Es war gut, dass er so einfach an sein Ziel gelangte.

War das hier gut?

»Nica«, presste Miles hervor, seine Stimme nichts weiter als ein raues Vibrieren an meiner Haut. Ich wusste, was er damit sagen wollte. Wusste, was ihn beschäftigte, ihn erfüllte, denn dieselbe Sehnsucht brannte in mir. Verzehrte mich.

Das tat sie bereits so lange.

Doch da war etwas. Eine pochende Unruhe. Etwas, das mich daran hinderte, mich vollends fallen zu lassen. Ich war so gefangen in diesem Strudel aus intensiven Gefühlen, dass ich nicht in der Lage war, auf meinen Verstand zurückzugreifen. *Später*, versprach ich mir selbst. *Später kümmere ich mich darum.* Worum auch immer. Ich wühlte durch Miles' Haar, presste meine Mitte noch fester gegen ihn, bereit, auch den letzten Fetzen Zurückhaltung hinter mir zu lassen – und hörte, wie die Musik lauter wurde, weil jemand die Tür neben uns aufstieß.

Verdammte Scheiße!

»Oh, huch! Hier ist schon wer. Sorry!«

Ein lautes Kichern, dann der Rückzug.

Schlagartig kehrte mein Verstand zurück. Wir wurden

gesehen! *Dabei!* Ich war quasi obenrum nackt, verdammt nochmal!

»Mist«, murmelte Miles, klang jedoch alles andere als beunruhigt, sondern vielmehr, als überlegte er bereits, dort weiterzumachen, wo er unterbrochen worden war.

Doch nicht mit mir!

Ich zappelte so lange, bis er zuließ, dass ich zu Boden glitt. Mit fahrigen Bewegungen packte ich meine Brüste wieder ein. Brüste, die ohne Zweifel jemand zu Gesicht bekommen hatte, der sie niemals hätte sehen sollen. Scham explodierte ebenso in meiner Magengrube wie das Wissen, dass das hier, so gut es sich auch angefühlt hatte, absolut falsch war. Nicht. Richtig. Nun, da Miles nicht mehr an mir klebte, war ich wieder in der Lage, klar zu denken. Klar genug, um zu wissen, dass wir gerade einen großen Fehler begangen hatten.

»Hör zu, Nica ...«

»Nein«, rief ich aus, und ich hasste es, wie unstet ich dabei klang. Wie zweifelnd. »Das hier ... großer Gott, Miles, das hätte nicht geschehen dürfen!«

»Was genau?«, hakte er knurrend nach. Vielleicht hatte ich mich mittlerweile an die Dunkelheit gewöhnt. Vielleicht loderten seine Augen aber auch wirklich auf.

»Du und ich. Das alles. Es ... ich meine es ernst. Es kann nicht funktionieren. Es wird nicht.«

Und obwohl ich diese Worte ebenso hasste wie die darauffolgenden Taten, obwohl das Zittern in meiner Stimme meiner Worte Lügen strafte, ließ ich ihn im Halbdunkel stehen.

Ehe ich erneut diesem Bann verfiel.

Ehe ich noch einmal zuließ, dass er mich so feurig küsste.

Ehe ich endgültig vergaß, wieso das hier nicht sein durfte.

Ich lief davon, ohne mich umzudrehen, umrundete die Scheune ... und ließ das alles zurück.

Nicht eine Sekunde länger würde ich es mit Miles in einem Raum aushalten. Nicht nach allem, was an diesem Abend geschehen war.

Eine verdammte Schande für die Hochzeit, für meinen ersten freien Samstagabend seit Jahren. Doch mir blieb keine andere Wahl. Zumindest, wenn ich die Reste meiner Würde irgendwie zusammenkleben wollte, ehe sie völlig zu Staub zerfielen.

Miles 16

Ich hätte mit ihr geschlafen.

Diese Erkenntnis war genauso schockierend wie erregend.

Ich war drauf und dran gewesen, sie dort draußen zu vögeln. Im Stehen, an die Scheunenwand gepresst, wenige Meter entfernt von all den anderen.

Unfähig, an etwas anderes denken, richtete ich mein Sakko, ordnete mein Haar – Haar, das sie eben noch vor Ekstase zerwühlt hatte.

Fuck.

Schon überwältigte mich eine neue Welle der Erregung. Ich atmete tief durch, schaffte es jedoch nicht, mich zu kontrollieren. Das Gefühl tobte in meinen Adern, loderte in meinem Unterleib, fraß sich in meine Brust wie glühende Lava. Ich wollte sie. Wollte Nica so unbändig, dass ich daran verzweifelte.

Was nur war gerade in mich gefahren? Ganz unabhängig davon, dass ich bereits seit geraumer Zeit auf sie stand und nichts dagegen hatten, dass wir einander näherkamen, war das hier definitiv nicht die richtige Zeit – und ganz bestimmt nicht der passende Ort.

Ich hatte sie küssen wollen, ja, verdammt. Schon seit Wochen. Heute noch mehr. Doch ich musste mir eingestehen, dass ich mich eben bewusst auf sie gestürzt hatte, um sie an weiteren Fragen zu hindern und mich von den jüngsten Entwicklungen abzulenken. Das verlieh der Situation einen gewissen Beigeschmack.

Und dann hatte uns auch noch jemand dabei erwischt.

Hatte sie im schlimmsten Fall halb entblößt gesehen – ein Gedanke, der mich innerlich aufrieb.

Das war sicherlich nicht, was Nica verdiente.

Sie war keine bloße Ablenkung, keine billige Affäre für »zwischendurch«, und das würde ich ihr sagen müssen.

So schnell wie möglich.

Obwohl mich nicht allzu viel ins Innere zurückzog, verließ ich meinen Platz im Halbdunkel, um mich auf die Suche nach ihr zu machen. Zeit, die Dinge geradezurücken ... und vielleicht noch etwas mehr von ihr zu kosten. Man durfte ja hoffen, nicht wahr?

Es fühlte sich an, als würde mich jeder anstarren, als ich zu den anderen in den Saal zurückkehrte, doch das war nichts als Einbildung. Womöglich bemerkte der eine oder andere meine Rückkehr, ja, doch das löste sicherlich keinen Skandal aus. Insbesondere, weil ich alleine war. Unruhig suchte ich die Menge nach Nica ab, nach ihrem königsblauen Kleid und ihrem schlanken Hals, betont von dieser kunstvollen Hochsteckfrisur, die ich hoffentlich nicht völlig zerstört hatte.

Doch sie war nirgendwo zu sehen.

Unruhe braute sich in mir zusammen. Ein Blick zu ihrem Tisch offenbarte mir, dass sowohl ihre Jacke als auch ihre Tasche noch an ihrem Stuhl hingen, und das war etwas, woran ich mich festklammerte. Wenn ihre Sachen noch da waren, konnte sie nicht weit sein, oder? Wahrscheinlich brauchte sie einen Moment, um sich zu sammeln, um ihre Erscheinung zu sortieren, ähnlich wie ich. Wir würden darüber reden können. Später. Noch heute Abend. Würden endlich für klare Verhältnisse zwischen uns sorgen.

Doch erst einmal entstand Unruhe. Scott und Julia waren bereit, in ihre Flitterwochen aufzubrechen. Noah würde für zwei Wochen bei Julias Eltern wohnen; Menschen, die Noah weitaus mehr Großeltern geworden waren, als man das von gewissen anderen Personen behaupten konnte, die ihm bis heute fremd geblieben waren.

Ich biss die Zähne zusammen. Natürlich hatte ich mich ebenfalls angeboten, ihn bei mir aufzunehmen, doch mit meinem Job im Pub waren Carla und Pete einfach die bessere Alternative gewesen. Sie freuten sich auf die intensive Zeit mit meinem Neffen. Die Myers hatten ihn ebenso ins Herz geschlossen, wie es bei einem leiblichen Enkel der Fall gewesen wäre. Immerhin gab es ein bisschen Gerechtigkeit auf dieser Welt.

Alle Hochzeitsgäste begleiteten das frisch vermählte Ehepaar nach draußen, wo bereits eine Limousine auf sie wartete.

»Du hast alles im Griff?«, murmelte Scott mir zu, gleichermaßen aufgeregt und angespannt.

Ich nickte. »Klar. Ich werde endlich die Abrissparty einläuten …«

»Ha, ha. Sehr witzig.«

Grinsend klopfte ich Scott auf die Schulter. »Keine Sorge, ich kümmere mich um alles. Fahrt ruhig und überlasst den Rest mir. Wohin geht es eigentlich? Jetzt kannst du es mir doch endlich verraten.«

Bislang hatte Scott ein großes Geheimnis um ihr Ziel gemacht – weil er Julia damit überraschen wollte und meiner Fähigkeit, Dinge für mich zu behalten, offenbar nicht ausreichend vertraut hatte.

»Fidschi«, murmelte er mir ins Ohr – und grinste so jungenhaft, dass meine Brust sich zusammenzog.

Er war glücklich. Er war so verdammt glücklich.

Und ich hatte eben beinahe einen großen Fehler begangen.

Ich räusperte mich trocken. »Na wenn das mal nicht perfekt klingt. Ich wünsche euch viel Spaß. Schickt eine Karte!«

»Mal sehen.«

Scott und Julia stiegen unter viel Getöse und Gejohle in den Wagen. Kaum hatten sie den Vorplatz verlassen, kehrten die ersten Gäste bereits in die Scheune zurück. Ich jedoch blieb stehen, bis ihre Rücklichter verschwunden waren – und noch eine Weile länger.

Irgendwie wurde ich das Gefühl nicht los, dass Scott und Julia nicht die Einzigen waren, die die Gesellschaft verlassen hatten.

Nica. Wo steckte sie bloß?

Oh verdammt.

Ich musste wirklich dringend mit ihr reden.

Kurz nach meiner Rückkehr in die Scheune geschah, wovor ich mich die ganze Zeit gefürchtet hatte: Meine Mutter und ihr ätzender Lebensgefährte standen plötzlich vor mir. In den vergangenen Stunden hatte ich es geschafft, ihnen aus dem Weg zu gehen. Selbst als wir alle am Brauttisch gesessen hatten, war es mir gelungen, ihnen und jeder Form von Gespräch auszuweichen. Doch während die Party zunehmend ausgelassener wurde und die verbliebenen Gäste – was immer noch etwa drei Viertel aller Eingeladenen ausmachte – die Tanzfläche und die Bar bevölkerten, schienen unsere unerwünschten Gäste zu beschließen, dass es Zeit wurde, auf Konfrontationskurs zu gehen.

Ein Lächeln umspielte meine Lippen, weil ich gerade erst Carla, Pete und Noah verabschiedet hatte, die nach Hause fahren wollten, als sich der Teil meiner Familie, zu dem der Kontakt lange eingeschlafen war, vor mir aufbaute. Meine Mundwinkel sackten nach unten. Der Reflex, sie einfach stehenzulassen, war so groß, dass ich meine Fingernägel in meine Handinnenflächen bohrte. Gerade jetzt hätte ich Nica wirklich gut gebrauchen können. Ein wenig seelischen Beistand, ihr freches Mundwerk – einfach ihre verdammte Nähe, die sich so beruhigend auf mich auswirkte, wenn die Anziehungskraft zwischen uns mir nicht gerade den Puls in die Höhe trieb. Doch sie war fort, und ich musste alleine hier durch. Ob sie bewusst diesen Zeitpunkt ausgewählt hatten? Ohne Scott in der Nähe?

»Miles«, stellte meine Mutter mit dieser für sie so typischen Tonlage fest: Als wäre alles, was mich betraf, eine einzige Enttäuschung. Nun, in diesem Fall waren wir wenigstens zu zweit.

»Mutter«, erwiderte ich steif. Dann nickte ich dem Mann an ihrer Seite zu. »Richard.«

Sie gab einen Laut von sich, der an ein empörtes Schnaufen erinnerte. Nur natürlich viel eleganter. »Mir fehlen die Worte.«

Etwas geschah in mir. Ich dachte an Nicas Reaktion, als ich mich so abfällig über Paradise geäußert hatte. Daran, wie sehr mir einige der Anwohner bereits ans Herz gewachsen waren. Und natürlich war da nach wie vor dieser jugendliche Teil in mir. Der, der augenblicklich rebellieren musste, sobald meine Mutter etwas sagte. Also reckte ich angriffslustig das Kinn. »Nun, du hattest in letzter Zeit allgemein wenig zu sagen, daher ist das keine große Überraschung.«

»Wage es ja nicht, so mit mir zu sprechen!«, zischte sie entsetzt los.

Richard, ihr neuer Lebenspartner, den sie selbst vor kurzem erst geheiratet, mit dem sie damals aber schon Dad betrogen hatte, musterte mich kühl. »Wir sind sicher nicht den ganzen Weg hierher gereist, um so behandelt zu werden. Achte auf deinen Tonfall, Miles.«

Ich verschränkte die Arme vor der Brust. Ein Teil von mir wusste, dass ich hier einer komplexen, psychologischen Problematik unterlag. Die schmutzige Trennung meiner Eltern und das absolute Desinteresse für Scotts und meinen Verbleib hatte tiefe Wunden in mir hinterlassen. Wunden, die immer wieder neu aufrissen, sobald wir einander gegenüberstanden. Ich hatte hart an mir gearbeitet, doch ein Teil dieser Verbitterung würde wohl niemals ganz vergehen. Außerdem war ich ein erwachsener Mann. Die Zeiten, in denen ich geglaubt hatte, von ihrer Gunst abhängig zu sein, waren vorbei. »Um ehrlich zu sein, bin nicht ich derjenige, der sein Verhalten korrigieren sollte«, presste ich mühsam hervor. »Nicht ich bin viel zu spät auf einer Feier aufgetaucht, zu der ich gar nicht erst eingeladen war, und habe dann mit genervtem Desinteresse brilliert …«

»Mach dich nicht lächerlich«, erwiderte meine Mutter verschnupft. »Unser Sohn hat geheiratet, natürlich stehen wir auf der Gästeliste.«

»Dein Sohn«, korrigierte ich sie scharf. Auf gar keinen Fall wollte ich, dass Richard eine Ehre zuteilwurde, die ihm nicht zustand. »Und egal, ob eingeladen oder nicht – ich kapiere nicht, wieso ihr euch die Mühe gemacht habt, zu kommen. Ihr habt nicht mehr als drei Sätze mit Scott und Julia gewechselt, und mich wollt ihr offensichtlich nur irritieren.«

»Weil wir im Gegensatz zu euch wissen, was Anstand bedeutet«, erwiderte meine Mutter kühl. »Uns ist sehr wohl aufgefallen, wie ihr auf unserer Hochzeit mit Abwesenheit geglänzt habt. Es war peinlich, Miles …«

»Ach ja?« Ich wölbte die Augenbrauen. »Was ist peinlich daran, wenn Söhne nicht auftauchen, zu denen sowieso kaum Kontakt besteht? Ich bin mir sicher, all eure anderen glamourösen Gäste haben euch über unsere Abwesenheit hinweggetröstet.« Ich atmete tief durch, versuchte, die scharfe Wut hinunterzuschlucken, die in meiner Kehle brannte. Gefühle dieser Art hatten auf einer Hochzeit nichts zu suchen, verdammt! Zum Glück war Scott nicht mehr da, es hätte ihn belastet, diesen Streit mitzuerleben. Womöglich sogar mitzumischen. In gewisser Hinsicht konnte ich froh sein, mich ihnen alleine stellen zu müssen. »Nun, wie auch immer. Ihr seid hier, und offensichtlich denkt ihr, es ist euer gutes Recht. Aber das heißt nicht, dass ich damit einverstanden bin. Wenn ihr mich also bitte entschuldigen würdet …« Ich machte Anstalten, zu gehen, erstarrte aber, als meine Mutter nach meinem Arm griff und mich eisern zurückhielt. »Was ist denn noch?«, presste ich zwischen zusammengepressten Zähnen hervor.

»Wir reisen erst Montag wieder ab. Morgen Abend wollen wir dich zum Essen einladen. Sagen wir um sieben? Hier gibt es nicht allzu viele Angebote. Wir könnten aufs Festland fahren.« Die Worte kamen immerhin versöhnlicher über ihre Lippen, doch der ungnädige Befehlston war dennoch nicht zu überhören.

»Ich denke darüber nach«, erwiderte ich knapp. Das war alles, was ich ihnen bieten konnte und was über ein entschiedenes »Nein« hinausging. Richard und meine Mutter nickten mir zu. Dann machten sie auf dem Absatz kehrt, vermutlich, um von der Feier zu verschwinden.

Wut kochte in mir, verzehrte mich von innen.

Wieso?

Wieso hatten sie hier auftauchen müssen? Und was zur Hölle erhofften sie sich von einem Abendessen mit mir? Ganz gleich, was geschah, ich würde sicherlich nicht so tun, als wären wir eine Vorzeigefamilie. Das waren wir nicht, schon lange nicht mehr. Und unter den Konsequenzen litt ich bis heute, wie mir diese Begegnung mehr als eindringlich gezeigt hatte.

»Shit«, murmelte ich leise ... und lenkte meine Schritte zur Bar. Ich brauchte einen Scotch. Dringend sogar.

Dann würde ich weitersehen.

Wenn doch nur Nica hier wäre. Sie hätte ich noch vehementer gebraucht als Alkohol.

Am Ende blieb nichts übrig. Nichts abgesehen von Chaos, um das sich eine Reinigungsfirma kümmern würde, einem riesigen Haufen Geschenke, den ich eigens zusammenpackte und in den Kofferraum meines Autos verfrachtete, das zumindest bis morgen auf dem Parkplatz stehen bleiben würde.

Und Nicas Jacke und Handtasche.

Traurige Überbleibsel einer unvorhergesehenen Wendung, die mich nicht so sehr hätte überraschen dürfen, es aber dennoch tat. Sie war nicht mehr aufgetaucht. Es sagte viel über sie und ihre Meinung aus, dass sie sich nicht einmal die Mühe gemacht hatte, ihre Sachen zu holen, nachdem ...

Ja.

Nachdem wir uns nahegekommen waren.

Mein Magen war nichts weiter als ein schmerzhafter Knoten, während ich sie an mich nahm, um den Fußmarsch von etwa zwei Meilen anzutreten. Am liebsten wäre ich direkt zu Nica nach Hause gelaufen, doch dagegen sprachen einige Gründe, angefangen damit, dass ich längst nicht mehr nüchtern war – bis hin zu der Tatsache, dass es bereits nach zwei Uhr war und sie die Party vor über vier Stunden verlassen hatte.

Die Chancen, dass sie bereits schlief, waren ziemlich groß.

Immer wieder musste ich daran denken, wie sehr sich die Situation aufgeheizt hatte. Ich spürte ihre festen, kleinen Knospen auf meiner Zunge, ihr weiches Fleisch in meinen Händen. Ein Stöhnen drang über meine Lippen, während ich mühsam versuchte, diese Bilder zu verdrängen. Ich musste – sonst wäre ich womöglich doch noch zu ihr geeilt, allen Umständen zum Trotz.

Diese Frau! Es ging nicht mehr mit rechten Dingen zu, wie sie meine Gedanken beherrschte. Gerade heute war mir das mit aller Macht klar geworden. Nicht, weil ich sie da draußen beinahe verschlungen hätte, sondern weil sie mir in jenen Situationen mit meiner Mutter gefehlt hatte. Sie war es gewesen, die ich mir an die Seite gewünscht hatte. Der erste Mensch überhaupt, dessen Beistand ich mir ersehnt hatte. Und das, Ladys und Gentlemen, war deutlich genug.

Zumindest für mich.

Nachdenklich rieb ich über den weichen Stoff ihrer Jacke.

Gleich morgen würde ich ihr einen Besuch abstatten.

Diese Sache durfte nicht einfach so zwischen uns stehenbleiben. Heute Nacht hatte sich etwas geändert – und ob wir es nun wollten oder nicht, damit würden wir uns auseinandersetzen müssen. Wir mussten einen Weg finden.

Hoffentlich einen gemeinsamen.

Beseelt von diesem Gedanken, ließ ich mich von der nächtlichen Stille der Insel verschlucken.

Nica 17

Jeder Zentimeter meines Körpers schmerzte. Doch es war nicht mein Körper, der mich am meisten quälte, sondern vielmehr meine Seele. Bei meinem überstürzten Aufbruch gestern Abend hatte ich einige Sachen nicht bedacht. Zum Beispiel, dass ich meine Jacke dort zurückgelassen hatte und, viel wichtiger, meine Clutch. In der befanden sich neben meinem Portmonee auch mein Handy – und mein Schlüssel. Erst, als ich bereits eine gute Meile gerannt war, zitternd und rastlos, war mir dieses Dilemma bewusst geworden. Anstatt jedoch zurückzukehren und mich erwachsen der Situation zu stellen – oder zumindest so unauffällig wie möglich meine Sachen zu holen – hatte ich meine Richtung nur geringfügig geändert und war beim Pub rausgekommen. Schon seit Jahren versteckte ich einen Schlüssel unter dem flachen Stein im Hinterhof. Innerlich betend, dass alle um mich herum noch auf der Feier waren und mich daher niemand sah, war ich fluchend über den Holzzaun geklettert, hatte den Schlüssel gesucht und schließlich Zuflucht an jenem Ort gefunden, an dem ich mich im Normalfall sicher fühlte.

Doch in dieser Nacht hatte mir das gewohnte Umfeld nicht den so dringend benötigten Frieden gebracht.

Im Gegenteil.

Es war, als hätte sich alles gegen mich verschworen. Alles – und jeder. In Miles' Büro stand eine Couch. Dankbar dafür, dass er nicht angefangen hatte, die Bürotür abzuschließen, hatte ich es mir dort gemütlich gemacht, ausnahmsweise froh über die alte, stickige Luft im Hinterzimmer. Sie hatte immerhin verhindert, dass ich allzu sehr fror. In meinem Spind hatte ich einen schlabberigen Kapuzenpulli gefunden, den ich dort vor Monaten liegen gelassen hatte. Er hatte mir wenigstens ein Mindestmaß an Komfort geboten. Dennoch hatte ich lange nicht in den Schlaf gefunden – wann immer ich die Augen geschlossen hatte, waren mir eindeutige Szenen in den Sinn gekommen. Szenen, die meine Brüste beinhalteten, Miles' warme Lippen und eine raue Holzwand in meinem Rücken. Oh großer, verdammter Gott.

Ich steckte ja sowas von in Schwierigkeiten.

Nun war ich auf dem Heimweg, übernächtigt, emotional ausgelaugt und total erschöpft. Ich stöhnte grummelnd, während ich in die Straße bog, in der sich meine Wohnung befand. Hoffentlich war einer meiner Nachbarn zuhause; idealerweise Lucy. Sie war etwa zur selben Zeit eingezogen wie ich und wir hatten früh Schlüssel ausgetauscht. Für Fälle wie diesen, wenn jemand sich ausgeschlossen oder seinen Schlüssel verloren hatte. Sie war gestern ebenfalls auf der Hochzeit gewesen, und ich hoffte, dass sie bereits wach war. Soweit ich wusste, war das *Sweet&Coffee* heute nicht geschlossen. Normalerweise jobbte Lucy sonntags dort, aber mit Glück hatte Mrs. Pemplefort ihr heute einen freien Tag geschenkt. Ich lächelte grimmig. Im schlimmsten Fall würde ich sie aus dem Bett klingeln. Oder nein. Im schlimmsten Fall würde ich einen Abstecher in den Coffeeshop machen müssen – in den Klamotten vom Vorabend sicher keine gute Idee. Doch diese Option schob ich erst einmal beiseite. Stattdessen konzentrierte ich mich auf meinen Plan. Der sah eine Dusche vor, bequeme Kleidung – und die Suche nach meinen Sachen. Idealerweise hatte sie jemand mitgenommen, Tracy zum Beispiel. Vielleicht sogar Lucy. Womöglich befanden sie sich aber noch im Festsaal. Dass jemand sie geklaut haben könnte, daran verschwendete ich gar nicht erst meine Gedanken. Die Chancen standen hier gleich null.

Hoffte ich zumindest. Sonst würde sich dieser Tag

nämlich zu einem richtigen Desaster entwickeln, weitaus schlimmer als ein verspannter Körper dank einer unruhigen Nacht auf der Couch im Büro des Pubs.

Oder ... *Miles.*

Ich blieb stehen.

Blinzelte.

Blinzelte noch einmal.

Doch der Anblick blieb.

Was zur Hölle?

Niemand anderes als Miles schlenderte gerade von meiner Haustür zu seinem Auto, meine Tasche und meine Jacke im Arm, und erstarrte, als er mich entdeckte.

Oh nein. Bitte. Dafür fehlte mir jetzt definitiv die Kraft. Alle, nur nicht er. Mit jedem hätte ich mich auseinandersetzen können, doch nicht mit ihm. Nicht nach allem, was geschehen war.

Ausgerechnet er!

Ein schwer zu deutender Ausdruck huschte über sein Gesicht, während er sich langsam wieder in Bewegung setzte – dieses Mal auf mich zu.

Seufzend schlang ich meine Arme um meinen Oberkörper. Gott sei Dank hatte ich diesen alten Pulli gefunden. Er war ungefähr fünf Nummern zu groß und daher perfekt, wenn man sich vor der Welt verstecken wollte. Sich – oder seine Brüste, die, wie ich am eigenen Leib erfahren musste, viel zu schnell aus dem Ausschnitt meines Kleids zu pellen waren. Doch auch wenn ich hüftaufwärts geschützt war, änderte das nichts an der Tatsache, dass ich von den Knien abwärts ziemlich nackt war, und dessen war ich mir überdeutlich bewusst, während ich zögerlich auf Miles zulief.

»Guten Morgen«, stellte er mit rauer Stimme fest. Schatten lagen unter seinen Augen, und er wirkte übernächtigt, vielleicht sogar verkatert. Immerhin trug er nicht mehr diesen höllisch gutaussehenden Anzug, sondern Jeans und einen dunkelblauen Wollmantel, der kuschelig warm aussah.

Dummerweise stand ihm auch dieses Outfit, und sein Anblick löste eine äußerst plastische Erinnerung an vergangene Nacht in mir aus.

»Morgen«, erwiderte ich rau. Ich klang so scheiße, wie ich mich fühlte, und darüber hinaus auch noch aufgewühlt.

Aber hey, immerhin nicht verkatert. Abgesehen von dem einen Glas Weinschorle hatte ich nichts getrunken.

Sein Blick wurde dunkel. »Wo warst du heute Nacht?«

Ich wusste nicht wieso, aber etwas an der Art, wie er vor mir stand, meine Sachen in der Hand, vor dem Hintergrund, wie nahe wir uns gekommen waren, löste eine komplizierte Reaktion in mir aus. Ich reckte mein Kinn angriffslustig. »Offenbar nicht zuhause.«

»Wo«, erwiderte er knurrend, und dieses eine Wort klang so ungeduldig und vorwurfsvoll zugleich, dass es in meinen Ohren zu rauschen begann.

»Nicht da«, zischte ich gepresst. Mit zittrigem Finger deutete ich auf ihn. »Kriege ich mein Zeug wieder? Ich brauche dringend eine Dusche …«

»Hast du es so wild getrieben oder was?«

Das Rauschen? Es explodierte. Die innere Unruhe? Fraß mich auf. Genauer gesagt sah ich rot. »Hast du einen verdammten Knall, oder was?«

»Nica!«, brachte Miles zischend hervor – und blickte sich eilig um. Als würde jeder bereits am Fenster kleben und uns lauschen. Nun. Je länger ich darüber nachdachte, desto wahrscheinlicher war es sogar. Dennoch war ich nicht bereit, mich zu zügeln.

»Unterstellst du mir gerade, dass ich nach gestern Abend, nach allem, was zwischen uns vorgefallen ist, nichts Besseres zu tun hatte, als mich in die Arme eines anderen zu stürzen?«

Immerhin war ihm zugutezuhalten, dass er blinzelte. Für einen kurzen Moment wirkte er peinlich berührt, dann reckte auch er das Kinn. »Wo hast du denn sonst gesteckt, hm?«

Okay, nein, er machte gar nichts besser. Das Bedürfnis

unterdrückend, ihm eine runterzuhauen, verkürzte ich die Distanz zwischen uns. Aber nur, um ihm meine Tasche und die Jacke zu entreißen. »Falls du es noch nicht gecheckt hast – und das würde mich doch sehr wundern –, habe ich gestern meine Sachen auf der Party vergessen. Ohne Schlüssel konnte ich wohl schlecht bei mir reinkommen, also bin ich zum Pub gelaufen, wo ich einen Schlüssel für Notfälle deponiert habe. Anstatt mich in die Arme eines anderen zu stürzen, habe ich lediglich den einzigen Ort aufgesucht, der mir noch eingefallen ist. Das ist alles, du Idiot! Aber danke, dass du mir gerade unmissverständlich zu verstehen gegeben hast, was du von mir denkst. Das lässt einige Aufschlüsse zu.«

»Nica!«

Zitternd vor Wut und Scham drängte ich mich an ihm vorbei. Ich musste nach Hause. Musste dringend in meine Wohnung, um dort unter einer heißen Dusche all das abzuwaschen. Gestern Abend. Seine Berührungen. Seine Unterstellungen. Einfach alles.

»*Nica!* Nun warte doch!«

Obwohl jede Faser meines Körpers mir zuschrie, dass ich ihn ignorieren sollte, wirbelte ich noch einmal zu ihm herum. »Was? Was willst du denn noch? Gibt es noch ein paar charmante Komplimente, die du loswerden willst? Ein paar Sprüche? Was willst du von mir, Miles? *Was?*«

Er stand einfach nur da. Verloren, schoss es mir durch den Kopf. Fragend. Zweifelnd. Seine Brust hob und senkte sich hektisch, sein Blick zuckte hin und her. In diesem Moment hätte sich vielleicht alles klären können. Vielleicht hätten wir doch noch zueinandergefunden ... doch das Schweigen breitete sich aus. Vergrößerte den Graben zwischen uns bedenklich. Mein Gott, ich konnte seinen Anblick kaum noch ertragen, seine sturmgrauen Augen und die breiten Schultern und all die Erinnerungen. Dennoch wartete ich auf eine Art Zeichen.

Schließlich schüttelte er den Kopf. »Was auch immer ich

jetzt sage, du wirst es sowieso falsch auffassen.«

Erneut explodierte diese schreckliche Wut in mir. »Ah, eine weitere Unterstellung. Ich liebe es, endlich zu erfahren, wie du wirklich über mich denkst. Das macht die ganze Sache wesentlich einfacher, nicht wahr?«

Mittlerweile zitterte ich nicht nur, Tränen brannten in meinen Augenwinkeln. Tränen der Wut und des Unglaubens. Da war noch mehr. Ein Gedanke, der an mein Hintertürchen klopfte, der all das relativieren wollte, doch ich schob ihn beiseite. Ich war müde, erschöpft, erschlagen von den Geschehnissen – und ich brauchte Ruhe. Zeit. Ich musste irgendwie klarkommen, mit mir und Miles und mit dem, was wir getan hatten. Doch das ging nicht, wenn er so vor mir stand. Wenn er mich so anstarrte. Wenn er Dinge sagte, die nur danach schrien, falsch verstanden zu werden.

Also wandte ich den Blick ab.

»Danke«, presste ich hervor. »Dass du meine Sachen vorbeigebracht hast.«

Er sagte nichts. Oder ich hörte es einfach nicht. Es war einerlei. Eilig wühlte ich in meiner Tasche, zog den Schlüssel hervor, sperrte die Tür auf und flüchtete mich nach drinnen.

Nicht eine Sekunde hatte er seinen Blick von mir gelöst. Glaubte ich zumindest. Das prickelnde Brennen in meinem Nacken hatte seine eigene Sprache gesprochen.

Gestern hatte ich geglaubt, dass es ein Fehler gewesen war. Einer, den man ausbügeln konnte.

Heute war ich mir da nicht mehr so sicher.

Die Tränen liefen über. Was wurde nun aus dem Pub? Aus meiner Anstellung? Wie sollte es weiter gehen?

Ich hatte nicht die geringste Ahnung.

In den kommenden Tagen lief ich Miles nicht über den Weg. Offenbar hatte er beschlossen, eine komplett gegenteilige Strategie zu fahren. Während er vergangene Woche ständig hinter der Theke aufgetaucht war, um mich mit seinem lodernden Schweigen zu strafen, tauchte er nun gar nicht erst auf, und ich wusste nicht, was davon schlimmer war.

Doch, ich wusste es schon, konnte es mir allerdings nicht eingestehen.

Verdammt nochmal!

Dienstag Abend tauchte Sheila im Pub auf, und das machte die Sache, falls möglich, noch schlimmer.

Eigentlich fing es damit an, dass sie mich behandelte, als sei ich Dreck. Es war nicht untypisch für sie, dass sie den Eindruck vermittelte, sie sei etwas Besseres, doch so herablassend wie an diesem Abend war sie mir noch nie begegnet. Normalerweise hätte mich das nicht allzu gestört – ich war nicht darauf angewiesen, dass Menschen wie sie mich mochten –, doch derzeit war es nicht allzu gut um mein Nervenkostüm bestellt, und als sie den dritten Gin Tonic orderte, ohne mich dabei auch nur anzusehen, platzte mir der Kragen.

»Was ist dein Problem, Sheila?«

Das bescherte mir einen Blick, der vor Hass nur so loderte – natürlich erst, nachdem sie mich in Zeitlupe fixiert hatte –, und ich ahnte plötzlich, wohin das Ganze führen würde. »*Mein* Problem, fragst du?«

Ich schluckte. Sheila war nicht alleine gekommen, und die Frauen, die sie umschwärmten, warfen mir alle denselben Blick zu – als wäre ich ein lästiges Insekt, dass es zu zermalmen galt. Ob es an dieser Stelle hilfreich war, zu erwähnen, dass ich zu jener Fraktion gehörte, die Tiere lieber mit einem Glas nach draußen trug, als sie zu töten?

Sheila schnaubte los. »Du bist doch nicht auf den Kopf gefallen, Veronica.« Ich zuckte zusammen – dass sie mich bei meinem vollen Namen nannte, zeigte den Ernst der Lage. »Normalerweise hast du doch alles bestens im Blick. Hast ja auch nichts Besseres zu tun, wenn du hier immer hinter der Theke stehst.« Sie lachte auf – es klang fies und misstönend.

Erfüllt von einem zunehmend unangenehmen Gefühl schob ich meine Hände in die Hosentaschen, um nichts Dummes zu tun. Sie mit Zitronenscheiben zu bewerfen, zum Beispiel. Es kostete mich all meine Kraft, geduldig und höflich zu bleiben. Irgendwie schaffte ich es, meine Mundwinkel in die Höhe zu zwängen. Wahrscheinlich wirkte ich eher irre als höflich, aber was soll's. »Red mal Klartext. Worauf willst du hinaus?«

Sheila beugte sich vor. Ihre langen, spitzen, knallrot angemalten Krallen trommelten auf das lackierte Holz der Theke. »Ich will darauf hinaus, dass du längst hättest bemerken können, dass zwischen Miles und mir etwas läuft. Wie kannst du es wagen, dich ihm so schamlos an dem Hals zu schmeißen? Die Leute reden, Veronica. Ich hätte vieles von dir erwartet, aber das ganz sicher nicht!«

Ich starrte sie an. Mein Herz hatte aufgehört zu schlagen, zumindest fühlte es sich so an, und Kälte wechselte sich pulsierend mit Hitze in mir ab. Konnte das stimmen? Hatte Miles etwas mit Sheila angefangen? Ausgerechnet mit ihr? Schwindel machte sich in mir breit. Dennoch schaffte ich es irgendwie, zu reagieren. »Ich habe mich ihm nicht an den Hals geschmissen, Sheila. Er ist mein Boss. Was auch immer zwischen euch läuft, ich gratuliere euch dazu. Damit ist alles gesagt.«

Sie maß mich mit einem Blick, der vor Herablassung nur so tropfte. »Das will ich dir auch geraten haben, Nica. Misch dich nicht in meine Angelegenheiten ein, hast du gehört? Es hat ja schon gereicht, dass sich Julia damals Scott gekrallt hat. Jetzt bin ich endlich an der Reihe. Dieser sexy Millionär gehört mir.«

»Millio – *was*?« Ich verschluckte mich an meiner eigenen Überraschung und hustete laut los. Falls möglich, vertiefte das die Verachtung in Sheilas Augen.

»Du hast richtig gehört. Und wenn dir das bislang verborgen geblieben ist, tut es mir wirklich leid. Es gibt da eine Erfindung, die nennt sich Internet. Es kostet dich keine Minute, alle Infos über diesen sexy Playboy herauszufinden. Aber jetzt kannst du dir den Aufwand sparen. Er gehört mir, und wenn ich noch einmal höre, dass du dich an ihn ranmachst, bekommst du es mit mir zu tun, klar?«

Das Gefühl, von einem Auto überfahren zu werden? Wahrscheinlich genau so. Oder vielmehr, vor eine Wand zu laufen? Eine unsichtbare, völlig unerwartete, aber umso massivere Wand? Ich nickte Sheila zu, nicht wissend, weshalb ich überhaupt zustimmte, und beobachtete wortlos, wie sie sich von ihrem Hocker gleiten ließ und mit lächerlich übertriebenem Hüftschwung Richtung Ausgang marschierte. »Kommt, Ladys. Irgendwie hat der Pub seinen Glanz verloren, wenn Miles nicht hier ist.«

Mein Mund klappte auf – Sheila hatte ihre Drinks nicht bezahlt –, jedoch unverrichteter Dinge wieder zu. Stattdessen nahm ich ihren Bierdeckel, notierte die offene Summe und ihren Namen und legte ihn beiseite, um ihn später Miles auf den Schreibtisch zu werfen. Wenn wirklich etwas zwischen den beiden lief, durfte er sich darum kümmern. Ein unerwartet heftiger Schmerz durchzuckte meine Brust.

Konnte das sein?

Konnte es wirklich sein? Sie hatte so oft um seine Aufmerksamkeit gebuhlt – sie, nicht ich! –, aber bislang hatte ich immer gedacht, dass er ihre Versuche abgewiesen hatte. Tja. Am Ende blickte ich ihm nur vor die Stirn. Womöglich war er genau das, was Sheila behauptet hatte: Ein Playboy. Zwar bezweifelte ich das tief in mir, doch konnte ich wirklich sicher sein? Alles, was ich wusste, war, dass ich mich extrem zu ihm hingezogen fühlte. Auf körperlicher ebenso wie auf seelischer Ebene. Zwischen uns hatte es definitiv dieses Prickeln gegeben, doch am Ende … am Ende hatte er mich auf der Hochzeit seines Bruders halb ausgezogen und nun herrschte

Funkstille. Womöglich war ich die Einzige, die in seiner Nähe regelrecht verbrannte, während ich für ihn nichts weiter als eine Herausforderung gewesen war, eine Kerbe für seinen Bettpfosten. Umso mehr, als er erfahren hatte, dass ich seine zukünftige Angestellte war.

Es gab genug Storys von Männern, denen einer abging, weil sie mit ihren Mitarbeitern herummachten. Das Machtgefälle und so weiter. Zwar sperrte sich jede Faser meines Körpers dagegen, so über ihn zu denken, doch am Ende war er ein nahezu Unbekannter für mich. Er hatte mir am Samstag ja nicht einmal genau sagen können, wer diese Leute waren, die ihn so mitgenommen hatten. Auch wenn ich mir die Antwort selbst hatte zusammenreimen können – er hatte es nicht geschafft, mit offenen Karten zu spielen. Wie weit war da noch der Sprung bis zu einer Affäre mit Sheila? Oder mehr.

Oder mehr?

Galle stieg in meiner Kehle auf. Gott sei Dank hatte man uns unterbrochen, ehe wir noch weitergegangen waren. Die Vorstellung, mit ihm Dinge zu tun, die Sheila auch mit ihm getan hatte – und womöglich nach wie vor tat – brachte mich um. Obwohl sich rasende Kopfschmerzen ankündigten, schüttelte ich den Kopf, um mich auf meine Arbeit zu fokussieren. Der Pub war kaum besucht, aber die wenigen Gäste verdienten dennoch meine volle Aufmerksamkeit.

Zwar schaffte ich es in den kommenden Stunden irgendwie, meinen Job zu erledigen, doch diese bitteren Gedanken quälten mich ohne Unterlass. Jede einzelne Minute. Es ging mir immer schlechter damit. Typisch ich. Immerhin stemmte ich mich gegen alles, was zwischen mir und Miles war, seit ich wusste, dass er den Pub gekauft hatte. Es war sein gutes Recht, mit anderen auszugehen.

Aber Sheila?

Ernsthaft? Von allen Frauen aus Paradise ausgerechnet sie?

Ich konnte es einfach nicht fassen.

Miles 18

Das Abendessen war eine Katastrophe.

Um ehrlich zu sein, konnte ich mir nicht erklären, wieso ich mich überhaupt bereiterklärt hatte, mitzukommen. Das kurze Gespräch auf der Hochzeit hatte mir bereits alles abverlangt. Am nächsten Tag, direkt nach der unschönen Begegnung mit Nica, müde und verkatert, war es definitiv die dümmste Idee aller Zeiten, mich auf ein wenig Zeit mit meiner Mutter und ihrem Lover einzulassen.

Und doch tat ich es. Womöglich, weil ich ansonsten nur zuhause gesessen und mir vor Frust die Haare ausgerissen hätte. Weil ich sonst vielleicht doch nochmal zu Nica gefahren wäre, um Dinge richtigzustellen, die in Schieflage geraten waren, ohne dass ich es beabsichtigt hatte.

Nichts schien zu funktionieren. Alles fühlte sich falsch an. Und das, obwohl es in den richtigen Momenten so perfekt gewesen war, so echt, so ... unausweichlich.

Ich verstand es einfach nicht. Ich würde es nicht begreifen. Weder, wieso Nica sich so vehement gegen etwas wehrte, das so gut sein konnte, noch, was meine Mutter und Richard hierhergetrieben hatte. Es konnte doch nicht ihr bloßes Bedürfnis sein, uns ein schlechtes Gewissen zu machen, weil wir ihrer Hochzeit nicht beigewohnt hatten, oder?

Obwohl ich es eigentlich besser wusste, machte ich mich auf den Weg rüber nach Spokane, zu der Adresse, die meine Mutter mir knapp mitgeteilt hatte. Als wir uns in dem Restaurant gegenübersaßen, das zwar nicht gerade zur Haute Couture gehörte, jedoch definitiv mehr Ambiente bot als das

Diner – und sympathischere Kellner –, kämpfte ich permanent gegen das Bedürfnis an, sie einfach sitzen zu lassen, um etwas zu tun, das mir lieber war. Und das umfasste so ungefähr alles, was mir nur in den Sinn kam, einschließlich Putzen. Es war eine Sache, ihnen auf einer Party gegenüberzustehen, wo viele andere anwesend waren, aber eine andere, an ein und demselben Tisch zu sitzen. Natürlich waren wir auch hier nicht alleine, doch das Setting war viel intimer, und ich hasste jede Sekunde davon.

»Schön, dass du es einrichten konntest«, murmelte meine Mutter wenige Minuten nach meiner Ankunft gepresst. Richard brummte zustimmend. Sie hatten groß aufgefahren, mit Anzug und edlem Cocktailkleid. Ich wusste nicht, ob ich froh darüber sein sollte, dass ich mich für Jeans und Hemd entschieden hatte, oder ob es ihnen einen Vorteil verschaffte. Kommentiert hatten sie mein Erscheinungsbild jedenfalls bislang nicht. Froh, mich auf die Karte konzentrieren zu können, nahm ich mir viel Zeit für die Auswahl der Gerichte. Natürlich bestanden Mutter und Richard auf mehrere Gänge, und so gut das Essen auch war, ich zwängte alles unfreiwillig hinunter, in der Hoffnung, dass der Abend ein schnelles Ende fand. Doch wie immer, wenn etwas unangenehm war, dehnte sich die Zeit aus wie ein Kaugummi. Ein zähes, geschmackloses Kaugummi.

Wir hatten uns kaum etwas zu erzählen, hielten uns mit bedeutungslosem Small talk auf, der sicher auch für die beiden einen faden Beigeschmack hatte, doch kurz vor Ende, als die Desserts bestellt waren und ich innerlich bereits aufatmete, fixierte meine Mutter mich mit diesem stechenden Blick. »Wann wirst du nach New York zurückkehren?«

Diese Frage traf mich irgendwie doch überraschend. »Nun«, sagte ich mit Verzögerung. »Das weiß ich nicht. Diesbezüglich habe ich keinerlei Pläne.«

Die beiden musterten mich so unzufrieden, dass ich mich augenblicklich wie der Teenager von damals fühlte. Der, der das Gefühl vermittelt bekommen hatte, nichts recht machen zu können. Die Beziehung nicht retten zu können. Zwischen den Fronten als Kanonenfutter dienen zu müssen. Ein mehr als unwillkommener Flashback, der mich beinahe die Serviette auf den Teller werfen und endgültig davonstürmen ließ. Einzig die Frage, wohin das hier führen sollte – denn irgendein Ziel musste es haben –, hielt mich zurück. Nennen wir es einfach krankhafte Neugierde.

»Wir haben uns mit deinem Vater unterhalten«, erwiderte meine Mutter schließlich mit einem seltsamen Unterton. Kleiner Fun Fact am Rande: Meine Eltern waren seit Mutters Betrug natürlich zutiefst zerstritten. Dennoch redeten sie mehr miteinander als mit ihren Söhnen, was traurig genug war. »Wir sind der Meinung, dass du lange genug sinnlos durch die Weltgeschichte gebummelt bist und dein Geld verprasst hast. Es wird Zeit, dass du etwas Anständiges mit deinem Studium anfängst. Es reicht ja schon, dass ein Fitzpatrick all das aufgegeben hat. Immerhin du …«

»Moment«, fiel ich ihr ins Wort, endlich erfüllt von Klarheit. Ich hätte mir von Anfang an denken können, dass es in diese Richtung gehen würde. Für meine Eltern war es immer mehr um Schein als Sein gegangen, immer. Es musste sie tief treffen, dass Scott und ich nicht in ihr verdammtes Schema passten. *Gescheiterte Ehe, gescheiterte Söhne.* So ein Pech aber auch. Wut schwelte in mir und ich umklammerte die Tischkante; unsicher, ob ich mich darauf vorbereiten wollte, besagten Tisch in ihre Richtung zu werfen, oder ob ich einfach nur Halt brauchte. »Scott hat sein Leben nicht aufgegeben, er hat es geändert. Seine Prioritäten sind andere – und zum ersten Mal überhaupt ist er glücklich. Meiner Meinung nach ist das wichtiger als jeder verdammte Job dieser Welt! Und was mich betrifft? Nun, Überraschung. Auch ich arbeite gerade an meiner Perspektive. Ich habe den Pub von Paradise gekauft. Ich fühle mich *wohl* hier. Wohler, als es lange Zeit in New York der Fall gewesen ist. Und ich bin definitiv nicht der faule Taugenichts, für den ihr mich haltet.« Zorn pulsierte in mir, wurde aber zunehmend von einem anderen Gefühl überlagert: Befriedigung, weil ich etwas ausgesprochen hatte, das tief in mir gewachsen war. Es stimmte, ich fühlte mich hier wohl. Trotz allem. Paradise wurde mehr und mehr zu einem Zuhause – meiner Mutter und ihrer bornierten Attitüde gegenüber zu sitzen bestärkte mich in dieser Annahme.

»Du meinst diese schäbige Spelunke?« Mutter schnaubte, es klang so herablassend, dass es in meinen Ohren zu rauschen begann. »Mein Gott, Miles. Du bist noch naiver, als ich vermutet habe.«

Nun tat ich es doch: Ich warf meine Serviette auf den Teller, ehe das Dessert überhaupt aufgetischt wurde. »An dieser Stelle ist Schluss. Wenn das alles ist, wieso wir hier sind, habe ich euch nichts mehr zu sagen. All die Jahre habt ihr euch nicht für uns interessiert. Jetzt, wo wir unsere eigenen Wege gehen, meint ihr, uns verurteilen zu müssen? Tut mir leid, aber diese Zeit ist vorbei. Ich will eure Zuneigung nicht mehr, der bin ich lange genug erfolglos hinterhergerannt. Und was euer Wohlwollen betrifft …«

»Aber unser Geld ist dir recht, ja?«, fiel ausgerechnet Richard mir schnarrend ins Wort – und das nahm ich ihm übel. Sehr, sehr übel sogar.

»Das Geld meiner Großeltern, meinst du?«, korrigierte ich ihn kalt. »Sie haben ihr Testament nicht ohne Grund so verfasst, dass es direkt an ihre Enkelkinder geht. Sowohl Scott als auch ich haben hart dafür gearbeitet, dass sich das Geld vermehrt. Wenn das hier alles ist, was ihr wollt – Kritik, Anschuldigungen und Verbitterung –, bin ich fertig mit euch. Wirklich und wahrhaftig. Ich wünsche euch eine ruhige Rückfahrt.« Ich richtete mich auf, beugte mich über den Tisch und musterte sie grimmig. »Ihr braucht diesen Weg nicht erneut auf euch zu nehmen.« Mit diesen Worten ließ ich sie sitzen. Ein Abschied für immer. Das erste Mal in meinem Leben hatte ich ihnen die Stirn geboten, hatte mehr getan als mich über ihr Desinteresse aufzuregen, sie aber nach wie vor in mein Leben zu lassen, weil der schwache Teil in mir, der verletzte Teenager, sich danach sehnte, dass alles wieder gut wurde.

Doch diese Zeiten waren vorbei. Auch das war ein positiver Nebeneffekt, den Paradise mit sich brachte. Die Distanz zu all den Problemen, die zu meiner Vergangenheit gehörten, half mir dabei, sie aufzuarbeiten und hinter mir zu lassen.

Ich brauchte sie nicht mehr. Ich *wollte* sie nicht mehr. Und wenn mich nicht alles täuschte, würde ich nach diesem Aufeinandertreffen auch nichts mehr mit ihnen zu tun haben.

Natürlich blieb ein letzter Tropfen Wehmut. Niemand schüttelte seine Familienbande ab wie einen Sack Lumpen und ging erleichtert und glücklich daraus hervor. Ich trauerte – aber nur um die Illusion einer Familie, die ich lange genug aufrechterhalten hatte.

Diese Träume waren vorbei. Das Chaos bewältigt.

Nun galt es, sich einem anderen Durcheinander zu widmen. Und das, fürchtete ich, würde mich weitaus mehr Nerven kosten.

In der kommenden Woche wurde Noah krank.

Es war nichts Dramatisches, zumindest versicherten mir das Carla, Pete und sogar Tracy, und doch fühlte ich mich schrecklich, weil es ihm so mies ging, während sein Dad und Julia auf Fidschi waren und ihre Flitterwochen genossen. Hin- und hergerissen zwischen dem Bedürfnis, Scott zu informieren und ihre Flitterwochen nicht zu verderben, besprach ich schließlich mit den Myers, dass wir Noahs Zustand vorerst für uns behielten.

Ich wusste nicht, ob Carla und Pete es einfach nur geschickt vor mir verbargen, oder ob sie wirklich so gutherzige Menschen waren, doch sie ließen es ohne Murren zu, dass ich mich daraufhin bei ihnen einnistete. Mein Gewissen hätte niemals zugelassen, dass ich Noah mit ihnen alleine ließ, obwohl sie sich ohne Frage rührend um ihn kümmerten. Dennoch musste ich bei ihm bleiben. Scott und Julia hatten ihn unserer Obhut übergeben. Ich konnte einfach nicht anders.

So kam es, dass ich nicht in den Pub ging, obwohl ich die Auseinandersetzung mit Nica herbeigesehnt hatte. Statt die Sache mit ihr zu klären, blieb ich bei Noah, und obwohl die Priorität klar war, nervte mich der Gedanke, dass so mehr Zeit und Raum entstanden, um die Fronten zwischen uns zu verhärten. Immerhin machte es sich nun bezahlt, dass ich die Unterlagen digitalisiert hatte; ich brauchte nur meinen Laptop, um die Dinge zu erledigen, die anstanden, inklusive der Koordination einiger lokaler Bauunternehmer, die den Umbau in zwei Wochen in Angriff nehmen würden.

In den ersten Tagen schlief Noah mehr als alles andere. Er hatte Fieber, brachte kaum Essen über die Lippen und wirkte, als hätte er keine Kraft. Dr. Murray, der hiesige Arzt, kam montags vorbei, um ihn zu untersuchen, und ließ einige Medikamente da. Wahrscheinlich ein viraler Infekt, der schon nach ein paar Tagen abklingen würde. Niemand war richtig beunruhigt. Ich jedoch sah die hohen Temperaturen, wenn wir sein Fieber maßen, und wollte am liebsten durch die Decke gehen.

Die meiste Zeit saß ich auf dem Sessel neben dem Gästebett, arbeitete, surfte oder dachte darüber nach, was in den letzten Tagen alles geschehen war. Es war Qual und Läuterung zugleich.

»Miles«, krächzte er Dienstag Abend, als er zum ersten Mal etwas länger wach war. Er sah aus wie der Tod und klang auch so. »Hör auf, dir Sorgen zu machen.«

Das entlockte mir natürlich ein Lachen. »Du kannst mir keine Befehle erteilen, kleiner Mann. Ich mache mir Sorgen, wann und wie ich will. Du siehst ziemlich scheiße aus, wenn ich das so sagen darf. Was hältst du davon, wenn du deine

Energie ins Gesundwerden steckst, nicht in neunmalkluge Ratschläge?«

Daraufhin lachte Noah, allerdings verwandelte sich sein Lachen schon bald in ein bellendes Husten – und ich machte mir eine gedankliche Notiz, in den nächsten Tagen so unlustig wie möglich zu sein. Zumindest in seiner Gegenwart.

Kurz darauf schlief er wieder ein, noch ehe Carla mit einer Schale Hühnersuppe das Zimmer betrat. Sie warf mir einen prüfenden Blick zu und bedeutete mir schließlich, ihr zu folgen. Ich wollte ihr widersprechen; auf gar keinen Fall würde ich Noah alleine lassen, für den Fall, dass er wach wurde und mich brauchte. Doch ihr Blick wurde unnachgiebig, und nach einem Starrduell, bei dem ich den Kürzeren zog, kapitulierte ich schließlich. Ein letztes Mal kontrollierte ich Noah. Er lag in seinem Bett, wirkte beinahe durchscheinend, weil er so blass war, und sein Haar klebte in feuchten Strähnen in seiner Stirn.

»Er schwitzt den Infekt aus«, murmelte Carla mir zu, während sie sanft eine Hand in meinen unteren Rücken legte und mich aus dem Zimmer schob. »Mach dir keine Gedanken, Miles. Er weiß, wo wir sind. Ruhe ist sowieso das Beste für ihn. Lass ihn schlafen. Hast du heute überhaupt schon etwas gegessen oder getrunken?«

Diese Frage traf mich unvorbereitet. Blinzelnd starrte ich Carla an.

Sie lächelte schmal. »Du bist Noah keine Hilfe, wenn du selbst an Kräften verlierst. Ich habe uns etwas gekocht. Sei doch so gut und leiste Pete und mir Gesellschaft, ja?«

Darauf konnte ich nichts erwidern. Was auch? Ich folgte ihr und dem satten Duft nach überbackenem Käse. In der geräumigen Küche war bereits der Tisch gedeckt. Auf dem Herd stand ein Topf, in dem zweifelsfrei die Hühnersuppe köchelte, die Carla für Noah gemacht hatte. Sie stellte die unangetastete Schale daneben und griff nach den Topflappen, um eine große Emailleform aus dem Ofen zu ziehen. In ihr befand sich ein köstlich duftender Auflauf, der meinen Magen augenblicklich knurren ließ.

Pete warf mir ein schiefes Grinsen zu. Unwillkürlich musste ich an Sonntag denken. Auch da hatte ich mit einem älteren Pärchen an einem Tisch gesessen, nur in einem schicken Restaurant und mit mehreren Gängen, nicht etwa derber Hausmannskost.

Es sagte mehr als genug aus, dass ein Auflauf im Haus der Myers einen wesentlich größeren Reiz auf mich ausübte als das vergangene Essen, oder?

Carla lächelte mich gütig an, während sie meinen Teller mit einer großen Portion von etwas füllte, das wie eine Mischung aus Nudeln, Hackfleisch, Mais, Tomaten und Käse aussah. Pete schenkte mir Wasser ein.

Beinahe entgeistert spürte ich, wie etwas geschah, von dem Scott mir bereits einige Male berichtet hatte. Einer der Gründe, wieso es ihm so leichtgefallen war, sich hier einzugewöhnen, war die Herzlichkeit, mit der ihm alle begegnet waren. Ob es Ginny und Carlo aus der Eisdiele gewesen waren, Mrs. Pemplefort oder natürlich Julia, sie alle hatten ihm von Anfang an das Gefühl gegeben, ein Teil der Gemeinschaft zu sein. Was ihn jedoch nachhaltig am meisten beeindruckt hatte, war die Selbstverständlichkeit, mit der die Myers ihn und Noah in ihre Familie aufgenommen hatten. Für jemanden wie mich, der schon früh unter der zerrütteten Beziehung der Eltern gelitten hatte, war diese herzliche, familiäre Art absolut neu. Anstatt mich deshalb verstärkt in Verbitterung zu wälzen, merkte ich jedoch, wie ich entspannte. Es tat gut, hier zu sein. Obwohl Noah krank war, trotz der Entwicklungen der letzten Tage.

Oder gerade deshalb.

»Hast du etwas von den Urlaubern gehört?« Pete musterte mich durch seine Lesebrille, die er in letzter Zeit ständig auf seiner Nase vergaß.

Ich lächelte. »Scott hat mir heute Morgen geschrieben. Sie

sind gut angekommen und hatten auch nur einen moderaten Jetlag. Derzeit haben sie fast 30 Grad, also ein richtiger Schock nach den herbstlichen Temperaturen hier.«

Carla brummte. »Hoffentlich hat Julia ihre Sonnenmilch eingepackt. Sie bekommt so schnell einen Sonnenbrand …«

»Bestimmt sorgt Scott gut für sie«, erwiderte ich fest.

»Daran haben wir nicht den geringsten Zweifel.« Carla lächelte mich jugendlich an. »Wenn Scott etwas tut, dann richtig. So viel haben wir bereits über ihn gelernt. Wie sieht es denn bei dir aus, Miles? Hast du dich mittlerweile gut eingelebt? Wie läuft es mit dem Pub?«

Während ihre erste Frage noch einfach zu beantworten war, stellte mich die zweite unwillkürlich vor ein Rätsel. Der Pub lief gut, ja, doch was die Sache mit meiner Mitarbeiterin angeht …

»Nica war bestimmt sehr überrascht, als sie vom Verkauf der Kneipe erfahren hat«, stellte Pete folgerichtig fest. Als hätte er meine Gedanken gelesen.

Ich lachte leise auf. »Überrascht trifft es nicht richtig. Sie war außer sich.«

Carla schnalzte mit der Zunge. »Das arme Ding. Jeder von uns hat damit gerechnet, dass sie den Pub eines Tages übernehmen wird. Kein Wunder, dass sie sich aufgeregt hat.« Ihre Miene wurde ernst. »Sie macht es dir doch nicht unnötig schwer, oder?«

Großer Gott, ja! Das tat sie! Wenn auch aus anderen Gründen. Ich verkniff mir ein Grinsen. »Im Prinzip gibt sie ihr Bestes. Natürlich war sie erst einmal sauer, aber sie sieht die Schuld nicht bei mir. Ich schätze, das macht es mir leichter.«

Eine Weile lang herrschte Schweigen, jeder vertiefte sich in seine Mahlzeit. »Das Essen ist köstlich«, stellte ich fest, nachdem ich einige Gabeln in meinen Mund geschaufelt hatte. Deftige, gute Hausmannskost. In New York hatte ich den Großteil der Zeit Essen bestellt; eine Haltung, die sich nun rächte. Mir hatte niemand je das Kochen beigebracht, ich hatte aber auch nie Interesse daran gehegt. Wenn ich mir nun die Mühe gab, mich in die Küche zu stellen, kam die Hälfte der Zeit etwas Brauchbares dabei rum, der Rest meiner Versuche war bestenfalls für die Tonne. Ich war fest entschlossen, mir das Kochen beizubringen, nur fehlte mir dafür gelegentlich ... die Motivation.

Carla strahlte mich an. »Das freut mich. Du kannst gerne häufiger vorbeikommen. Bestimmt hast du nicht allzu viel Zeit, um dich selbst zu versorgen.« Ihre Miene wurde ernst. »Wohnst du immer noch in diesem Appartement drüben in der Bowery Street, mein Lieber?«

Ich nickte. »Bislang hat es für meine Zwecke gereicht.«

»Ich will dir nicht zu nahe treten, aber könntest du dir nicht mehr leisten?«

Hitze stieg mir in die Wangen. Es war ja nicht so, dass ihre Worte nicht der Wahrheit entsprachen. Auch war sie nicht die Erste, die etwas in dieser Art zu mir sagte. Die Wahrheit war, dass ich den Schritt aufschob, etwas Neues zu suchen, etwas Größeres. Auch wenn ich immer häufiger mit dem Gedanken spielte, hierzubleiben, war ich noch nicht bereit zu einer weitreichenden Entscheidung dieser Art. Mir ein Haus zu suchen, würde die Sache besiegeln. Das tat man nicht für ein paar Monate, es war eine langfristige Entscheidung. Doch etwas hielt mich zurück. Hinderte mich daran, diesen letzten Schritt zu gehen. Dieser Konflikt war allerdings etwas, was ich mit mir selbst ausmachen musste, ganz sicher nicht in Anwesenheit der Myers. »Es reicht«, antwortete ich daher ausweichend, ehe das Schweigen sich zu sehr ausdehnte. »Ich habe alles, was ich brauche. Außerdem: Je größer die Wohnung, desto mehr ist auch zu putzen.«

Das entlockte sowohl Carla als auch Pete ein Lachen.

Carla deutete mit ihrer Gabel auf mich. »Dann wird es wohl Zeit, dass du dir eine Frau suchst. Nicht, dass ich der Meinung bin, dass Putzen und Kochen reine Frauensache ist, aber zu zweit ist vieles doch leichter.« Ein listiger Ausdruck schlich sich in ihre Miene. »Oder gibt es da etwa schon jemanden?«

Ich wurde rot.

Ich! Wurde! Rot!

Eine derart kindische Reaktion hatte ich schon sehr, sehr lange nicht mehr zur Schau getragen. Natürlich entging sie Carla ebenso wenig wie Pete. Die beiden tauschten einen Blick, und ich sah, wie Carlas Grinsen breiter wurde.

»Ist es jemand von hier?«

Ich presste die Lippen fest aufeinander, nicht bereit, mich auf diese Diskussion einzulassen. Das war doch lächerlich!

»Du hast Samstag recht häufig mit Nica gesprochen«, fuhr sie fort, nachdenklich mit dem Finger auf die Nasenspitze tippend. »Ihr habt sogar getanzt …«

»Na und?«, fiel ich ihr ins Wort. »Ich habe mit einigen Leuten gesprochen. Und dass Nica dazu gehört, ist doch klar, immerhin arbeitet sie für mich …«

»Nun, so klar ist das eigentlich nicht«, widersprach Carla mir langsam. Ein Leuchten trat in ihre Augen. »Sie, nicht wahr? Sie ist eine hübsche, kluge Frau. Und so fleißig! Natürlich seid ihr euch nähergekommen, immerhin seht ihr euch regelmäßig. Tracy hat letztens erzählt, dass Nica so aufgewühlt wirkt.« Carla wedelte mit ihrem Zeigefinger. »Bringst du sie etwa um den Verstand, Miles?«

Mein Mund klappte auf – und unverrichteter Dinge wieder zu. Ich hatte wirklich absolut keine Ahnung, wie wir an diesem Punkt hatten landen können. Weder hatte ich mit einer Silbe verraten, wie meine Gefühle für Nica aussahen, noch erschien es mir logisch, wie Carla ihre Schlussfolgerungen gezogen hatte.

Offenbar deutete sie mein Schweigen als Zustimmung, denn sie gab einen begeisterten Laut von sich. »Ich würde es ihr so sehr wünschen. Du bist ein anständiger Kerl und sie ist wirklich ein liebes Mädchen. Je mehr ich darüber nachdenke – ich glaube, sie hatte überhaupt noch keine ernsthafte

Beziehung. So wie unsere Julia, ehe sie Scott kennengelernt hat.«

Obwohl ich mich auf diese Art von Gespräch nicht einlassen wollte, blieb mir keine andere Wahl. Überrascht wölbte ich die Augenbrauen. »Keine ernsthafte Beziehung? Nicht eine? Das kann ich mir irgendwie nicht vorstellen.«

»Hah!« Carla grinste mich an, ihr Blick sprach Bände. Ertappt. »Nun, ich kenne ihr Privatleben natürlich nicht im Detail, aber Tracy hat mal etwas in der Art angedeutet. Du weißt schon, meine Schwiegertochter. Sie ist Nicas beste Freundin.« Für einen Moment kehrte sich ihr Blick ins Innere. »Vielleicht sollte ich sie mal darauf ansetzen. Wenn Nica etwas für dich empfindet, wird Tracy es wissen …«

»Stopp«, fiel ich der Frau ins Wort. Mittlerweile hatte sich ein leicht pochender Kopfschmerz in meinen Schläfen eingenistet. Das hier – es ging zu weit. Viel, viel, viel zu weit. »Angenommen, ich mag Nica … trotzdem besteht immer noch das Problem, dass ich ihren Lohn zahle.«

Carla sah mich mit einem Blick an, der so viel zu bedeuten hatte wie »Na und?«.

Ich schnaubte los. »Mir persönlich wäre das ja egal, aber Nica sträubt sich dagegen.«

Tja. Damit hatte ich wohl endgültig zugegeben, dass da etwas war. Wahrscheinlich hätte sich jeder Geheimdienst um Carla gerissen, wenn sie erst einmal von ihren Fähigkeiten erfahren hätten, anderen Informationen aus der Nase zu ziehen. Sie war ein Teufel, und ich war ihr geradewegs und nichtsahnend in die Falle getappt.

Eine absolut typische, mütterliche Fähigkeit. Eine, die ich bei meiner eigenen Mutter definitiv nicht vermisst hatte.

Carla legte eine Hand auf meinen Unterarm. »Ach, mein Lieber. Eines habe ich im Laufe der Jahre gelernt: Die Liebe findet ihren Weg. Immer. Oftmals stehen wir selbst uns im Weg. In dieser Hinsicht können Scott und Julia dir sicher einiges berichten. Und schau, wo sie gelandet sind.«

»Auf Fidschi«, erwiderte ich brummig.

»Exakt«, stimmte Carla mir lächelnd zu. »Außerdem ...«

Was auch immer sie zusätzlich hatte sagen wollen, sie behielt es für sich, weil plötzlich Noah im Türrahmen auftauchte. Er war bleich und verschwitzt, und sowohl Carla als auch ich sprangen auf die Füße, um zu ihm zu eilen.

»Hast du Hunger?«

»Wie geht es dir?«

»Möchtest du etwas trinken?«

Wir waren verdammte Glucken, die sich beide nichts schenkten. Diese Erkenntnis entlockte mir ein schwaches Grinsen.

Noahs Blick schoss zwischen uns hin und her, ehe er schließlich mit den Schultern zuckte. »Kann ich eine Schüssel Lucky Charms haben? Bitte?«

Keine Suppe. Keine Beschwerde. Einfach nur ein zutiefst jugendliches Bedürfnis nach Wohlfühlessen.

Mein Herz wurde eng. Carla zog Noah an sich.

»Aber natürlich, mein Lieber. Was auch immer du willst. Komm, setz dich zu uns. Oder möchtest du lieber im Bett essen?«

Ich sah zu, wie Carla Noah tiefer in die Küche führte, erfüllt von einem seltsam widersprüchlichen Gefühl.

Das hier – das hatte New York mir niemals bieten können. Am Ende war ich immer alleine gewesen. Alleine in diesem riesigen Appartement am Bryant Park. Nach außen hin stets gut gelaunt unterwegs und beschäftigt, innerlich jedoch zunehmend ... leer.

Was war am Ende wichtiger? Ein luxuriöses Leben mit einem Universalschlüssel namens Geld? Oder Familie? Zusammenhalt? Wohlbehagen? Selbst wenn ich so ungnädig gelöchert wurde wie eben – all das empfand ich hier in Paradise. Und zunehmend war ich davon überzeugt, dass dies am Ende all die oberflächlichen Annehmlichkeiten aufwog, die ein Leben in der Metropole zu bieten hatte.

Nica 19

»Ich gehe eine Runde mit Sammy, ja? Wenn danach noch etwas Zeit ist, helfe ich euch gerne im Stall.«

Joanne lächelte mich warm an. »Was auch immer du möchtest, Liebes. Aber mute dir nicht zu viel zu. Deine Tage sind lang genug und es soll noch ungemütlich werden.«

Ich verdrehte die Augen. »Ach, damit komme ich bereits seit Jahren zurecht. Außerdem weißt du doch, dass mir die Arbeit hier bei euch gut tut. Sie ist keine Pflicht, eher eine Art Streicheleinheit für meine Seele.«

Joannes Wangen färbten sich pink. Ehe ich wusste, wie mir geschah, zog sie mich in ihre Arme. »Du bist so ein gutes Mädchen, Nica. Ich begreife einfach nicht, wieso das noch kein Mann bemerkt hat.«

Oh.

Oooooh.

Das war gerade das richtige Thema. Oder das Falsche. Denn eigentlich wollte ich genau davor davonlaufen. Nur deshalb war ich hier, nur deshalb wollte ich mir Sammy ausleihen. So viel also zu meiner selbstlosen Hilfe, was?

Ich lächelte Joanne unverbindlich zu. »Früher oder später wird es schon jemand bemerken. Bis dahin reicht es mir vollkommen, Zeit mit Sammy zu verbringen.«

Joanne lachte los. Langsam schob sie mich eine Armeslänge von sich und blickte mir prüfend in die Augen. »Nica …«

»Also gut, ich mache mich auf den Weg, ja?« Erfüllt von einer plötzlichen Rastlosigkeit, riss ich mich von Joanne los.

Ich wusste nicht, was sie mir gerade hatte sagen wollen, doch dass es etwas Ernstes war, etwas, das meine momentanen Kräfte überstieg, soviel ahnte ich instinktiv. »Wie du selbst bereits festgestellt hast, nachher soll es ungemütlich werden. Nicht, dass ich dann noch mit Sammy im Wald bin oder so.«

Zum Glück verstummte Joanne, anstatt auszuführen, was auch immer ihr auf der Zunge gelegen hatte. Dankbar für den Aufschub schnappte ich mir die Leine und den Beutel mit Leckerchen, der auf Spaziergängen mein treuer Begleiter war.

»Äh, Nica?«

Ich erstarrte, eine Hand auf der Türklinke. Verdammt. Doch nicht entkommen. In Zeitlupentempo drehte ich mich zu Joanne um. Wenn sie mir etwas zu sagen hatte, würde ich mich dem nun stellen müssen, alles andere wäre unhöflich. »Ja?«

Sie sah mich mit diesem wissenden Blick an, den sie schon so oft zur Schau gestellt hatte; eine Frau, die nur allzu genau wusste, wie das Leben tickte. »Sammy ist heute ein bisschen träge. Am besten geht ihr nicht zu weit raus, ja? Nicht, dass er sich irgendwann auf die Seite wirft. Du weißt, was das bedeutet.«

Ein schwaches Lächeln umspielte meine Lippen. Klar wusste ich das. Mir war es erst einmal passiert, Joanne schon ein paar Mal. Wenn ein neunzig Pfund schwerer Hund beschloss, nicht weitergehen zu wollen, hatte man im wahrsten Sinne des Wortes die Arschkarte. Gleichzeitig beunruhigten mich ihre Worte natürlich. In letzter Zeit kam es immer häufiger vor, dass Sammy träge war. Wenn man nun noch sein Alter in Betracht zog, war das nicht unbedingt ein gutes Zeichen. Ich schluckte. »Bis später, Joanne.«

»Bis später, Nica.«

Bei weitem nicht so erfüllt mit Frieden, wie ich es mir erhofft hatte, machte ich mich auf die Suche nach meinem alten Freund.

Joanne hatte nicht übertrieben, als sie gesagt hatte, dass Sammy heute träge war. Es dauerte alleine schon zehn Minuten, bis ich ihn überhaupt vom Hof bekommen hatte. Mehr als einmal kam mir der Gedanke, dass ich ihn womöglich lieber hierlassen und mir einen anderen Hund schnappen sollte, doch das brachte ich nicht übers Herz. Ich bildete mir ein, in seinen klugen, dunklen Augen lesen zu können – und die verrieten mir, dass er durchaus laufen wollte. Er konnte nur nicht so wie sonst. Womöglich spürte er einfach das herannahende Unwetter in den Knochen.

Wer war ich, ihn deshalb zurückzulassen?

Langsamer als sonst machten wir uns auf den Weg Richtung Wald. Es war frisch und kühl. In den vergangenen Tagen hatte es häufiger geregnet, und der Weg war an vielen Stellen matschig. Während ich die allzu großen Pfützen umrundete, platschte Sammy einfach so mittendurch. Schon bald war sein glänzendes Fell braun von der Matsche, doch ich bildete mir ein, dass die Lebensgeister langsam zu ihm zurückkehrten – und das war es allemal wert.

»Siehst du, mein Großer? Manchmal muss man einfach rauskommen. Der Rest regelt sich von alleine.«

Gedankenverloren tastete ich nach meinem Handy, doch das lag in meinem Auto. Natürlich. In den vergangenen Tagen hatte ich viel zu viel Zeit damit verbracht, auf Nachrichten zu hoffen, die nicht kommen würden, weil Miles und ich nie unsere Nummern ausgetauscht hatten. Und wieso auch? Ich war vergangenen Sonntag ziemlich eindeutig gewesen, als er mir meine Sachen vorbeigebracht hatte. Er im Übrigen auch. Außerdem – soweit ich wusste, vertrieb er seine Zeit womöglich gerade mit Sheila …

Arg!

Deshalb war ich hier. Genau deshalb hatte ich mich mit Sammy auf den Weg gemacht. Das hier war nicht nur ein bloßer Spaziergang, es war der Versuch, mit mir selbst und mit meinen quälenden Gedanken ins Reine zu kommen. So wie es aussah, mussten wir dafür eine ganze Weile unterwegs sein. Noch merkte ich nichts von der läuternden Wirkung eines Spaziergangs inmitten der Natur. Ich konnte nur hoffen, dass dieser Prozess angestoßen wurde, ehe Sammy keine Lust mehr hatte – oder das Unwetter über uns hereinbrach. Als ich mich auf den Weg zu den Wynchesters gemacht hatte, hatten sich die Wolken im Süden düster zusammengebauscht, waren aber noch weit entfernt gewesen. Zu dieser Jahreszeit konnte faktisch alles passieren – inklusive eines Überraschungsangriffs vom Wettergott.

»Ach Sammy«, seufzte ich langgezogen. »Ich glaube, ich habe ein echtes Problem. Und dieses Problem heißt Miles.«

Alles, was Sammy tat, war, mir einen nachdenklichen Blick zuzuwerfen. Hund musste man sein. Er schlug sich bestimmt nicht mit Problemen dieser Art herum. Unter Hunden gab es sicherlich nicht solche Zwietracht. Eifersucht in diesem krankhaften Ausmaß.

Komplikationen. Zutiefst menschliche, zutiefst *nervige* Komplikationen.

Seufzend fuhr ich mir über das Gesicht. »Ich habe ihn jetzt fünf Tage nicht gesehen. Fünf! Ich weiß gar nicht, wann dies das letzte Mal der Fall war. Ich vermisse ihn, Sammy. Das ist die erschreckende und simple Wahrheit. Ich vermisse Miles, dabei ist er ja nicht einmal wirklich verschwunden. Und selbst wenn, ich war so gemein zu ihm, habe ihn einfach stehen und gar nicht zu Wort kommen lassen. Wahrscheinlich hat er überhaupt kein Interesse mehr an mir. Wenn er es überhaupt jemals hatte.«

Und das hatte er. Davon war ich überzeugt. Eine Chemie dieser Art musste beiderseitig sein. Anders konnte ich es mir einfach nicht erklären. Diese Chemie war es auch, die mich nun so leiden ließ. Dennoch ... anstatt zu ihm zu gehen, das Gespräch zu suchen, trieb ich mich lieber mit

Sammy im Wald herum. Mein eigener Stolz stand mir im Weg.

Mal wieder.

Ein Gefühl breitete sich in meiner Brust aus, das in den vergangenen Tagen immer intensiver geworden war. Reißend, schneidend, brennend. Es brauchte nur einen Gedanken an Miles, dazu eine Prise von Sheilas Gift – und ein Schwung Erinnerungen an die Hochzeit. Daran, wie wir für einen flüchtigen Moment engumschlungen getanzt und uns kurz danach nach draußen verzogen hatten. Wie wir … oh großer Gott. Hitze stieg mir in die Wangen. Was ich dort draußen mit Miles getrieben hatte, hätte ich mit niemand anderem getan. Nicht einmal mit José, und der stand ganz sicher nicht auf Blümchensex. Mich derart zu vergessen, das wäre mir normalerweise nie passiert. Doch Miles war der lebendige Beweis dafür, dass ich mich aus meiner Komfortzone hinausbewegte. Leider nicht immer im positiven Sinne.

Wie jedes Mal, wenn ich an die Hochzeit dachte, dachte ich auch an den kommenden Morgen. Daran, wie er automatisch davon ausgegangen war, ich hätte mich bei irgendeinem Kerl herumgetrieben. Ausgerechnet er!

»Ach, verdammt.« Genervt von mir selbst schüttelte ich den Kopf. Immer und immer wieder dieselben Gedanken, die in meinem Kopf kreisten. Ich konnte mich noch gut an Bens und Tracys Anfangszeit erinnern. Es war eigentlich immer klar gewesen, dass es auf eine Beziehung hinauslief, doch dann hatte es ein paar Wochen gegeben, in denen Tracy gezweifelt hatte. Vielleicht war es etwas zu früh gewesen, es war zu schnell gegangen, aber eine Zeit lang hatte sie sich gefragt, ob sie womöglich etwas verpasste, wenn sie mit Ben zusammenbliebe – wenn aus ihnen das glückliche Langzeitpaar wurde, wie es alle voraussagten.

Oh mein Gott. Damals war sie mir so dermaßen auf die Nerven gegangen. Immer dieselben Themen. Dieselben Gespräche. Dieselben Sorgen. Ich hatte nicht verstanden, wieso sie auf einmal Zweifel bekam, obwohl nichts Konkretes vorgefallen war. Hatte nicht begriffen, wieso sie etwas Gutes in den Dreck ziehen musste. Etwas Gutes … etwas …

Mein Herz verkrampfte sich. Das mit Miles, es hätte so gut werden können, oder? Es hätte besonders sein können.

Doch in meinem Kopf war diese schreckliche Sperre.

Nun war *ich* diejenige, die mit immer denselben Gedanken nervte – nur mit dem Unterschied, dass ich die Sache mit mir selbst ausmachte.

Seufzend registrierte ich, wie Sammy langsam Richtung Unterholz abdriftete. »Komm schon, alter Freund. Lass uns lieber auf dem Weg bleiben, ja? Du bist heute nicht allzu gut auf den Beinen, und ich …«

Ja, und ich.

Ich war mittlerweile seit einigen Tagen neben der Spur, wenn nicht gar seit Wochen. Ich würde mich bei Tracy entschuldigen müssen. In der Vergangenheit war ich viel zu oft viel zu ungeduldig mit ihr gewesen. Gerade spürte ich am eigenen Leib, wie verdammt anstrengend es sein konnte, verliebt zu sein.

Verliebt?

Alles in mir stand buchstäblich still, während ich diesen Gedanken zuließ. Schmerzlich langsam erblühte die Erkenntnis in mir, formte sich zu einem schweren, warmen Ball in meiner Magengrube. Es entsprach der simplen, welterschütternden Wahrheit. Ich hatte mich in Miles verliebt. Irgendwo zwischen dem Prickeln, dem umwerfenden Gefühl von Anziehungskraft, den Auseinandersetzungen in und wegen der Bar und jener verhängnisvollen Hochzeit hatte mein Herz beschlossen, sich unwiderruflich an ihn zu hängen. Meine Kehle wurde eng …

Und mir entfuhr ein spitzer Schrei. Nicht, weil dieser Gedanke so dermaßen abwegig war, nein, sondern vielmehr, weil ich, abgelenkt, wie ich war, einmal mehr von Sammy Richtung Unterholz gezogen worden war. Eigentlich kein

Problem, nur dass ich dieses Mal über eine alte Baumwurzel stolperte, die knorrig aus dem Boden hervorragte. Gedankenlosigkeit in Verbindung mit feuchtem Laub – nicht gerade eine gute Kombination.

Ein scharfer Schmerz durchzuckte meinen Fuß, während ich nach vorne fiel und ihn unangenehm verdrehte, doch das war nichts im Vergleich zu dem viel schlimmeren Schmerz, der an meiner Schläfe explodierte, sobald ich auf den Boden knallte. *Ein Stein*, war alles, was ich noch denken konnte.

Dann wurde es dunkel um mich herum.

Miles 20

Okay, langsam wurde es peinlich. Mittlerweile hatte Nica sicherlich zehn entgangene Anrufe von mir. Seit Carla mich mit den Worten, dass sie mein stilles Selbstmitleid nicht länger ertragen könne, aus dem Haus gescheucht hatte, hatte ich versucht, Nica zu erreichen.

Doch sie ging einfach nicht an ihr verdammtes Telefon.

Also war ich zu ihrer Wohnung gefahren, doch auch dort hatte sie nicht auf mein Klingeln reagiert. Während man beim Handy noch davon ausgehen konnte, dass sie mich bewusst ignorierte, war das an der Haustür schon unwahrscheinlicher. Wir waren hier in Paradise, hier gab es keine Dauerüberwachung, keine Kamera an der Eingangstür. Nicht einmal eine Gegensprechanlage. Es war also anzunehmen, dass sie die Tür öffnen würde, wenn sie denn mitbekam, dass es klingelte – doch nichts dergleichen geschah. Nach einigen Minuten und mehreren Versuchen gab ich auf. Auf dem Weg zum Auto checkte ich meine Uhr. Kurz nach drei. Normalerweise hatte Nica noch einige Stunden, ehe sie im Pub sein musste. Dennoch fuhr ich rüber, um dort nach ihr zu sehen. Es war Freitag. Fünf Tage seit unserer letzten Auseinandersetzung. Nicht ein einziges Mal hatte ich etwas von ihr gehört. Immerhin ging es Noah seit gestern deutlich besser, weshalb ich plante, heute wieder arbeiten zu gehen.

Allerdings wollte ich vorher mit Nica sprechen. Die Dinge klären, ehe wir Seite an Seite hinter dem Tresen standen – und die Dinge womöglich eskalierten.

Wer hätte gedacht, dass sich das so schwierig gestaltete?

Schon während ich vor dem Pub parkte, beschlich mich die Vermutung, dass Nica nicht hier sein würde. Die Fenster waren allesamt dunkel, die Tür verschlossen. Dennoch sperrte ich sie auf, für den Fall, dass Nica am Tresen saß, so wie an jenem Sonntag vor einer gefühlten Ewigkeit.

Fehlanzeige.

Obwohl ich bereits spürte, dass der Pub verlassen war, sah ich noch im Büro nach und auch im Abstellraum. Sogar die Tür zur Mitarbeitertoilette stieß ich auf.

Nichts.

Nun begann ich langsam, unruhig zu werden.

Womöglich tat ich Nica unrecht. Vielleicht war sie auf dem Festland, einkaufen, in der Eisdiele – obwohl ich die Chancen diesbezüglich als eher gering einschätzte.

Oder bei José.

Mit knirschenden Zähnen schob ich diesen Gedanken beiseite, zog mein Handy hervor und versuchte ein weiteres Mal mein Glück.

Erfolglos.

Dieses Mal wartete ich ab, bis ich zu ihrer Mobilbox geleitet wurde. »Hör zu, Nica. Ich bin es, Miles. Ich weiß nicht, ob du einfach nicht mit mir reden willst oder ob du gerade beschäftigt bist. Ich hätte dir jedenfalls etwas zu sagen, und ich würde mich freuen, wenn du zurückrufen könntest …« Frustriert beendete ich die Nachricht, obwohl sie nicht einmal ansatzweise aussagte, wie wichtig es mir war, mit ihr zu sprechen.

»Wo steckst du nur?«, murmelte ich leise, ließ meinen Blick schweifen … und blieb an dem Spendenglas hängen.

Die Wynchesters.

Sie hatte mal angedeutet, dass sie eine enge Verbindung zu ihnen hatte, gelegentlich aushalf. Ob ich sie dort finden würde?

Doch wo wohnten sie?

Ich öffnete das Kartenprogramm meines Handys und gab

den Namen ein, aber es spuckte mir keine Adresse aus. Verdammt. Was nun?

Mir kam ein weiterer Gedanke. Mrs. Pemplefort wusste doch immer über alles Bescheid. Sie würde mir sicher sagen können, wo die Wynchesters wohnten. Und womöglich war Nica ja sogar im *Sweet&Coffee*? Froh darüber, etwas zu tun zu haben, gleichzeitig aber auch in dem Bewusstsein, dass es fragwürdige Züge annahm, wie ich Paradise nach Nica durchkämmte, sprang ich in meinen Wagen, um das kurze Stück zum hiesigen Coffeeshop hinter mich zu bringen.

Mrs. Pemplefort wusste immer Bescheid. Sie würde mir schon weiterhelfen können.

»Ich finde dich, Nica.« Mein Blick schweifte zum Himmel, der immer dunkler wurde. »Und das hoffentlich, ehe der angekündigte Herbststurm losgeht.«

Zwanzig Minuten später bog ich in die riesige Einfahrt des Wynchester-Hofs. Alles wirkte sauber, aber etwas heruntergekommen. Ähnlich wie der Pub, nur dass es hier nicht um die Bewirtung von Menschen ging, sondern um Tiere.

Viele Tiere.

So viele Tiere, dass es mich ein wenig nervös machte.

Eilig leerte ich den Kaffee, den ich mir von Mrs. Pemplefort noch hatte machen lassen, steckte den Pappbecher in die Halterung in der Mittelkonsole und hielt nach Nica Ausschau. Sie selbst entdeckte ich zwar nicht, doch links vor dem großen Farmhaus befanden sich drei Fahrzeuge, und eines davon identifizierte ich als Nicas Wagen. Nicht, dass ich sie darin bereits gesehen hatte, doch ich glaubte, ihn am Sonntag in ihrer Straße gesehen zu haben. Zufall?

Ich hoffte nicht.

Kaum hatte ich den Wagen geparkt, kam eine Frau um die Ecke des Hauses geeilt. Sie erkannte ich ganz sicher; sie hatte bei der Hochzeit mit Nica an einem Tisch gesessen. Hochgewachsen und etwas breiter gebaut, mit mausbraunem Haar, das zu einem unordentlichen, aber praktischen Knoten zusammengebunden war, und einem rosigen, sympathischen Gesicht. Das musste Joanne sein, die Hofherrin.

»Mrs. Wynchester?«, rief ich ihr entgegen. Erst, als sie sich hektisch zu mir umwandte, bemerkte ich die Panik in ihrem Blick. Etwas in mir verkrampfte sich zu einem kleinen, knotigen Klumpen. »Joanne?«

Sie kam mir entgegen. »Miles, nicht wahr?«

Ich nickte knapp, einen Arm auf das Autodach gelehnt. »Was ist passiert?«

»Sie schickt womöglich der Himmel.« Und dann hob sie meine gesamte Welt aus den Angeln. »Nica war mit Sammy unterwegs ...« Sie blickte sich suchend um, deutete schließlich auf einen riesigen Hund, der auf der Veranda direkt vor der Haustür lag und wirkte, als würde er jeden Moment einschlafen.

»War?«, presste ich hervor. »Wo ist sie dann?«

»Das ist ja das Problem!«, erwiderte Mrs. Wynchester mit wackeliger Stimme. »Er kam vor wenigen Minuten zurück. Alleine, die Leine hinter sich her schleifend ...«

Alles in mir stand plötzlich still, doch ehe ich etwas sagen, irgendwie reagieren konnte, fuhr sie fort.

»Nica nimmt nie ihr Handy mit, wenn sie mit den Hunden unterwegs ist. Das ist so ein Spleen von ihr ...«

»Fuck!« Ich rannte zum Kofferraum und riss ihn auf, nicht wissend, was ich eigentlich suchte. Kompass, Ortungsgerät, ein Hinweis auf Nicas Verbleib? »Ich nehme an, sie nimmt keine befahrbaren Wege?«

»Normalerweise nicht. Sollten wir die Polizei rufen? Einen Krankenwagen?«

»Tu, was auch immer du für nötig hältst«, rief ich der Frau entgegen, nicht in der Lage, auch nur eine Sekunde länger untätig stehenzubleiben. »Ich laufe los, um sie zu suchen. Hat sie Standardrouten?«

»Wenn du vom Hof runtergehst, musst du dich links halten. Dort kommst du zu den Ausläufern des Waldes. Meistens nimmt sie den ersten Weg, der rechts abbiegt, aber sie läuft auch oft querfeldein …« Ihre Stimme brach beinahe. »Großer Gott, hoffentlich ist nichts Schlimmes passiert. Sammy ist heute nicht fit, sie sind bestimmt nicht allzu weit gekommen – und auch nicht durchs Unterholz.«

Das war alles, was ich brauchte. Ich setzte mich bereits in Bewegung, da hielt Joanne mich noch einmal zurück.

»Wie ist deine Nummer? Für den Fall, dass …«

Ich ratterte sie runter, kaum dass sie ihr Handy gezückt hatte, und dann hielt mich wirklich nichts mehr auf ihrem Hof. Alles, woran ich denken konnte, war Nica.

Nica, die zu einem Hundespaziergang aufgebrochen war. Nica, die noch irgendwo dort draußen war, während der Hund zum Hof zurückgekehrt war. Die Chancen, dass nichts passiert war, standen gleich null – sonst wäre sie in der Zwischenzeit längst die Einfahrt runterspaziert, oder nicht?

Oh verdammter Mist, das durfte einfach nicht wahr sein. Daher also diese wachsende Unruhe, das dringende Bedürfnis, sie zu kontaktieren. Als hätte ich geahnt, dass etwas nicht stimmte.

»Wo steckst du, Nica?«, murmelte ich vor mich hin, während ich auf den Waldrand zulief. Wenige hundert Meter vom Hof entfernt türmte er sich vor mir auf, wirkte viel düsterer, als er vermutlich normalerweise war. Ich warf einen besorgten Blick zum Himmel. Die Wolken kamen näher. Viel, viel, viel zu schnell.

Ich musste sie finden. Dringend.

Mir blieb gar keine andere Wahl.

Ich wünschte, ich könnte von mir behaupten, dass ich bei den Pfadfindern gewesen war. Dass ich Spuren lesen und Hinweise deuten konnte. Doch nichts davon war der Fall. Ich lief praktisch blind in den Wald, wohlwissend, dass die Chancen, Nica zu finden, immer geringer wurden, je mehr Wege von meinem abzweigten, je tiefer ich zwischen die hochgewachsenen Bäume drang.

Fuck.

»Nica?«

Mein Herz pochte heftig in meiner Brust. Nicht zu wissen, wo sie steckte, was mit ihr geschehen war, löste körperlichen Schmerz in mir aus, und das, Ladys und Gentlemen, war eine absolute Premiere für mich. Hektisch suchte ich die direkte Umgebung ab, scannte die Bäume, das Gebüsch, suchte nach irgendeinem Hinweis darauf, wo sie stecken könnte. Jeder Schritt, der mich tiefer in den Wald führte, desillusionierte mich mehr. Was, wenn ich sie nicht fand, ehe das Unwetter ausbrach? Was, wenn sie ernsthaft verletzt war, wenn sie Blut verlor?

Wenn sie einem Killer begegnet war?

Okay, okay. Ich atmete tief durch. Das hier driftete zu weit in Horrorszenarien ab. Erst einmal war noch überhaupt nicht gesagt, dass der Worst Case eingetreten sein musste. Womöglich …

»Fuck!«

Da war etwas. Ich sah etwas Rotes, vielleicht fünfzig Meter vor mir, ein Stück vom Wegesrand entfernt. Meine erste Reaktion war natürlich Panik – diese Farbe bedeutete nie etwas Gutes –, doch dann realisierte ich, dass es sich dabei um ein Kleidungsstück handeln musste, und rannte los.

»Nica!«, rief ich aus, erschrocken und erleichtert zugleich. Ohne Zweifel, das war sie. Ich erkannte ihr blondes Haar, ihre Silhouette, ihre …

Sie stöhnte. Gerade, als ich schlitternd neben ihr zum

Stehen kam und auf meine Knie fiel, regte sie sich. Zum ersten Mal? Fuck, wie lange war sie denn bewusstlos gewesen?

Sofort war die nagende Panik wieder da, und ich begann, sie nach offensichtlichen Wunden abzusuchen.

»Rühr dich nicht!«, forderte ich sie erstickt auf. »Lass mich erstmal ...«

»Miles?« Ihre Lider flatterten, und als sie endlich ihre Augen aufschlug, hätte ich am liebsten vor Erleichterung aufgeheult. Doch noch war die Gefahr nicht gebannt.

»Was ist passiert?«, fragte ich sie eindringlich.

»Wo ist Sammy?«, schoss sie zurück – und klang plötzlich regelrecht panisch. »Oh Gott, Sammy, er war bei mir ...«

»Er ist zum Hof der Wynchesters zurückgelaufen«, informierte ich sie knapp. »Deshalb sind auch alle in Panik.« Mir kam ein Gedanke. »Warte mal kurz.« Eilig zog ich mein Handy hervor, doch dann fiel mir ein, dass ich Joanne lediglich meine Nummer gegeben hatte, nicht andersherum. Frustriert starrte ich auf das Display.

»Was hast du vor?«, hakte Nica nach. Sie klang immer noch etwas verwaschen, vor allem aber beunruhigt.

»Vielleicht sollte ich einen Krankenwagen rufen ...«

»Nein!«, fiel sie mir eilig ins Wort – und stöhnte auf. Nun, wenn mich das hatte überzeugen sollen, hatte sie auf die falsche Karte gesetzt. »Ich bin einfach nur umgeknickt ...«

Das lenkte meine Aufmerksamkeit erstmal auf ihre Füße. Sie steckten in derben Boots. Ich griff nach dem rechten Knöchel – bingo. Sofort zuckte Nica zusammen. Behutsam bewegte ich ihren Fuß um wenige Millimeter. Sie schrie nicht sofort auf, was mich hoffen ließ, dass zumindest nichts gebrochen war. Eine weitere, etwas größere Drehung, die ihr ein leises Stöhnen entlockte, mehr aber nicht. Beweglich war der Knöchel also schon mal. Ich zog in Erwägung, den Schuh auszuziehen und mir den Fuß genauer anzusehen, doch wenn er angeschwollen war, würde ich ihn womöglich nicht wieder anbekommen. Später. Ich hob meinen Blick. »Tut dir sonst noch etwas weh?«

»Mein Kopf«, brachte sie stöhnend hervor.

Sofort war ich wieder auf 180. »Dein Kopf? Was ist passiert?« Angespannt suchte ich sie nach weiteren Hinweisen ab – und sah, wie sich auf ihrer Stirn eine Beule formte. Nicht riesig groß, relativ direkt unter ihrem Haaransatz. Bei genauerem Hinsehen war die Haut leicht aufgeschürft.

»Ich bin an dieser dämlichen Wurzel hängengeblieben und hingefallen. Ich denke, ich habe mir den Kopf gestoßen ...«

»Scheiße, Nica. Wie viele Finger siehst du? Ist dir schlecht? Schwindelig? Sollten wir nicht doch ...«

»Miles!«, fiel sie mir ins Wort. »Ich glaube nicht, dass etwas Schlimmes passiert ist. Ich habe mir den Kopf gestoßen und war kurz ohnmächtig ...«

»Okay, das reicht.« Es reichte wirklich. Sie hatte sich definitiv verletzt, und ihr fiel nichts Besseres ein, als zuerst nach diesem Hund zu fragen und ihr eigenes Wohlergehen herunterzuspielen? Einmal mehr scannte ich die Umgebung und ihren Kopf. Immerhin kein Blut. Aber Blut musste nicht zwangsläufig da sein, wenn man sich eine Gehirnerschütterung zuzog, oder? Fuck, was sollte ich nur tun? Kurz debattierte ich die verschiedenen Optionen, entschied mich aber schließlich für die Naheliegendste. Eilig sprang ich auf die Beine, schob meine Arme unter ihre Kniekehlen und um ihren Rücken und hob sie hoch.

»Lass das!«, kreischte sie augenblicklich los. Ziemlich laut und ziemlich agil für jemanden, der eben noch ohnmächtig gewesen war. Das war in der Tat positiv zu werten.

Ohne mich an ihrem Protest zu stören, begann ich, sie zum Hof zu tragen. »Je weniger du zappelst, desto sicherer ist das Ganze für uns beide.«

Erstaunlicherweise wurde sie ruhiger. Still sogar. Als ich einen Blick hinab in ihr Gesicht wagte, stockte mir der Atem.

Sie starrte mich an, mit großen, runden Augen, in denen eine Mischung aus Widerwillen, aber auch Bewunderung flackerte. Große, runde, türkisblaue Augen, die jede Zelle meines Körpers in Brand setzen oder zu Eis gefrieren konnten. Sie starrte mich an, als wäre ich eine Art Offenbarung.

Das realisierte dieser urtypisch-männliche Teil von mir natürlich gerne. Ich war nicht dieser Holzfäller-Typ von Mann, aber auch mir gefiel es, wenn ich die Frau, die mir nicht mehr aus dem Kopf ging, in Sicherheit bringen konnte. Und doch … sie war zwar nicht gerade schwer, trotzdem würde der Rückweg lang werden. Fest entschlossen, mir nichts anmerken zu lassen, beschleunigte ich meine Schritte.

»Es wird dunkel«, stellte Nica schließlich leise fest. »Wie lange war ich bewusstlos?«

»Ich vermute, nicht allzu lange«, erwiderte ich ebenso leise. »Ich *hoffe* es. Allerdings zieht ein Sturm auf. Es wird höchste Zeit, dass wir nach Hause kommen – oder ins Krankenhaus.«

»Oh Gott, bitte, tu mir das nicht an. Nicht ins Krankenhaus …«

»Darüber reden wir später.«

Wenn ich der Meinung war, dass ein Arzt sie untersuchen musste, würde ich das veranlassen. Mir egal, was sie dachte oder wollte.

Kurz zuckten meine Gedanken zum Pub. Nun, um den würde ich mich später kümmern. Heute blieben die Türen geschlossen. Ein paar mürrische Anwohner waren mir lieber als die Vorstellung, Nica auch nur eine Sekunde alleine zu lassen – dass sie heute außerstande war, zu arbeiten, daran bestand keinerlei Zweifel. Ich wechselte also von einem Krankenbett zum nächsten.

Was alles hätte passieren können …

Diesen Gedanken schob ich eilig beiseite. Sie war bei mir. Ich hatte sie gefunden. Sie konnte reden und scherzen.

Ich hatte sie gefunden. Und von nun an würde ich sie nicht mehr gehen lassen.

Das war die schlichte Wahrheit.

Nica 21

Mein Schädel brummte, mein Knöchel pochte, doch all das wurde überlagert von der Tatsache, dass ausgerechnet Miles mich gefunden hatte.

Miles!

Die ganze Zeit über hatte er meine Gedanken beherrscht, und dann war er zur rechten Zeit am rechten Ort gewesen. Wie? Das würde ich ihn noch fragen müssen. Erst einmal begnügte ich mich jedoch mit Starren.

Ziemlich offensichtlichem Starren.

Der Hof kam in Sicht, und noch immer machte er keinerlei Anstalten, mich abzusetzen. Wahrscheinlich schmerzten ihm bereits Arme und Schultern, doch ich nahm ihn beim Wort, zappelte nicht, wehrte mich nicht, ließ mich von ihm tragen wie ein Baby.

Miles.

Er sah wunderschön aus, trotz der harten Kante seines Kiefers, Zeichen seiner Anspannung, die noch nicht verflogen war. Sein Gesicht war gerötet, sein Haar zerzaust, als hätte er es bereits einige Male aufgebracht gerauft. Sexy war er, auf raue Art und Weise, und er berührte etwas tief in mir. Das war er also. Der erste Mann seit Ewigkeiten, in den ich mich verliebt hatte. Miles Fitzpatrick. Ein Millionär aus New York – nicht, dass mich sein Geld wirklich interessierte. Ein Playboy, wenn ich Sheilas Äußerungen Glauben schenken wollte. Und mein Boss.

Mein sexy Boss, der mich im Wald gerettet hatte. Wenn das die Dinge mal nicht änderte.

Ob ich mir doch eine ernsthafte Kopfverletzung zugezogen hatte, bei den kitschig-schwärmerischen Gedanken, die mich geradezu verschlangen?

»Oh großer Gott! Nica! Du hast sie gefunden!«

Wie aus dem Nichts brach Chaos um mich herum aus, riss mich aus meiner wohligen Schwärmerei und versetzte mich in einen Zustand tiefster Scham. Wir hatten den Hof erreicht, ohne dass ich es bemerkt hatte. Kein Wunder, so sehr, wie ich in Miles' Anblick versunken gewesen war. Peinlich! Obwohl ich damit rechnete, dass er mich nun zu Boden gleiten ließ, tat er nichts dergleichen, im Gegenteil. Er presste mich umso fester an seine Brust. Seine warme, feste, absolut männliche Brust ...

Verdammt!

Die besagte Brust rumpelte, als Miles Joanne antwortete. »Sie war nicht allzu weit entfernt, ein paar hundert Meter den Waldweg runter. Ist an einer Wurzel hängen geblieben und hat sich den Kopf gestoßen. Ich nehme sie direkt mit in die Stadt, okay?«

Ich wagte einen Blick, erfüllt von Scham und diesem emotionalen Durcheinander.

Joannes Miene war zerrissen vor Sorge. »Es tut mir so leid! Kann ich etwas für dich tun? Soll ich einen Krankenwagen rufen?«

»Keinen Krankenwagen!«, rief ich hektisch aus. Das würde mir gerade noch fehlen! Dinge, die ich noch mehr hasste als einkaufen zu gehen? Arztbesuche aller Art. Ein Krankenhaus war quasi meine ganz persönliche Hölle. Schrecklicher als es jeder Walmart sein konnte.

»Ich kümmere mich um sie, versprochen«, fuhr Miles fort, so als wäre ich gar nicht richtig anwesend. »Wenn sie einen Arzt braucht, werde ich mich einen konsultieren. Wir melden uns morgen bei dir, okay? Ich würde gerne vor Ausbruch des Sturms zuhause sein ...«

Wir blickten alle drei gleichzeitig gen Himmel, der mittlerweile von dunkelblauen Wolken bedeckt war. Das verhieß nichts Gutes.

Joanne seufzte auf. »Na gut. Ich muss jetzt schnell die Tiere in den Stall bringen. Meldet euch morgen, unbedingt. Sonst stehe ich vor eurer Tür!« Sie griff nach meiner Hand. »Was tust du nur, Mädchen? Nie wieder ohne Handy, verstanden?«

Ohne meine Reaktion abzuwarten, wandte Miles sich ab. Ich meine, was hätte ich auch sagen sollen? Faktisch hätte das Handy gar nichts gebracht: Ich war bewusstlos gewesen. Zumindest, bis Miles bei mir aufgetaucht war.

Miles, der mich jetzt zu seiner Beifahrertür trug.

»Äh«, machte ich, doch er schüttelte den Kopf.

»Vergiss es. Du fährst auf gar keinen Fall selbst in die Stadt. Ich kümmere mich schon darum, dass dein Wagen zurück kommt. Jetzt müssen wir dich erstmal schnellstmöglich in Sicherheit bringen, ehe wir klitschnass werden. Keine Widerrede, verstanden?«

»Uh«, machte ich trocken. »Du bist ja auf einmal ganz herrisch.«

Das quittierte er lediglich mit gewölbter Augenbraue.

Tatsächlich zischte ich vor Schmerz auf, als er mich irgendwie auf den Beifahrersitz bugsierte. Erst, weil ich dabei zu viel Gewicht auf meinen Knöchel verlagerte, dann, weil ich zum ersten Mal, seit ich mit dem Waldboden Bekanntschaft gemacht hatte, meine Stirn abtastete und dabei auf die Beule stieß.

Das nervte mich schon jetzt.

Blitzschnell umrundete Miles den Wagen, und ehe ich wusste, wie mir geschah, waren wir auf dem Weg nach Paradise.

Schweigen breitete sich zwischen uns aus, und zum ersten Mal nahm ich die Anspannung zwischen uns wahr. Enger Raum und so weiter. Meine Kehle wurde trocken. Unser letztes Aufeinandertreffen war nicht allzu gut verlaufen. Die Tatsache, dass Miles nach mir gesucht hatte, ließ immerhin die Hoffnung zu, dass er mich danach nicht völlig abgeschrieben hatte. Oder?

Ich wagte einen Seitenblick – und erstarrte, als ich bemerkte, dass er es mir gleichtat.

Seine Miene war ernst. »Ich überlege immer noch, einfach mit dir nach Swanton ins Krankenhaus zu fahren. Du warst eine ganze Weile bewusstlos.«

»Mir geht es gut!«, erwiderte ich mit Nachdruck. Na ja, fast. Mein Knöchel tat weh und mein Kopf pochte etwas, aber darüber hinaus ... »Wenn wir jetzt noch einen Abstecher machen, kommen wir niemals vor dem Unwetter nach Hause. Es soll ganz schön ungemütlich werden ...«

Sein Blick wurde zweifelnd. Eilig blickte er zurück auf die Straße. Wir erreichten die schmale Brücke, die die Inseln miteinander verband. Immerhin waren wir ganz sicher auf dem Weg nach Paradise. Sein Kiefer wurde hart, und ich sah, wie seine Knöchel weiß hervortraten, weil er das Lenkrad so fest umklammerte.

Ich seufzte leise auf. »Im Moment geht es wirklich. Ich verspreche dir, sobald mir schlecht wird, schwindelig, irgendetwas in der Art, dann rufe ich Dr. Murray an. Sofort. Erst einmal möchte ich aber einfach nur nach Hause ...«

»Wir fahren zu mir«, stellte er knapp fest. »Das ist meine Bedingung. Wenn du schon nicht ins Krankenhaus willst, dann bleibst du unter meiner Beobachtung.«

Meine Kehle wurde trocken. Es war heiß in diesem Wagen, oder nicht? Ziemlich heiß sogar. Ich schaffte es, ein bedeutungsvolles Handwedeln zu unterdrücken, und gab auf, mein Starren als subtil zu verschleiern. Verdammt. Es war eine Sache, im Pub neben ihm zu stehen – aber das? Bei ihm zuhause, im privaten Rahmen? Das war etwas völlig anderes. Meine Nervosität ließ nur eine Reaktion zu: Flucht nach vorne. »Wieso zu dir? Wieso nicht zu mir?«

Seine Mundwinkel zuckten kurz in die Höhe. »Weil ich

dann den Heimvorteil habe. Und wenn ich schon nachgebe, will ich zumindest darauf nicht verzichten.«

Mein Mund klappte auf. Ehe ich etwas Geistreiches erwidern konnte, kam mir jedoch ein anderer Gedanke. »Der Pub! Wir müssen sicher bald öffnen ...«

»Heute bleiben die Türen zu«, erwiderte er mit fester Stimme, die keinerlei Widerspruch duldete. »Ganz davon ab, dass du überall hingehörst, nur nicht hinter die Theke – glaubst du wirklich, dass viele kommen würden, wenn es so schlimm wird, wie alle sagen?«

Ich starrte aus dem Fenster. Der Wind frischte zunehmend auf, Bäume bogen sich unter den Böen, und ein paar erste Tropfen klatschten auf die Windschutzscheibe. Mir entwich ein Seufzen. »So schwer es mir auch fällt, das zuzugeben, aber du hast vermutlich recht.«

»Hah!« Miles grinste mich an. Zum ersten Mal, seit er mich heute im Wald gefunden hatte, wirkte er fast schon entspannt. »Daran werde ich dich bei Bedarf erinnern.« So schön es auch war, ihn so locker zu sehen, so schnell war der Moment auch wieder vorbei. Seine Miene wurde ernst. »Ich springe gleich schnell in die Apotheke. Schmerzmittel, eine Bandage – brauchst du sonst noch etwas?«

Ich zuckte mit den Schultern. »Keine Ahnung. Vielleicht eine Sportsalbe?«

»Ich werde nachfragen.«

Erneut breitete sich Stille zwischen uns aus, dieses Mal jedoch nicht ganz so angespannt wie zuvor. Womöglich, weil Miles wusste, dass ich ihn begleiten würde und weil ich wusste, dass er mich nicht in ein Krankenhaus schleppen wollte. Wir erreichten die Stadtgrenze von Paradise. Ein paar hundert Meter weiter gen Norden, und wir wären beim Graham-Haus rausgekommen, doch Miles lenkte den Wagen Richtung Zentrum. Ein vollmundiger Begriff für unser kleines Örtchen und die Ansammlung von Geschäften, die es zu bieten hatte. Wie angekündigt, hielt Miles beim Supermarkt, dem eine Apotheke angeschlossen war.

»Bin gleich wieder da«, sagte er, doch was er wirklich meinte, war: »Rühr dich nicht von der Stelle.«

Unter anderen Umständen hätte ich allein aus Prinzip den Wagen verlassen, doch die Wahrheit lautete, dass ich erschöpft war. Womöglich lag es an dem Sturz. Daran, dass ich all die Tage so ermüdend intensiv über Miles nachgedacht, mir so viele Sorgen gemacht hatte. Nun, da ich in seinem Wagen saß, mit der Aussicht, ihn eine Weile um mich zu haben, überwältigte mich die Erschöpfung. Blinzelnd starrte ich zum Himmel. Die Wolken waren beängstigend, und das, obwohl ich hier aufgewachsen war und wusste, welche Unwetter uns in den Wintermonaten bevorstanden. Die Straßen waren ungewöhnlich leer – wahrscheinlich hatte Miles recht. Niemand würde sich freiwillig draußen herumtreiben, wenn der Sturm erst einmal seine volle Kraft entfaltet hatte. Schon jetzt wurde es von Minute zu Minute ungemütlicher. Mit einer gewissen Faszination sah ich zu, wie die Ahornbäume am Ende des Parkplatzes ihre Äste schüttelten und dabei einiges von ihrem bunten Laub verloren.

Als die Fahrertür aufgerissen wurde, zuckte ich zusammen.

»So, ab nach Hause.«

Nach Hause. Blinzelnd starrte ich Miles an. Er wirkte immer noch so ungewöhnlich ernst. Wortlos nahm ich die Tüte entgegen, die er mir in die Hand drückte, und sah zu, wie er schneller als nötig auf die Straße fuhr, um das letzte Stück hinter sich zu bringen.

Mein Puls beschleunigte sich.

Nun würde ich also sein Zuhause kennenlernen. Das, was hier sein Zuhause war. Wie aus dem Nichts traf mich ein völlig irrationaler Gedanke, und er fand den Weg über meine Lippen, ehe ich ihn daran hindern konnte. Meine Funktion zu filtern hatte ich wohl im Wald liegenlassen. »War Sheila schon mal bei dir?«

»Sheila?«

Ich kicherte unfreiwillig los; der Schock, der Miles ins Gesicht geschrieben stand, war so aufrichtig, so ehrlich, das konnte einfach nicht gespielt sein.

»Na ja«, erwiderte ich langsam, während mich eine Welle der Leichtigkeit erfasste. Bis zu diesem Zeitpunkt hatte ich gar nicht geahnt, wie sehr mich dieser Gedanke belastet hatte. »Wenn man ihr Glauben schenkt, seid ihr beiden euch so richtig nahe. Du weißt schon. Auf ›das-mit-uns-hat-Potential‹ Art und Weise.«

Miles schnaubte los. Er klang noch immer ziemlich entgeistert. »Ich weiß nicht, was mich mehr schockiert: Dass sie so etwas behauptet oder dass du ihr Glauben geschenkt hast.«

»Ich habe nie behauptet, dass ich ihr geglaubt habe …«

»Nica.«

Mehr sagte er nicht, doch seine Hand wanderte auf meinen Oberschenkel. Ziemlich weit oben. Ich spürte das Gewicht, sah, wie seine Finger meinen Schenkel umspannten – und erschauderte. »Nicht richtig. Also, klar, ich habe mir schon ein wenig Sorgen gemacht …«

»Nica«, sagte er einmal mehr. Gleichzeitig stoppte der Wagen, und ich stellte fest, dass wir angekommen waren. Blinzelnd starrte ich ihn an, versank in seinen Augen, in denen es mindestens ebenso intensiv tobte wie bald schon der angekündigte Sturm über uns. »Seit ich hier angekommen bin, gibt es genau eine Frau, die meine Gedanken beherrscht. Und das ist nicht Sheila.«

Seine Worte vibrierten nur so vor Bedeutung.

Ich schluckte. »Nun, seit deiner Ankunft – das ist etwas übertrieben, oder? Immerhin haben wir uns nicht an Tag eins getroffen …«

»Aber an Tag drei«, erwiderte er sanft. »Weißt du noch? Damals hat es auch gestürmt. Ich war mit Julia im Pub.«

Meine Augen wurden groß. »Stimmt. Nun, Tag drei ... das lasse ich durchgehen. Andererseits – willst du wirklich behaupten, dass du mich damals bereits anziehend fandest?«

»Du etwa nicht?«

Darauf hatte ich nichts zu erwidern. Allerdings wurde ich knallrot, und das war wohl Antwort genug.

Miles lächelte mich an. »Na also.« Sein Blick wanderte zur Windschutzscheibe. »So schön es auch ist, endlich Klartext mit dir zu reden – ich fürchte, wir haben den Zeitpunkt verpasst, trocken ins Haus zu kommen.«

Ich folgte seinem Beispiel und stellte fest, dass aus den gelegentlichen Tropfen richtiger Regen geworden war. Bislang noch nicht allzu heftig, aber das würde sich jederzeit ändern können. »Okay. Mist.« Ich löste meinen Gurt, machte Anstalten, aus dem Wagen zu steigen, doch Miles hielt mich zurück.

»Wag es nicht!« Blitzschnell verließ er den Wagen und umrundete ihn, um die Beifahrertür aufzureißen.

»Miles!«, presste ich hervor, doch ich wartete ab, wohlwissend, was nun geschehen würde.

Und natürlich kam es, wie vermutet. Er trug mich bis zur Haustür, setzte mich auch nicht ab, als wir über die Schwelle getreten waren.

»Ich kann gehen«, brummelte ich gereizt. »Ich habe zwei Beine, und ein bisschen humpeln hat noch niemandem geschadet!«

Miles schnaubte. »Meine Regeln, schon vergessen? Oder soll ich dich lieber ins Krankenhaus bringen?«

»Willst du ehrlich wieder da raus?«

Als hätte sich der Wettergott mit uns abgesprochen, öffneten sich die Schleusen des Himmels, und es begann regelrecht zu schütten.

Wir starrten beide nach draußen, sahen uns das Spektakel

eine Weile an, ehe Miles die Tür mit einem dumpfen Knall zuschob und mich durch den Flur zu einem Fahrstuhl trug. »Meine Wohnung ist im Dachgeschoss. Wir werden es gleich sehr gemütlich haben.«

Ich schickte ein Stoßgebet gen Himmel, dass er nicht darauf bestand, mich die Treppe hinaufzutragen. Noch mehr Zurschaustellung seiner Männlichkeit hätte ich wirklich nicht ertragen. Was ich jedoch nicht bedacht hatte, war die ganz eigene Stimmung, die innerhalb eines Aufzuges entstand. Wahrscheinlich war ich vorgeschädigt durch die Film- und Romanindustrie, doch kaum schlossen sich die Türen hinter uns, verdichtete sich die Luft schlagartig. Mein Mund wurde trocken, als ich es wagte, in sein Gesicht zu blicken – und bemerkte, wie intensiv er auf mich hinabsah.

»Daran brauchst du dich gar nicht gewöhnen«, murmelte ich rau, während besagter Fahrstuhl uns die drei Stockwerke hinauffuhr. Ein Prickeln überzog meinen Rücken, als ich spürte, wie seine Finger unter den Saum meiner Jacke glitten – und geradewegs unter mein Shirt. Haut traf auf Haut, löste eine mehr als bildliche Erinnerung in mir aus. Scheinbar auch in Miles, denn sein Adamsapfel hüpfte bedeutungsschwer.

Ruckartig kam der Fahrstuhl zum Stehen. Erleichtert registrierte ich, wie die Türen auseinander glitten. Es war bescheuert zu glauben, dass sich dadurch irgendetwas änderte, dass die Spannung irgendwie nachließ, und dennoch meinte ich, wieder freier atmen zu können.

Miles verließ den Fahrstuhl und bog direkt nach rechts. Offenbar gab es hier oben zwei Wohnungen. Während er die Tür zu seiner aufsperrte, fragte ich mich, was mich nun erwarten würde.

Millionär aus New York. Playboy. Pub-Besitzer. Die unterschiedlichsten Bilder blitzten vor meinem inneren Auge auf, und doch konnte mich nichts auf das vorbereiten, was sich mir nun zeigte.

»Et voilà.«

Vor mir öffnete sich nicht etwa ein Designerloft, eine teuer eingerichtete Wohnung voller männlicher Accessoires oder eine typische Junggesellenbude: Stattdessen erhaschte ich einen Blick auf eine gemütliche Einrichtung, alles etwas abgenutzt, aber sauber. Genau das, was ich von einem Mann erwarten würde, der nicht gerade eine unbekannt-hohe Summe auf dem Konto hatte. Andererseits – ich hätte ihn überhaupt niemals erst in einer Mietwohnung erwartet. Irgendwie machte ihn das noch sympathischer.

Anstatt mich *nun* endlich zu Boden gleiten zu lassen, trug Miles mich tiefer in die Wohnung hinein, bis hin zu dem großen, etwas durchgesessen wirkendem Sofa, das direkt unterhalb eines riesigen Dachfensters stand. Sanft, als wäre ich aus teuerstem Porzellan, bettete er mich darauf – und sah mich dabei so feierlich an, dass meine Mundwinkel zuckten.

Ich konnte einfach nichts dagegen tun.

Sofort wölbten sich seine Augenbrauen. »Findest du das etwa lustig?«

Ich schüttelte den Kopf, bereute die Bewegung aber sogleich. Mein Schädel pochte protestierend los. Zum Glück konnte ich mir ein Stöhnen verkneifen. »Nö. Ich warte nur darauf, dass deine Arme abfallen. So lange, wie du mich getragen hast, müssten sie am Boden schleifen …«

»Du erzählst echt nur Blödsinn.« Sein Grinsen nahm den Worten ihre Schärfe. »Komm her.« Ehe ich wusste, wie mir geschah, öffnete er den Reißverschluss meiner Jacke und zog sie mir aus. Dann ging er vor mir auf die Knie, und das, was nun kam, erfüllte mich dann doch mit Unbehagen.

»Nicht«, protestierte ich halbherzig, doch Miles warf mir lediglich einen Blick zu, der mich genauestens daran erinnerte, was mir sonst bevorstünde. Bockig rümpfte ich die Nase. »Also gut, bitte. Aber das sind Boots und ich hatte sie einige Stunden an. Ich will keine Klagen – ah!« Ich zischte los, als er jenen Fuß befreite, mit dem ich an der Wurzel hängengeblieben war. Unwillkürlich griff ich nach einem der Kissen und vergrub meine Finger darin. Unsicher, ob ich nicht sogar mein Gesicht damit bedecken sollte, schielte ich hinab, sah zu, wie Miles die Socke vom Fuß pellte – und seufzte. Es sah nicht halb so schlimm aus wie befürchtet, aber dennoch ordentlich geschwollen, und blau wurde er auch schon »Mann. Ich komme mir vor wie eine Simulantin.«

»Simulantin?« Miles lachte scharf auf. Dann fixierte er mich streng. »Du hättest dich ernsthaft verletzen können. Du *bist* verletzt. Wenn ich noch einmal höre, dass du das runterspielst, werde ich sauer.«

»Und dann?«, erwiderte ich – wenn auch eher wackelig. »Bestrafst du mich dann?«

Oh großer Gott. Ich brauchte ein Loch, um darin zu verschwinden. Sofort. Woher waren diese Worte gekommen? Hitze explodierte in meinem Gesicht, krabbelte über meinen gesamten Körper, setzte jeden Zentimeter in Flammen. Nur handelte es sich dabei nicht um angenehme Erregung, sondern um Scham. Schwere Scham, weil meine Zunge viel zu schnell gewesen war.

Mal wieder.

Miles schob sich langsam hoch. Quälend langsam. Seine Miene war schwer zu deuten, während er sich im Zeitlupentempo über mich beugte. Nicht ein Muskel zuckte in seinem Gesicht, seine Augen schimmerten wie der Sturmhimmel, den wir hinter uns gelassen hatten.

Ich schluckte fest.

»Oh«, sagte er schließlich rau, sein Gesicht nur noch wenige Zentimeter von meinem entfernt. »Da würde mir einiges einfallen.«

Er würde mich küssen. Davon war ich fest überzeugt. Und ich war bereit dazu. Meine Lider flatterten, während ich mich ihm unwillkürlich entgegenreckte ... nur um enttäuscht aufzustöhnen, als er sich schlagartig zurückzog. Wenige Sekunden später hatte er auch meinen zweiten Schuh ausgezogen und lief zurück Richtung Eingangstür, meine Klamotten im Arm.

Ich sah ihm blinzelnd hinterher – und zuckte zusammen, als es über mir deutlich lauter wurde. Seufzend ließ ich mich in die Kissen zurücksinken, starrte direkt auf das riesige Dachfenster, gegen das der Regen lautstark trommelte.

Regen? Das war sogar Hagel, verdammt. Ich erschauderte. Was, wenn ich noch da draußen im Wald wäre? Doch das war ich nicht, also schob ich diesen Gedanken beiseite. Weit, weit weg.

»Hey, alles in Ordnung?« Miles kam zurück, die Tüte aus der Apotheke und eine Flasche Wasser in der Hand. Ich stützte mich auf die Ellenbogen, in dem Bestreben, mich in eine halbwegs sitzende Position zu schieben, doch Miles legte eine Hand auf meine Schulter. »Bleib ruhig liegen. Hier, ich habe die Medikamente mitgebracht. Wollen wir doch mal sehen, ob ein Krankenpfleger an mir verloren gegangen ist, was?«

Mit einer Mischung aus Unbehagen und Faszination nahm ich die Tabletten entgegen und sah zu, wie er vorsichtig einen Salbenverband anlegte. Es war sicherlich kein professionelles Ergebnis, aber allemal ausreichend.

Da hast du es. Er kümmert sich einfach nur um dich. Von wegen Anziehungskraft … du bist gerade nichts als ein bemitleidenswertes Opfer.

Der Gedanke kratzte so sehr an meinem Ego, dass ich ihn eilig verdrängte. Miles legte die übrigen Utensilien neben sich auf die Couch und rutschte dann neben mich, bis wir Seite an Seite, Schulter an Schulter dalagen, beide den Blick nach oben gerichtet, wo nach wie vor der Niederschlag auf das Fenster prasselte. Mein Herz verkrampfte sich. Die Situation hatte etwas Unwirkliches, beinahe Magisches an sich. Heute Morgen hätte ich niemals damit gerechnet, im Laufe des Tages hier zu landen. Neben ihm. Neben jenem Mann, der mich mehr aufwühlte, als es je zuvor jemand geschafft hatte.

»Ich mag das«, stellte Miles nach einer Weile fest. »Das Geräusch von Regen. In New York hatte ich das nicht. Dachfenster, meine ich. Natürlich hat es dort auch mal geregnet.« Er lachte, und ich stellte fest, dass er … angespannt klang. Verunsichert.

Fragend wandte ich mich ihm zu – und sah, dass er mich einmal mehr fixierte.

»Ich weiß, du hörst es nicht gern, wenn ich davon anfange. Ich will Paradise damit gar nicht schlechtreden. Ich bin hier, oder? Und ich plane, nicht so schnell wieder zu verschwinden. Ich habe einfach den Großteil meines Lebens in New York verbracht. Natürlich spreche ich davon.«

Mein Mund klappte auf. »Denkst du das wirklich? Dass ich es so verabscheue, wenn du davon anfängst?«

Er zuckte mit den Schultern. »Du magst es nicht sonderlich. Du mochtest es nie. Um ehrlich zu sein, hast du mir oft das Gefühl gegeben, als würdest du mich am liebsten dorthin zurückschicken.«

Das war peinlich. Unangenehm. Und leider entsprach es auch der Wahrheit, zumindest ein bisschen. Richtig machte es das dennoch nicht. »Wahrscheinlich war ich einige Male ziemlich unfair zu dir. Es hat mich so wütend gemacht – all das. Den Pub zu verlieren. Dich … zu verlieren. Das, was vielleicht möglich gewesen wäre.«

»Aber nichts davon ist weg«, widersprach er mir so überraschend sanft, dass mir der Atem stockte. »Du stehst dir und uns selbst im Weg, Nica. Ich glaube, dass es niemanden interessieren würde, wenn du und ich zusammen wären. Und was den Pub angeht – ja, auf dem Papier gehört er mir. Doch du bist es, die ihn beseelt. Das war vor meiner Zeit so und ist es nach wie vor. Ist dir das denn gar nicht klar?«

Das war überwältigend. Ich starrte ihn an, hilflos gefangen in einem Strudel aus Gefühlen, der mich mit sich riss. Seine Worte waren so schön, ich wollte ihnen wirklich glauben. »Du und ich zusammen?«, brachte ich krächzend hervor, weil ich ihn nicht so lange auf eine Reaktion warten lassen wollte –

und weil das in der Tat der Teil war, der an meisten Eindruck hinterlassen hatte.

»Natürlich«, erwiderte Miles mit einer Ernsthaftigkeit, die mich jeden Zweifel vergessen ließ. »Stell dir vor, wie gut es werden kann, wenn wir es endlich einfach zulassen.«

Über uns der prasselnde Regen. In mir Schmerz an verschiedenen Stellen, der jedoch von Wärme überlagert wurde. Hier, auf seiner Couch.

Zu zweit.

Zum ersten Mal, seit ich erfahren hatte, dass er den Pub besitzen würde, schien sich dieser Schleier zu heben. Der, der mich daran gehindert hatte, zuzulassen, was zwischen uns war. Was nach wie vor da war. Ich gab ein Geräusch von mir. Leise. Keuchend. Gefangen zwischen Sehnsucht und Verlangen, zwischen Hoffnung und Sorge, sah ich erst, was geschah, als es unmittelbar bevorstand.

Er küsste mich.

Es war das zweite Mal überhaupt, das erste Mal seit der Hochzeit. Womöglich war es deshalb anders, weil sich seitdem einiges zwischen uns geändert hatte – auf sehr bedeutungsvolle Art und Weise. Der Kuss war weder feurig noch verschlingend, sondern sanft. Zart. Wie ein Bitten um Erlaubnis. Ein Versprechen. Wie der Anfang von etwas Großem.

Und ich ließ es zu. Öffnete mich ihm. Jede Zelle meines Körpers wollte es. Jeder Funke meines Verstandes war bereit.

Ich küsste Miles Fitzpatrick.

Meinen Boss.

Den New Yorker.

Jenen Mann, der mir nicht mehr aus dem Kopf ging.

Und endlich, endlich fühlte es sich *richtig* an.

Miles 22

Der Sturm nahm an Intensität zu. Ich kam nicht umhin, über die Ironie des Schicksals lachen zu müssen. Damals, bei Scott und Julia, war es lediglich ein Gewitter gewesen, nichts gegen das Unwetter, das nun draußen tobte. Und doch schien sich Scotts »Gewitter sind bedeutsam für uns«-Theorie auch auf mich auszuweiten. Ob das wohl so ein Vermont-Ding war? Unwahrscheinlich. Trotzdem fand ich den Gedanken recht amüsant.

Heftige Windböen rissen an den Häuserecken, heulten lautstark auf und rüttelten an den Dachbalken. Durch das Fenster neben der Tür zum Schlafzimmer hatten wir freien Blick auf den kleinen Park zwischen der Bowery Street und dem Stadtzentrum, und ich sah, wie sich die Bäume bedenklich unter den Attacken bogen. Das hier war schon ziemlich heftig. Mehr als einmal war ich froh, dass Nica bei mir war. So wusste ich wenigstens, dass sie sich in Sicherheit befand.

Irgendwann fragte ich sie, ob es hier schon einmal einen Tornado oder etwas in der Art gegeben hatte, doch sie lachte mich dafür aus. Auch wenn ihre Reaktion etwas überzogen war, beruhigte sie mich doch ausreichend, um das Heulen des Windes wieder genießen zu können. Ich wusste, wie zerstörerisch die Macht der Natur werden konnte, auch wenn ich bislang davon verschont worden war – und wenn es nach mir ginge, durfte das auch so bleiben. Immerhin hatten wir es hier warm und gemütlich. Beste Voraussetzungen für einen Sturm dieser Art.

Obwohl wir gerade einmal halb fünf hatten, war es bereits

so dunkel draußen, als wäre es Abend, also knipste ich die Stehlampe rechts von der Couch an. Sie verbreitete ein verwaschenes, aber gemütliches Licht und war meine Antwort auf das fehlende Angebot an Kerzen in dieser Wohnung. Die wären jetzt eigentlich genau das Richtige gewesen. Doch bislang hatte mich keine Frau hier besucht und ich hatte so schnell auch nicht damit gerechnet, dass sich die Dinge ändern würden. Vielleicht hätte ich sonst ein paar Teelichter besorgt. Oder andere Dinge für einen gemütlichen Abend. Was Nica wohl dafür brauchte?

Irgendwann, während wir durch das Dachfenster über uns in den Sturmhimmel geblickt hatten, war sie eingeschlafen. Ich hatte es erst gar nicht bemerkt. Ihre Atmung war ruhig und langsam geworden, doch ich hatte es auf Entspannung geschoben. Erst, als sie ein sanftes Brummeln von sich gegeben hatte, hatte ich ihr einen prüfenden Blick zugeworfen – und mein Herz wäre beinahe zerborsten.

Nica lag auf meiner Couch und schlief.

Nica Clarkson, meine spröde, widerspenstige Mitarbeiterin. Die Frau, zu der ich mich bereits früh merkwürdig intensiv hingezogen gefühlt hatte.

Tag drei. Mein allererster Besuch hier in Paradise, als ich noch nie im Leben erwartet hatte, irgendwann selbst hierherzuziehen.

Damals war sie mir tatsächlich ins Auge gefallen, aber eher beiläufig, denn ich hatte eine wichtige Aufgabe gehabt: Die Sache mit Julia und meinem Bruder wieder geradezubiegen. Doch nun, im Nachhinein betrachtet, waren die Dinge damals bereits ins Rollen geraten. Damals hatten sich die Weichen für die Änderungen in meiner Zukunft gestellt.

Und nun lag sie auf meiner Couch, ein Vogel mit verletztem Flügel. Eine zarte Frau, die immerzu stark sein wollte, sich nun aber auch mal Schwäche eingestehen musste.

Zum Glück schien ihr das endlich zu gelingen.

Mein Herz krampfte sich auf schmerzlich-süße Art und Weise zusammen.

Ich hatte immer zu den optimistischen Menschen gehört; wenn man eine derart schmutzige Trennung der Eltern miterlebte und damit schon früh in seinem Vertrauen in die Unendlichkeit von Partnerschaft und Beziehungen erschüttert wurde, gab es eigentlich nur zwei Optionen: Man sah nach vorn, konzentrierte sich darauf, dass die Dinge schon irgendwie gut wurden – oder man blieb zurück. Haderte, zweifelte, verkümmerte in seinen Gefühlen.

Was meine Eltern betraf, hatte ich zwar die zwiespältige Haltung verinnerlicht, doch darüber hinaus hatte ich mich entschieden, an die Sonnenseite des Lebens zu glauben. Einer der Gründe, wieso ich lange Zeit nicht viel mehr getan hatte, als mich vom Leben treiben zu lassen. Das war natürlich sehr einfach, wenn man eine stolze Summe erbte und daher keine Geldsorgen haben musste, doch auf Dauer machte das ebenso wenig glücklich wie eine unbefriedigende Beziehung. Ich hatte mich von einer Affäre in die nächste gestürzt, hatte mich an der Schönheit austauschbarer Frauen erfreut und mir eingeredet, dass dies genau die Art von Leben war, die ich führen wollte. Jobs hatten mich nie allzu lange fesseln können. Ich hatte in einige Unternehmen reingeschnuppert, hatte verschiedene Berufserfahrungen gesammelt, doch am Ende war es immer daran gescheitert, dass ich Probleme damit gehabt hatte, mir ein Korsett überstülpen zu lassen. Ein Job, der mich von acht bis sechzehn Uhr – oder länger – an einen Schreibtisch fesselte, war ebenso wenig nach meinem Geschmack gewesen wie die Tätigkeit als Freelancer. Ich hatte verzweifelt nach einer Berufung gesucht, sie jedoch nicht gefunden, und mein Scheitern damit gerechtfertigt, dass ich noch genug Zeit hatte, um anzukommen. Doch nur wenige Monate in Paradise hatten mir effektiver einen Spiegel vorgehalten, als es jede Therapie hatte schaffen können. Natürlich war ich nicht glücklich gewesen. Einsamkeit hatte sich in mein Leben geschlichen, und meine Versuche, einen tieferen Sinn zu finden, waren allesamt gescheitert.

Es war ein Wink mit dem Schicksal gewesen, als ich das Gespräch der Clarksons überhört und beschlossen hatte, den Pub zu kaufen. Nach den ersten Wochen konnte ich zumindest das Resümee ziehen, dass der Pub nicht schlecht lief. Auch nicht überragend gut, aber wahrscheinlich würde ich in einem Ort wie Paradise keine Wunder erwarten können.

Doch wollte ich das?

Der Pub trug sich selbst, er warf auch etwas Gewinn ab. Für alles Weitere hatte ich mein Erbe. Und dann hatte ich … Nica.

Meine Gedanken kehrten zu ihr zurück. Zu dem Wirbelwind, der mir mehr als einmal die Stirn geboten hatte. Meine Augen saugten sich an der Erhebung auf ihrer Stirn fest. So verdammt viel Glück konnte auch nur sie haben. Sie hätte eine Platzwunde davontragen können. Ernsthaftere Verletzungen. Ich war noch immer nicht überzeugt davon, dass es klug war, sie nicht durchchecken zu lassen, doch ich respektierte ihre Wünsche mehr, als sie das vermutlich glaubte.

Meine Mundwinkel zuckten in die Höhe. Ihr war noch nicht klar, was sie sich damit eingebrockt hatte, aber ich würde sie nicht gehen lassen. Weder heute noch morgen. Vielleicht nicht einmal Sonntag. Und wenn wir am Ende des Wochenendes beide keinen Kopf kürzer waren, wäre die Sache für mich besiegelt.

Du und ich zusammen?

Ja, verdammt. Aber sowas von. Ich hatte dieses Knistern zwischen uns wochenlang, sogar monatelang ertragen. Jetzt wurde es Zeit, dass wir diese Flamme schürten. Und ich war fest davon überzeugt, dass das Feuer uns auf bestmögliche Art und Weise verzehren würde.

Das Unwetter ließ einfach nicht nach. Gegen wurde das Heulen des Windes zwar etwas leiser, doch der Regen prasselte weiterhin unermüdlich aufs Dach. Nica schlief nach wie vor, doch ich bekam langsam Hunger und beschloss, nachzusehen, was mein Vorrat so hergab. Das mit dem Kochen hatte ich bereits erwähnt. Ich war nicht unbedingt ein zuverlässiges Talent und wollte mein Glück nicht ausgerechnet dann herausfordern, wenn Nica hier war. Zum Glück hatte ich immer Tiefkühlpizza da, und ich beschloss, dass die für heute reichen würde. Die und das Tiramisu, das ich im hiesigen Supermarkt entdeckt hatte. Für ein Fertigprodukt war es erstaunlich gut, und ich hatte erst vorgestern wieder zugeschlagen. Gott sei Dank, wie ich heute feststellen konnte.

Schnaubend schüttelte ich den Kopf. Wenn Jeffrey und Garret mich jetzt sehen würden – oder all die anderen. Einst hatte ich die angesagtesten Restaurants besucht, wenn ich hungrig gewesen war, hatte meine Mahlzeiten von Feinkostläden liefern lassen und mehr als ein gelegentliches Spiegelei oder aufgetoastete Bagel nicht selbst zubereitet. Die Küche in meinem großen Appartement war modern ausgestattet, aber kaum benutzt gewesen, und ich hatte ständig etwas gesucht, weil ich nie gewusst hatte, was sich wo befand.

Und hier? Hier war alles anders. Es gab keinen Lieferdienst. Wenn ich jeden Tag im Diner essen würde, wäre ich schon bald einige Pfund schwerer; außerdem hielt mich die Aussicht, dort auf José zu treffen, davon ab. Feinkost bedeutete hier so viel wie das Angebot der Woche – oder besagtes Tiramisu, das mich wirklich begeisterte –, und wenn ich mich vernünftig ernähren wollte, lag das einzig in meiner Hand. Ich war ein typischer Junggeselle, auf mich gestellt und dabei hilflos wie ein Baby. Diese Tatsache würde die Jungs aus New York sicher belustigen.

Doch sie wussten nichts davon, und das war auch gut so. Nicht, weil ich mich schämte, nein. Ich war gerade dabei, auf ganz basale Art und Weise zu mir selbst zu finden, mich selbst besser kennenzulernen. Herauszufinden, was noch übrig blieb, wenn man all die teuren Annehmlichkeiten wegstrich und nachsah, was an Bedürfnissen dann noch übrig blieb.

Meine Indifferenz meinen alten Bekanntschaften gegenüber bedeutete schlicht und ergreifend, dass ich dieses Leben endgültig hinter mir gelassen hatte.

Wahrscheinlich ... sollte ich mich doch nach etwas anderem umsehen. Einem kleinen Häuschen mit einer größeren Küche, wo ich meine Fertigkeiten auf die Probe stellen konnte. Mit genug Platz für Noah, für meine Freunde und womöglich auch groß genug für Nica ...

Oh verdammt. Zehn Schritte zu früh. Hundert sogar. Es wurde Zeit, dass ich einen Gang herunterschaltete. Eins nach dem anderen. Jetzt musste ich erst einmal dafür sorgen, dass sie etwas zu essen bekam.

Über mich selbst den Kopf schüttelnd, schaltete ich den Backofen ein, um ihn vorheizen zu lassen, und machte einen Abstecher in das kleine Badezimmer. Ein Blick in den Spiegel offenbarte mir das Chaos, das in meinen Augen tobte. Ich zwinkerte meinem Konterfei grinsend zu und fuhr mir durchs Haar, das von den Stunden auf der Couch zerwühlt war. Ich hoffte, Nica würde nicht protestieren, wenn sie von meinen Plänen erfuhr, dass sie heute bei mir schlief. Bei diesem Unwetter wollte ich ungern einen Abstecher zu ihr machen, um ihre Sachen zu holen. Für heute würde sie sich mit einem Shirt von mir und einer Zahnbürste zufriedengeben müssen. Grimmig lächelnd zog ich eine Neue aus dem Schrank unter dem Waschbecken und legte sie schon einmal für sie bereit.

Kurz danach kehrte ich in den Wohnraum zurück, gedanklich bei der Frage, wie ich Nica wecken sollte, und erschrak. Sie lag nicht länger auf der Couch, sondern lehnte an der Arbeitsfläche in der Küche und grinste mich schief an. »Thunfisch und Peperoni also, ja?«

»Du sollst dich schonen!«, erwiderte ich gepresst. Ich wusste nicht, was mich gerade mehr störte: Der Umstand, dass ich sie nicht mehr wecken und dabei beobachten konnte, wie sie langsam zu sich kam, oder die Tatsache, dass sie den Weg vom Sofa zur Küche alleine hinter sich gelegt hatte. Mit wenigen Schritten war ich bei ihr, hob sie auf die Arbeitsfläche – und erstarrte. Ihr Blick war verhangen. Ob von ihrem ausgiebigen Nickerchen oder weil ihr diese Situation ebenso mehrdeutig vorkam wie mir, konnte ich nicht sagen.

Langsam hob sie eine Hand und fuhr durch mein Haar. »Ich bin durchaus in der Lage zu gehen, Miles. Deine Fürsorge ist wirklich herzerwärmend, aber ich bin keine Vollinvalide, okay? Nur weil ich umgeknickt bin, habe ich die Fähigkeit zu laufen nicht verlernt. Ich kann mich prima von A nach B zu bewegen, nur eben etwas langsamer.«

»Und dein Kopf? Was machen die Kopfschmerzen?«

Als hätte ich sie überhaupt erst wieder an die Beule erinnert, hob sie ihre Hand und betastete die Erhebung vorsichtig. Der zischende Laut, der ihr dabei entwich, entging mir nicht. Dennoch lächelte sie tapfer. »Das wird schon wieder. Zwing mich einfach nicht, liegen zu bleiben, ja? Ich bin vorsichtig. Aber ich will einfach …«

Ich schob mich etwas näher an sie heran. Ihre Beine spreizten sich an meinen Hüften, und ich schluckte hart. Das hier … es war wirklich reizvoll, und genau deshalb musste ich höllisch aufpassen. Sie war verletzt. Wir bewegten uns auf extrem dünnem, neuem Eis. Ich durfte das alles nicht riskieren, auch wenn mein Körper eine andere Sprache sprach. »Schon gut. Vielleicht übertreibe ich gerade ein bisschen. Ziemlich sicher sogar. Dich erst nicht zu erreichen und dann am Wegesrand liegend vorzufinden, war nicht so einfach. Ich habe mir solche Sorgen gemacht.«

»Ich bin hier«, erwiderte sie schlicht.

»Das bist du.« Stöhnend legte ich eine Hand um ihren Nacken und zog sie näher. Zurückhaltung schön und gut – ein bisschen Nähe durfte sein. Ihre Lippen schmeckten süß und einladend. Es war allzu leicht, sich in ihr zu verlieren, in ihrer zarten Sinnlichkeit, die mich bereits zu früheren Zeitpunkten dazu verleitet hatte, jede Zurückhaltung über Bord zu werden. Es kostete mich all meine Kraft, nicht weiter zu gehen. Den Kuss nicht zu vertiefen. Sie nicht an den Hüften zu packen und vorzuziehen, bis sie unmissverständlich zu spüren bekam, wie sehr ich sie wollte …

Das Piepsen des Backofens kam gerade recht, riss es mich doch aus diesem Strudel der Begierde. Als hätte Nica nur auf ein Zeichen dieser Art gewartet, grummelte ihr Magen lautstark los. Sie wirkte peinlich berührt, während sie eine Hand vor ihren Bauch schlug. Gleichzeitig glänzten ihre Lippen von unserem Kuss … oh, fuck. Das hier gestaltete sich weitaus schwieriger, als ich es für möglich gehalten hätte.

Mich räuspernd, trat ich einen großen Schritt zurück. »Machen wir halbe-halbe?«

Nica nickte mir zu. Ein leichtes Lächeln umspielte ihre Lippen. »Klar. Wie auch immer du magst.«

Ich grinste ihr verschwörerisch zu. »Dann pass mal auf, wie die Meister es machen.«

Obwohl es absolut lächerlich war, etwas so Profanes derart aufzubauschen, halbierte ich beide Pizzen mit wackelnden Augenbrauen. Auf diese Weise würde ich nicht nur eine Pizza aufs Blech bekommen, sondern beide gleichzeitig. Nica reagierte angemessen, indem sie stürmisch applaudierte, sobald ich mit vielsagendem Blick auch die letzte Hälfte aufs Blech quetschte, und ich holte mir eine Belohnung in Form eines weiteren Kusses ab.

Hmmmm. Das gefiel mir. Es gefiel mir sogar sehr. Dafür, dass wir wochenlang umeinander herumgekreist waren, fühlte sich das hier bereits extrem natürlich an.

Während die Pizza im Ofen gar wurde, deckte ich den Tisch. Nica blieb auf der Anrichte sitzen, verfolgte jede meiner Bewegungen mit aufmerksamen Blicken und einem halben Lächeln.

»Was ist?«, fragte ich, als ich an ihr vorbei in die Besteckschublade griff.

»Nichts«, erwiderte sie, und das Lächeln eroberte auch den Rest ihres Gesichts. »Oder doch. Ich bin einfach froh, hier zu sein. Nach allem …«

»Nach allem«, wiederholte ich sanft und küsste sie einmal mehr. Ich wusste, was sie sagen wollte. Wusste, dass sie sich auf all die Probleme bezog, die sich zwischen uns aufgetürmt hatten und die nicht auf magische Art und Weise einfach verschwunden waren, nur weil wir uns dazu entschieden hatten, sie ab sofort zu ignorieren.

Doch nicht jetzt. Nicht hier. Nicht, während der Sturm draußen wütete und wir gerade anfingen, uns aneinander zu erfreuen. Uns bliebe noch genug Zeit, uns mit diesen Themen auseinanderzusetzen. Jetzt zählte erst einmal nur das »wir«.

Als die Pizza fertig war, wollte ich Nica zum Tisch tragen. Natürlich protestierte sie, und nach kurzem Zögern ließ ich zu, dass sie selbst rüber humpelte, auch wenn mich jeder Schritt, den sie tätigte, schmerzte. Als hätte ich meinen Fuß verletzt, nicht sie.

Und dann saßen wir einander gegenüber. Sie hatte ihren Fuß auf einem dritten Stuhl abgelegt und aß mit großem Appetit das, was ich vollmundig als Drei-Gänge-Menü angekündigt hatte.

Wieso drei Gänge? Nun. Zwei verschiedene Sorten Pizza und Tiramisu zum Nachtisch. Dazu edles Leitungswasser aus Weingläsern. Aufgrund der Schmerzmittel in Nicas Blutkreislauf hatte ich mich gegen Alkohol entschieden.

»Also«, sagte sie, nachdem sie die erste Hälfte – mit viel Wohlwollen als Vorspeise zu betrachten – verdrückt hatte. »Wie hast du mich gefunden – und wieso hast du überhaupt nach mir gesucht?«

Ich zuckte mit den Schultern. »Ich würde es gerne als Schicksal bezeichnen, aber die Wahrheit ist, dass ich von Carla rausgeschmissen wurde. Ich bin ihr wohl langsam auf die Nerven gegangen. Sie meinte, ich solle das mit dir klären …«

»Moment. Carla? Carla Myer? Ich verstehe nicht ganz …«

Natürlich nicht. Eilig klärte ich sie auf – wieso ich diese Woche nicht im Pub gewesen war, wieso ich Zeit mit den Myers verbracht hatte. Ihre Miene verzog sich erst voller Mitgefühl, dann Erleichterung, als sie hörte, dass es Noah besser ging – und schließlich vor Scham, als sie erfuhr, dass ich mit den Myers über sie gesprochen hatte.

Wieso auch immer. Es war ja nicht so, als hätte sie sich total fürchterlich benommen.

Als ich ihr abschließend erzählte, wie ich sie am Ende gefunden und mich dabei wie ein kranker Stalker gefühlt hatte, wirkte sie gleichermaßen beeindruckt und belustigt.

»Und dann lagst du da am Wegesrand, und ich dachte, mein Herz bleibt stehen.«

Das Lächeln bröckelte von ihren Lippen. »Gestolpert wie ein Anfänger. Ich bin so froh, dass Sammy nichts passiert ist …«

»Ich bin froh, dass *dir* nichts passiert ist«, erwiderte ich eine Spur zu scharf. »Versteh mich nicht falsch, dein Engagement für die Wynchesters ist wirklich beeindruckend, aber mir ging es einzig um dich. Alles, woran ich denken konnte, war, dass ich dich finden und dir endlich die Wahrheit sagen muss.«

»Die Wahrheit?«, erwiderte sie krächzend. »Und wie lautet die?«

»Dass ich dich will, Nica«, erwiderte ich – und stellte fest, wie schrecklich die Worte klangen. »Also, versteh mich nicht falsch. Nicht einfach nur auf sexuelle Weise«, fügte ich deshalb eilig hinzu. Großer Gott, das wurde immer schlimmer. »Das auch, klar, aber nicht nur. Ich meine, ich will alles. Das ganze Paket. Ich will … mit dir zusammen sein.«

»Etwas in der Art hast du heute schon mal gesagt«, erwiderte sie leise. Es klang verunsichert. Gott sei Dank schien ich sie mit meinem peinlichen Gestammel nicht völlig in die Flucht zu schlagen; sie saß nach wie vor mir gegenüber und musterte mich nachdenklich.

Ich griff nach ihrer Hand und drückte sie. »Weil ich es so meinte. Was auf der Hochzeit passiert ist – es war nicht unbedingt klug, aber ich bereue es auch nicht. Nicht eine Sekunde hat es sich falsch angefühlt. Du beherrschst schon seit geraumer Zeit all meine Gedanken. Ich ertrage es nicht länger, dich auf Abstand zu halten. Zuzusehen, wie du mit anderen Männern flirtest. Womöglich macht es mich zu einem Egoisten, aber ich will, dass ich der Einzige bin, den du so ansiehst.«

Nicas Mundwinkel zuckten. »Du weißt schon, dass es zu meinem Job gehört, oder? Nett zu meinen Kunden zu sein. Ein wenig zu schäkern ...«

»Aber nicht mit José oder mit anderen Typen, die bei dir landen wollen«, fiel ich ihr ins Wort.

Wir starrten einander an.

»Spricht da jetzt mein Boss oder der Mann, der gerade irgendwie versucht, meine Mauern einzureißen?«

Meine Mundwinkel zuckten in die Höhe. »Wie wäre es mit einer Mischung aus beidem?«

Das quittierte sie mit einer scharf gewölbten Augenbraue.

Ich zuckte mit der Schulter. »Na, du weißt schon, eigentlich der Mann, der gerade ziemlich erbärmlich um deine Gunst bettelt. Aber im schlimmsten Fall könnte ich immer noch die Boss-Karte ziehen.«

Sie starrte mich an. Starrte ... und starrte ... und dann, oh großer, erlösender Gott, lachte sie los. »Du spinnst«, erwiderte sie schnaufend. »Selbst mit dieser ominösen Boss-Karte könntest du mir sowieso nichts befehlen.«

Ich seufzte übertrieben auf. »Diese Antwort habe ich befürchtet.«

Und es geschah. Sie drehte die Hand, die bislang regungslos flach mit der Innenseite zur Tischplatte dagelegen hatte, und wir verschränkten unsere Finger. Es war bedeutsam, durchzuckte mich mit der Macht eines reinigenden Gewitters und jagte meinen Puls in die Höhe. Als müsste ich mich davon überzeugen, dass ich mir das nicht nur einbildete, schweifte mein Blick nach unten.

Jepp.

Unsere Finger waren miteinander verwoben. Ihre Haut hob sich etwas blasser von meiner ab. Es wirkte einfach nur … perfekt.

Perfekt in all seiner Unvollkommenheit.

Ich schluckte schwer. »Nica …«

»Miles.«

Sie klang plötzlich so sicher. Überrascht hob ich den Blick und stellte fest, dass sie mich ansah.

»Es ist ein großes Risiko«, sagte sie, nach wie vor mit fester Stimme, nur hörte ich eine gewisse Vorsicht heraus.

»Es ist aber auch eine riesige Chance. Du spürst es doch auch, oder nicht? Wie wir funktionieren könnten? Ich glaube, aus uns kann etwas ganz Großes werden.«

Sie schüttelte den Kopf, doch ihre vollen Lippen bogen sich zu einem Lächeln. »Du warst immer schon ziemlich von dir selbst überzeugt, Miles Fitzpatrick.«

»Von uns«, korrigierte ich sie schlicht.

Eine Weile hingen diese Worte zwischen uns in der Luft. Bedeutungsschwer. Machtvoll. Sie hüllten uns ein.

»Von uns«, wiederholte Nica sie schließlich leise.

Und es war gut.

Nein, es war richtig.

Es war *perfekt*.

Die perfekte, richtige, gute Wahrheit.

Nica 23

Das Erste, was ich spürte, als ich wach wurde, war mein Schädel.

Oh, verdammter Mist. Nicht einmal wenige Sekunden war mir Pause gegönnt. Eine schlagartige und wenig subtile Erinnerung an die Dinge, die gestern geschehen waren, überrollte mich. Kein Kater. Kein Schnaps zu viel – sondern meine eigene Dummheit. Meine Unfähigkeit, geradeaus zu gehen, hatte mich in diese Lage befördert. Gestern … und aktuell, wie mir bewusst wurde. Denn, verdammt nochmal, *ich lag nicht in meinem eigenen Bett*.

Natürlich nicht.

Stöhnend wälzte ich mich herum.

»Alles okay?«

Miles klang verschlafen und brummig, war aber direkt am Start, kaum dass ich einen Laut von mir gegeben hatte. Er war mit mir in diesem Bett! Das hätte mich eigentlich nicht überraschen dürfen, und doch erfüllte mich das Bedürfnis, mich wie ein Ninja von seinem Bett rollen und in Wohlgefallen aufzulösen. Leider fehlten mir dafür sowohl das Talent als auch das Überraschungsmoment. Ich war hier. Ich lag neben ihm, in einem, wie ich kurz analysierte, übergroßen Shirt, vermutlich von ihm. Es gab nichts, was diese Situation entschärfen oder in etwas verwandeln konnte, was es nicht war. Immerhin war ich davon überzeugt, dass wir nicht miteinander geschlafen hatten. Ein großer Pluspunkt, wenn auch mit kleinem Wermutstropfen.

Also gut. Scheiß drauf. Ich musste mich der Situation stellen, ob ich wollte oder nicht. Augen zu und durch oder so ähnlich.

»Jepp«, brachte ich also mit etwas Verspätung hervor und war stolz, wie souverän ich klang.

»Links neben dir.«

»Hä?«

Miles brummte. »Links neben dir, auf dem Nachttisch. Tabletten und Wasser. Nimm sie.«

Dieser Kerl. Vorbereitet auf alles, oder was? Kurz spielte ich mit dem Gedanken, mir das Wasser zu schnappen, aber nur, um es über seinem Kopf auszuschütten. Dann jedoch stellte ich fest, dass mein Stolz nicht so schwer wog wie das Pochen in meinem Schädel, also folgte ich seinem Befehl und schluckte die Schmerzmittel, in der Hoffnung, dass es bald besser werden würde.

»Gut so«, brummte Miles.

Und Tatsache, es wurde schlagartig besser, denn er zog mich an sich. Löffelchenmäßig. Ausnahmsweise war da keinerlei Ironie in mir, einzig die Erkenntnis, wie verdammt perfekt sich dieser Moment anfühlte.

Und dagegen hatte ich all die Zeit gekämpft?

Idiotisch.

»Wie hast du geschlafen?«, murmelte Miles direkt an meinem Nacken. Sein Atem ließ die feinen Härchen fliegen, die ich normalerweise hasste, weil sie sich immer aus meinen Zöpfen lösten. Jetzt jedoch ließ ihre Existenz mich wohlig erschaudern.

Lächelnd schloss ich die Augen, ehe ich wahrheitsgemäß antwortete. »Wie ein Stein.« Ich wusste nicht mehr genau, wann wir gestern Abend ins Bett gegangen waren, konnte mich nicht einmal mehr daran erinnern, dass er mir eines seiner Shirts gegeben hatte. Doch was ich definitiv spürte, war eine gewisse Erholung. Trotz der schmerzenden Stellen in meinem Körper. »Und du?«

»Ebenfalls.« Er lachte leise. »Du bist das perfekte Schlafmittel.«

Ich schnaubte los. »Richtig charmant war das jetzt irgendwie nicht.«

Ehe ich wusste, wie mir geschah, zog er mich auf den Rücken und beugte sich über mich. Oh Gott. Sturmgraue Augen, die mich mit Schlafzimmerblick musterten, dazu dieses träge Grinsen, das seine Lippen umspielte. Dieser Kerl war brandgefährlich. Für mein Herz, meine Seele, für meinen Körper. Einfach für alles.

Mir entkam ein Seufzen.

»Für einen Moment dachte ich, ich habe mir all das nur eingebildet. Aber du bist hier.«

»Wo soll ich auch sonst sein?«

Er brummte leise auf. »Überall. Du hättest dich davonschleichen können ...«

Ich starrte ihn überrascht an. »Wieso hätte ich das tun sollen?«

Er nahm sich Zeit mit der Antwort. »Keine Ahnung. Weil dir klar geworden ist, dass dies hier doch ein Fehler ist?«

»Ist es das denn?«

Er sah mich völlig ernst an. »Nein.«

Mein Herz wurde schwer, aber nicht auf melancholische Art und Weise. Eher wie ein Bleigewicht, das mit schweren Schlägen die Bedeutsamkeit dieses Moments untermauerte. Langsam hob ich eine Hand und strich eine Strähne seines Haars aus der Stirn. Empörend! Selbst nach dem Aufwachen war es seidig. »Ich werde einen Moment brauchen, um mich daran zu gewöhnen. Immerhin habe ich mir wochenlang eingeredet, dass dies hier nicht geschehen sollte ...«

Er beugte sich zu mir hinab und seine warmen Lippen strichen über meine Stirn. Oh großer Gott, er kämpfte eindeutig mit unfairen Mitteln. Die Geste ließ etwas in mir weich werden, schmelzen, und ich spürte, wie sich ein Klumpen in meiner Kehle formte. Ich war eine starke, unabhängige Frau.

Ich brauchte keinen Mann, der mich auf Armen durch die Gegend trug, der meine Stirn küsste und mich hielt.

Nur, wurde mir in diesem Moment klar, brauchte ich es irgendwie doch. Ein tief in mir verborgener Teil, den ich bislang unterdrückt hatte, brach sich Bahn, und er jubilierte vor Glück. Anstatt dagegen anzukämpfen, ließ ich es zu. Ich war müde zu kämpfen. Müde, gegen meine Gefühle anzukämpfen.

»Hey«, murmelte Miles rau. »Was geht dir durch den Kopf?«

Mir wurde klar, dass es eine weitere Sache gab, derer ich überdrüssig wurde: zu reden. Natürlich gab es noch einiges, worüber wir sprechen, einige Regeln, die wir festlegen mussten, damit uns die Sache nicht um die Ohren flog. Doch nicht jetzt. Nicht kurz nachdem ich in seinem Bett aufgewacht war, erfüllt von so vielen, neuen Gefühlen. Also tat ich, was mir zuerst in den Sinn kam: Ich schlang eine Hand um seinen Nacken und zog ihn zu mir hinab. In jenen Augenblicken, ehe sein Mund auf meinen traf, sah ich Überraschung in seinen Augen aufblitzen. Tja, nimm das, Miles. Lächelnd hieß ich seine Lippen willkommen. Er stöhnte an meinem Mund, ließ sich jedoch darauf ein, unser Gespräch auf eine andere Ebene zu verlagern. Ehe ich wusste, wie mir geschah, rollte er sich über mich. Ich schob meinen verletzten Fuß beiseite, was zur Folge hatte, dass Miles geradewegs zwischen meine gespreizten Beine rutschte – und wow. Das trieb die Sache zusätzlich an.

»Nica«, murmelte er rau, und es war das letzte Wort, das für lange Zeit seine Lippen verließ.

Alles war unwirklich, eingetaucht in das diffuse Licht eines grauen Samstagmorgens. Da waren unsere Körper, die nach einer Verbindung suchten, aber auch unsere Seelen. Mehr als alles andere waren es sie, die einander suchten.

Mir war sofort klar, worauf es hinauslaufen würde, und ich war bereit. Mehr als bereit. Wochenlang hatte ich mich genau danach verzehrt. Nach Nähe zu Miles, zu jenem Mann, der mich bereits bei unseren ersten Begegnungen in Flammen versetzt hatte. Jetzt lag ich hier, unter ihm, in seinem Schlafzimmer.

Und ich wollte ihn mit jeder Faser meines Körpers.

Trotz der brodelnden Leidenschaft, die unter seiner Oberfläche lauerte, war er vorsichtig. Nahm sich Zeit. Er verehrte meinen Körper, achtete genau darauf, mich nicht an jenen Stellen zu berühren, die schmerzten. Jetzt, im Tageslicht, tauchten davon einige auf. Blaue Flecken, ein paar Kratzer. Zeugen meines Sturzes.

Doch das war mir egal. In diesem Moment spielte es einfach keine Rolle.

Sein Körper traf auf meinen. Haut an Haut, Zelle an Zelle, Herz an Herz begruben wir die Streitigkeiten, die sich zwischen uns aufgetürmt hatten, füllten damit den Graben, der im Laufe der Wochen immer breiter aufgerissen war. Als wir einander so nahe waren, wie es zwei Menschen nur möglich war, ließ ich ihn nicht aus den Augen – und er mich nicht. Obwohl ein Teil von mir sich danach sehnte, die Augen zu schließen, ihn auszuschließen, zwang ich mich dazu, es nicht zu tun, und ihm schien es genauso zu gehen. Mit jedem Stoß wurde die Verbindung tiefer. Jede sinnliche Bewegung stärkte das Band, gegen das wir so gekämpft hatten.

Und etwas geschah. Etwas Magisches, für das es keine Worte gab.

Er und ich.

Auf intimste nur mögliche Art und Weise. Lange Zeit ein Ding der Unmöglichkeit und doch das, wonach ich mich in schwachen Momenten verzehrt hatte. Es nun doch zu bekommen, all meine geheimsten Wünsche erfüllt zu wissen, verlieh der Situationen eine zusätzliche Intensität.

Miles ... endlich mein.

Während ich über die Klippen fiel, mich voller Vertrauen und Überzeugung in ihn, in uns, fallen ließ, brannten Tränen in meinen Augen.

Er und ich. Zusammen. Ich zweifelte nicht länger.

Und ich hatte keine Angst mehr davor.

Kurz nachdem er sich von mir gerollt hatte, waren die ersten beunruhigten Fragen gekommen. Offenbar hatte ich ihn überrumpelt. Mit all seiner Sorge um meine Verletzungen hätte er es wahrscheinlich nie so weit kommen lassen. Zum Glück hatte ich den Anfang gemacht, ihn mit mir gezogen. Doch jetzt musste er sichergehen, dass er mir nicht wehgetan, meine Verletzungen nicht verstärkt hatte.

»Ich bin nicht aus Glas«, erwiderte ich lachend. »Und nein, alles ist in bester Ordnung. Das hier ist vermutlich die beste Medizin, die ich nehmen kann.«

Das ... entlockte ihm ein teuflisches Grinsen. Und die Fragen hörten auf.

Während wir Seite an Seite zu Atem kamen, er beruhigt, ich beglückt, lauschte ich dem warmen Gefühl in mir. Hieß es mit offenen Armen willkommen. Ließ zu, dass es mich bis in die kleinste Zelle meines Körpers erfüllte.

Wie schnell die Dinge sich ändern konnten! Gestern noch hatte ich mich gefragt, ob er mir bewusst aus dem Weg ging. Nun lag ich neben ihm. Nackt. Und ich spürte ihn überall auf und in mir.

»Ich fürchte, wir haben ein Problem«, brummte Miles nach einer Weile – und jagte damit meinen Puls unweigerlich in die Höhe. Gerade hatte ich mich an dieses schöne Gefühl gewöhnt, musste er es wirklich jetzt schon wieder zerstören?

»Was für ein Problem?«, hakte ich vorsichtig nach.

Das Bettzeug raschelte, als er sich auf die Seite rollte. Den Kopf mit der Hand aufgestützt, grinste er mich an. »Nun ja. Wie du dir nach dem Festmahl gestern vielleicht denken kannst, ist mein Vorrat nicht allzu gut bestückt.«

Ich verdrehte die Augen, während viel mehr Erleichterung

durch meine Adern strömte, als ich es je für möglich gehalten hätte. »Wenn du gerade versuchst, mir beizubringen, dass unser Frühstück auch aus Pizza bestehen wird – du rennst offene Türen ein, Kumpel.«

Er verzog sein Gesicht. »Schön wäre es. Die letzten habe ich gestern in den Ofen geschmissen. Ich fürchte, ich muss einkaufen gehen …«

»Ohne mich«, fiel ich ihm ins Wort, die Stirn in Falten gelegt. »Also, okay. Wenn du darauf bestehst, komme ich mit, aber nur fürs Protokoll: ich hasse einkaufen. Schon unter normalen Umständen, aber samstags ist es nochmal schlimmer.«

Miles starrte mich eine Weile ungläubig an, ehe er schließlich loslachte. »Keine Sorge, ich wollte dir jetzt nicht verklickern, dass wir einkaufen müssen. Nein. Eigentlich wollte ich sagen, dass ich normalerweise im *Sweet&Coffee* frühstücke, weshalb ich, abgesehen von Kaffee, nicht viel im Haus habe. Es sei denn, ich könnte dich mit einer Portion Baked Beans überzeugen. Oder mit einer Gurke.«

Mein Puls beschleunigte sich wieder, dieses Mal aus anderen Gründen. Für einen kurzen Moment ließ ich den Gedanken zu, Seite an Seite mit Miles an einem Samstagmorgen im Coffeeshop aufzutauchen. Der Buschfunk würde augenblicklich explodieren. Ich versuchte, herauszufinden, ob der Gedanke mir Angst machte, und ja, ein wenig nervös stimmte er mich schon. Dennoch fällte ich eine Entscheidung. »Zugegeben, das tue ich nicht oft, weil ich nicht so ein Bonze bin wie du, aber wegen mir können wir gerne auswärts frühstücken. Genau genommen haben wir ja auch etwas zu feiern, oder?«

Nun war Miles derjenige, der die Stirn runzelte. »Dein Knöchel …«

Ich seufzte übertrieben auf. »Für Sex hat es doch auch gereicht, oder nicht? Wenn es dich beruhigt, können wir gerne den Weg für Faule nehmen und fahren. Aber ich werde mich heute ganz sicher nicht von dir ans Bett fesseln lassen.«

»Schade eigentlich«, murmelte Miles diabolisch – und rollte sich einmal mehr über mich, um mich tief zu küssen.

Nun, für einen Moment zog ich tatsächlich in Erwägung, die Sache mit den Fesseln zu überdenken. Obwohl mein letzter Orgasmus noch nicht lange her war, spürte ich, wie die Hitze in meinen Körper zurückkehrte. Ehe wir uns jedoch ineinander verlieren konnten, blamierte ich mich einmal mehr mit einem lautstarken Magenknurren, was Miles dazu veranlasste, sich lachend aufzusetzen.

»Also gut. Wir duschen jetzt, dann machen wir uns auf den Weg in Mrs. Pempleforts Höhle. Anschließend können wir ein paar Sachen bei dir packen …«

»Oder wir bleiben bei mir!«, fiel ich ihm ins Wort. »Ich habe den besseren Vorrat.«

Das war in der Tat ein Argument, auf das Miles sich einlassen konnte. »Okay, überzeugt. Dann packe eben ich ein paar Sachen.« Grinsend stupste er mir gegen die Nase. »So schnell wirst du mich nämlich nicht mehr los. Bis auf weiteres bin ich dein persönlicher Krankenpfleger.«

Ich grinste ihn an. »Solange du dich um all meine körperlichen Belange kümmerst …«

Oh ja. Wir waren beide nicht allzu überzeugt davon, das Bett zu verlassen.

Als er kurz darauf dennoch beschloss, mich ins Badezimmer zu tragen, ließ ich es zu. Nicht, weil ich nicht gehen konnte, sondern weil ein kleiner Teil von mir eben doch genau das mochte. Dieses Übermännliche, Beschützende.

Ich war ja sowas von verloren. Und doch war ich vollkommen bei mir angekommen.

Es dauerte noch über eine Stunde, bis wir uns auf den Weg machten. Erst einmal war da die Tatsache, dass Miles sichergehen wollte, dass ich mit meiner Fußverletzung nicht in der Dusche ausrutschte, was dazu führte, dass wir uns zu zweit in die enge Kabine quetschten. Um es kurzzufassen: Wir machten uns noch etwas schmutziger, ehe wir uns wirklich reinigten, und dabei setzten wir das winzige Badezimmer halb unter Wasser.

Wir lachten sehr, sehr viel dabei. Die Art und Weise, wie unsere Stimmen sich miteinander vermischten, sorgte dafür, dass sich auch die letzten noch verbliebenen Sorgen in Luft auflösten. Etwas, das so perfekt harmonierte, konnte einfach nicht falsch sein.

Im Anschluss dauerte es eine Weile, bis ich in der Lage war, meine Schuhe anzuziehen – oder genauer gesagt, den einen. Wenn Sommer gewesen wäre, wäre ich einfach auf Sandalen oder Schlappen ausgewichen, doch bei weniger als zehn Grad und einer sturmfeuchten Umgebung war das irgendwie keine Alternative – ganz zu schweigen davon, dass ich nichts dergleichen hier gehabt hätte. Ich musste den Schuh komplett neu schnüren, damit er deutlich weiter wurde, und selbst dann ging es nur so gerade eben. Eventuell hätte Miles den frischen Verband nicht so dick wickeln sollen. Andererseits spürte ich, dass ich diese Stütze brauchte.

Auf dem Weg in die Stadt klebte ich am Fenster. Der gestrige Sturm war nicht ohne gewesen, wie sich nun deutlich bemerkbar machte. Mehrere Bäume hatten Äste verloren. Sie lagen auf der Straße und in Vorgärten. Beim Supermarkt war sogar einer der Ahornbäume, die sich gestern noch im Wind gebogen hatten, entwurzelt worden. Ich schluckte schwer, während sich ein diffuses Gefühl von Vorahnung in mir ausbreitete. Unwillkürlich tastete ich nach meinem Handy.

»Shit«, murmelte ich leise.

Miles warf mir einen Blick zu. »Was ist?«

»Mein Handy«, erwiderte ich. »Es ist in meinem Auto.

Und das steht bei den Wynchesters. Ob sie den Sturm gut überstanden haben?«

»Das haben sie bestimmt. Mach dir keine Gedanken, ja? Wir frühstücken jetzt, und dann können wir gerne rausfahren und deinen Kram aus dem Auto holen. Vielleicht kann einer der Wynchesters dein Auto nach Paradise bringen. Du setzt dich jedenfalls auf gar keinen Fall hinters Steuer.«

Ich runzelte die Stirn. »Keine Sorge, das hatte ich auch nicht vor.«

Ein weiterer entwurzelter Baum. Der Sturm war schon fies gewesen, aber *so* fies? Hatte ich mich derart in Miles verloren, dass das wahre Ausmaß an mir vorbeigezogen war?

Offensichtlich.

Miles parkte. Blinzelnd stellte ich fest, dass wir beim Coffeeshop angekommen waren. Immerhin hier sah alles so aus wie immer, andererseits traute ich Mrs. Pemplefort zu, dass sie in aller Herrgottsfrühe bereits den Besen geschwungen oder irgendjemanden dafür aufgescheucht hatte. Langsam löste ich den Gurt und rutschte aus dem Auto. Miles war blitzschnell an meiner Seite und bot mir einen Arm an. Obwohl ich wusste, dass er es nur gut meinte, konnte ich mir einen Seitenblick dennoch nicht verkneifen. »Wenn du dir solche Sorgen machst, wie erklärst du dir dann dein Verhalten in der Dusche, hm?«

Zur Antwort presste er mir einen Kuss auf die Schläfe, womit wohl endgültig entschieden war, wie wir in aller Öffentlichkeit zueinanderstehen würden. Er lächelte auf mich hinab. »Ein wenig Doppelmoral hat noch niemandem geschadet. Vor allem, wenn sie mir möglichst viel Nähe zu dir ermöglicht.«

Nun, darauf konnte ich wirklich nichts erwidern. Zumindest nichts Kritisches. Alles andere behielt ich lieber für mich.

Das helle Glöckchen der Eingangstür ertönte, sobald Miles die Tür aufstieß. Der Coffeeshop war etwa zur Hälfte gefüllt, und jeder drehte seinen Kopf in unsere Richtung, als wir den

Laden betraten. Das hatte sicher weniger damit zu tun, dass wir wie die Sensation des Tages hereinschneiten, sondern vielmehr mit Gewohnheit ...

Oder etwa doch Sensationsgier? Mrs. Pemplefort kam nämlich regelrecht hinter der Theke hervorgeschossen und eilte mit großen Schritten auf uns zu. »Nica, Miles! Wie geht es euch?«

Blinzelnd starrte ich die alte Dame an; verwirrt von ihrer Reaktion, die nicht so ganz zu meinen Erwartungen passte. Wenn es ihr um uns ging, um die offensichtliche Veränderung zwischen uns – hätte sie dann nicht fröhlicher wirken müssen? Aufgeregter? Stattdessen zuckte ihr Blick ernst zwischen uns hin und her.

»Alles in Ordnung«, antwortete Miles ruhig. »Wieso fragst du? War Joanne hier?«

Ah, das war natürlich eine Erklärung für ihr Verhalten ... nur reagierte Mrs. Pemplefort verwirrt.

»Joanne? Joanne Wynchester? Nein, die ganze Woche noch nicht. Wieso?«

Ich registrierte, dass mehrere der Gäste uns beobachteten, einige tuschelten sogar. Manche grinsten, andere wirkten ernst. Ein Schauder überlief meinen Rücken. »Was ist hier los?«

Die alte Dame, die nicht nur den Coffeeshop betrieb wie niemand sonst, sondern gleichzeitig eine Art inoffizielles Sprachrohr der Stadt war, musterte mich mit zusammengezogenen Augenbrauen. »Wart ihr gestern im Pub?«

Miles und ich wechselten einen Blick.

»Nein, wir hatten kurzfristig geschlossen. Wieso fragst du?«

Sie schnalzte mit der Zunge. »Heute also auch noch nicht, ja?«

Ich schüttelte den Kopf.

Falls möglich, wurde ihre Miene noch ernster. »Ihr wisst, ich verscheuche ungern potentielle Kundschaft – aber vielleicht solltet ihr erst einmal dort nach dem Rechten sehen. Danach könnt ihr gerne wiederkommen und ich serviere euch, was auch immer ihr wollt …«

Miles wirbelte herum, und ich tat es ihm gleich, auch wenn die Bewegung nicht ganz so … glücklich … war. Zischend atmete ich den Schmerz weg. Panik nagte an meinem Bewusstsein, und Miles schien es ähnlich zu gehen, denn sein Gesicht war nichts weiter als eine starre Maske. Von hier aus waren es nur wenige hundert Meter bis zum Pub. Dennoch sprang Miles ins Auto, und ich tat es ihm gleich, nicht bereit zu irgendeiner Form von Protest. Mit quietschenden Reifen fuhr er an, und in den wenigen Momente, die diese Fahrt andauerte, herrschte angespanntes Schweigen. Eine einzige Frage zuckte permanent durch meinen Kopf: Was war geschehen?

Der Pub kam in Sichtweite. Im ersten Moment entdeckte ich nichts Auffälliges, und ich war bereits gewillt, durchzuatmen, doch dann fluchte Miles leise auf. Ich musterte ihn fragend. »Was ist?«

Er sagte nichts, parkte ebenso rasant, wie er angefahren war, direkt vor der Eingangstür und sprang aus dem Wagen. Das ungute Gefühl in meiner Magengrube wuchs an, insbesondere, als Miles nicht etwa den Eingang aufsperrte, sondern stattdessen die kleine Gasse betrat, die zum Hinterhof führte … und mich traf die an Sicherheit grenzende Vorahnung mit der Wucht eines Vorschlaghammers.

Der Hinterhof.

Die alte, knorrige Kastanie. Aber nein, das durfte nicht geschehen sein …

Eilig sprang auch ich aus dem Auto und lief hinter Miles her, den Schmerz ignorierend, der durch meinen Knöchel schoss, weil ich kaum Rücksicht auf die Verletzung nahm. Viel schlimmer war die Panik, die in mir tobte. Mrs. Pempleforts Blick, Miles' Fluchen …

Innerlich betend, dass alles halb so wild war, bog ich um die Ecke …

Und erstarrte.

Vergangene Woche war ich noch nachts über den Zaun geklettert, um mich in den Pub zu schleichen und dort zu übernachten. Alles war so gewesen wie immer, in bester Ordnung. Ordentlich.

Jetzt bot sich mir ein völlig anderes Bild. Ein Teil des Holzzauns war eingestürzt, plattgedrückt von den sterblichen Überresten der Kastanie, die bereits stolz im Hinterhof gewachsen war, seit ich denken konnte. Doch das war nicht alles. Mit zunehmendem Entsetzen registrierte ich, dass sie beim Sturz das Gebäude gestreift haben musste. Ein Teil der Fenster im hinteren Bereich war zerborsten, sogar ein Stück vom Dachüberstand demoliert.

Schmerz durchfuhr mich. Ehrlicher, verzehrender Schmerz.

»Nica.«

Miles trat an meine Seite, schob seinen Arm um meine Taille und presste seinen Mund auf meinen Scheitel. Er klang so niedergeschlagen, wie ich mich fühlte. Das hier, es war schrecklich. Viel schlimmer als erwartet. Und es fühlte sich an, als wäre es meine Schuld. Ein Teil von mir wusste natürlich, dass ich nichts daran hätte ändern können, gar nichts. Doch ich war nicht hier gewesen. Ich hatte mich mit Miles vergnügt, anstatt hier die Stellung zu halten, und nun ... war das hier geschehen. Materielles war zu ersetzen, Schäden waren zu beheben. Doch manches würde nie wieder so werden wie zuvor – wie zum Beispiel die alte Kastanie. Damals hatten meine Eltern eine Schaukel an einem der stärkeren Äste befestigt. Eine Schaukel, die nach wie vor dort gehangen hatte, nun begraben unter dem mächtigen, alten Stamm. Zerstört. Viele, viele Kindheitserinnerungen, dahingerafft von diesem dämlichen Sturm.

Tränen bahnten sich einen Weg über meine Wangen. Ich löste mich von Miles, um näher zu treten. Er ließ mich nicht ganz frei, verschränkte seine Finger mit meinen, und ich spürte die Wärme seines Körpers überdeutlich.

Weil mir selbst so eisig kalt war.

Ein leiser Schluchzer entrang sich meiner Kehle, als ich entdeckte, dass die Kastanie sogar die alte Holzbank zerstört hatte, die jahrzehntelang neben dem Hintereingang gestanden hatte. Hier hatte ich so viele Stunden verbracht, in der Sonne sitzend und Hausaufgaben machend, lange Gespräche mit Tracy oder meiner Mom führend. Sie war ein Stück meiner eigenen Geschichte, und nun war sie ebenso zerbrochen wie die Fensterscheiben. Ich wusste nicht, was ich denken, was ich fühlen sollte.

Da war nur Schmerz. Und Schock.

Miles begann zu telefonieren. Ich stand verloren da, starrte auf das Durcheinander, während er in Aktion trat, und das bewies endgültig, wie gut es war, dass meine Eltern an ihn verkauft hatten. Er ging wesentlich souveräner damit um. Ein humorloses Lachen entrang sich meiner Kehle. Außerdem hatte er ganz andere finanzielle Mittel. Wie betäubt bückte ich mich nach dem flachen Stein, der nach wie vor an Ort und Stelle lag, und fischte den Schlüssel hervor.

»Was tust du da?«, rief Miles, als ich Anstalten machte, mich zur Hintertür vorzukämpfen. »Das könnte gefährlich sein!«

Ich warf ihm einen Blick zu. »Na und? Ich muss wissen, wie es drinnen aussieht.«

Anstatt mich daran zu hindern, steckte er sein Handy in die Tasche und eilte an meine Seite, um gemeinsam mit mir über die Äste zu steigen. Es war ein verdammter Scheiß, ich war wackelig und instabil und mehr als einmal schoss ein scharfer Schmerz durch meinen Knöchel, doch irgendwie schafften wir es zur Hintertür, wo einige Kratzer darauf hinwiesen, dass die Äste, die bis zu ihrer Schwelle reichten, versucht hatten, auch sie zu zerstören.

Mein Herz zerriss in noch kleinere Fetzen, während ich mit der flachen Hand über die Male strich.

Der Rahmen musste sich verzogen haben, denn es brauchte einige Versuche, bis wir die Tür endlich aufgesperrt hatten. Mit verschlossener Kehle betrat ich den Pub dicht hinter Miles. Betroffene Fenster waren die des Büros und der Angestelltentoilette. Während Miles ins Büro trat, warf ich einen Blick ins Badezimmer. Knirschendes Glas, feuchtes Toilettenpapier und Blätter – auch hier herrschte ein einziges Chaos. Ich wollte gar nicht wissen, wie es im Büro aussah.

»Miles?«, rief ich zittrig, und nur wenige Sekunden später war er an meiner Seite. Seine Miene war nach wie vor ernst, doch er wirkte nicht so erschlagen wie ich.

Mir dagegen liefen konstant Tränen über die Wangen. »Es ist so schrecklich …«

Er zog mich in seine Arme. »Das ist es. Aber nichts davon lässt sich nicht reparieren. Ich habe bereits ein paar Telefonate geführt. Der Bauunternehmer, der den Umbau machen soll, ist informiert. Der Auftrag wird nun etwas umfangreicher – und vorgezogen.« Er strich mit langen, beruhigenden Bewegungen über meinen Rücken. »Wir kriegen das hin, Nica. Versprochen. Bald wird man nichts mehr von den Schäden sehen.«

Es fiel mir schwer, zuzulassen, dass diese Worte zu mir durchdrangen. Zu groß war der Schock. Das emotionale Durcheinander der letzten Wochen.

Es war von allem einfach zu viel.

Nur ein Gutes konnte ich der Situation abgewinnen: Miles. Er war da. Er funktionierte, wo ich versagte. Und er hielt mich.

Spätestens jetzt, in diesem Moment, hätte ich mich in ihn verliebt, doch das war längst geschehen.

Und diese Erkenntnis war der einzige Lichtblick an diesem schrecklichen Morgen.

Miles 24

Wie ich es Nica bereits prophezeit hatte, begann der Umbau des Pubs früher als geplant. Es hatte mich zutiefst getroffen, wie sehr sie die Zerstörung mitgenommen hatte. Morgens hatte sie noch lächelnd in meinen Armen gelegen. Wenige Stunden später hatte ich sie gehalten, aufgelöst und voller Tränen und Schmerz inmitten des Durcheinanders, das der Sturm hinterlassen hatte.

Natürlich war es schrecklich, wenn man so direkt betroffen war. Andererseits konnten wir von Glück reden, dass sich niemand ernsthaft verletzt hatte. So furchtbar Nicas Unfall auch gewesen war, er hatte dazu geführt, dass der Pub geschlossen geblieben war. Ich wollte mir nicht ausmalen, was hätte geschehen können, wären wir da gewesen – und wäre Nica zum Beispiel gerade in dem kleinen Badezimmer gewesen, als die Kastanie gefallen war.

Alleine bei diesem Gedanken ballte ich meine Hände vor Anspannung.

Falls die Anwohner von Paradise es nicht allzu gut aufnahmen, dass wir ohne Ankündigung den Pub schlossen, ließen sie sich das nicht anmerken – ich konnte es mir jedoch nicht vorstellen. Im Gegenteil. Das Hilfsangebot, das uns in den Tagen nach dem Sturm zuteilwurde, war bemerkenswert. Besonders Harald, der bereits meinem Bruder geholfen hatte, stand voller Tatendrang auf unserer Matte. Er hatte bis zu seiner Pensionierung drüben in Swanton in einer Tischlerei gearbeitet und fungierte mittlerweile als inoffizieller Krisenretter von Paradise. Bezüglich des Dachstuhls und der Fenster war es mir zwar lieber, den Fachbetrieb ranzulassen, doch Harald half mir dabei, den Zaun wieder aufzubauen – und in dem Zug auch an verschiedenen Stellen auszubessern. Ohne ihn hätte ich alles den Handwerkern überlassen, doch während ich Seite an Seite mit ihm arbeitete, seine Ratschläge umsetzte und sein Lob genoss, spürte ich, wie etwas in mir sich veränderte.

Das hier, es tat gut.

Es dauerte ein paar Tage, ehe mir bewusst wurde, wieso. Kleinere handwerkliche Arbeiten gemeinsam mit dem Vater zu erledigen war eine Erfahrung, die die meisten Jungs im Laufe ihrer Kindheit sammelten. Ich jedoch nicht. Meine Eltern hatten sich immer nur für ihre Karrieren interessiert – oder für Streit untereinander. Scott hatte sich oft um mich gekümmert, wenn unsere Eltern es hätten tun sollen, aber natürlich hatte er ebenfalls nie einen Hammer in die Hand genommen. Für so etwas hatten wir immer schon Angestellte gehabt. Menschen, die für Geld alles erledigt hatten, was anfiel. Das Einzige, was diese Menschen nie geliefert hatten, war die ehrliche Liebe, die Kinder im Laufe ihrer Kindheit sammeln mussten, logischerweise. Und niemand hatte sich je die Zeit genommen, um mir Dinge zu erklären.

Harald jedoch war sich dessen nicht zu schade. Ich wusste nicht, was er deshalb über mich dachte und ob er exakt dieselben Erfahrungen mit Scott gesammelt hatte, doch er blieb geduldig und freundlich, wenn er mir sagte, was ich zu tun hatte. Schon bald fanden wir in einen angenehmen Rhythmus.

Seltsam, dass man bereits so viele Dinge im Leben erreicht haben konnte, und doch fühlte es sich wie eine herausragende Errungenschaft an, mit eigenen Händen einen simplen Holzzaun wieder aufzubauen.

Nica war viel häufiger im Pub, als ich es für gut befunden hätte. Meiner Meinung nach hätte sie uns allen den größten Gefallen getan, wenn sie die Zeit genutzt hätte, um wieder gesund zu werden. Viel zu schnell begann sie, herumzulaufen wie ein aufgescheuchtes Huhn. Ständig eilte sie zwischen Pub und Coffeeshop hin und her, um für das leibliche Wohl aller zu sorgen. Einmal buk sie sogar Kuchen für alle; es war der Beste, den ich je in meinem Leben gegessen hatte. Ungefähr zu diesem Zeitpunkt fing auch sie an, etwas zu übernehmen, was ich in meiner Kindheit verpasst hatte: Sie brachte mir das Kochen bei.

So richtig.

Auch wenn es beinhaltete, dass wir dadurch häufiger in den Supermarkt mussten, was, wie sich herausstellte, für Nica wirklich eine echte Herausforderung war, schien sie viel Freude daran zu haben.

So wie ich.

Als Scott und Julia braun gebrannt und erholt in der zweiten Novemberwoche wiederkamen, fielen sie natürlich erst einmal aus allen Wolken. Obwohl die Myers und ich geplant hatten, ihnen nichts von Noahs Infekt zu erzählen, erfuhren sie es noch am Abend ihrer Rückkehr, und auch der Sturm war kaum vor ihnen zu verbergen, hatte er doch zwei Bäumen in ihrem Garten ebenfalls das Leben gekostet. Gott sei Dank war es bei ihnen nicht zu größeren Schäden gekommen; die Bäume waren geradewegs zwischen Haus und Schuppen gefallen und durch ein paar von Haralds Freunden zerlegt worden; bereit, in Kleinholz für den Ofen verwandelt zu werden. Die Myers und ich hatten regelmäßig nach dem Rechten gesehen, alleine schon, um den Kater zu versorgen, der Noah damals zum Reden gebracht hatte, weshalb es zumindest, was das Haus betraf, keine weiteren bösen Überraschungen gab.

Dennoch war Julia ernsthaft betroffen, als sie von den Schäden erfuhr, die der Pub davongetragen hatte.

Wenn wir nicht gerade im Pub, bei Scott und Julia oder in der Küche waren, verbrachten Nica und ich viel Zeit damit, uns kennenzulernen. Dass ein Großteil davon im Bett stattfand, hatte nicht nur mit dem Sex zu tun, der wirklich umwerfend war. Zwar nahm dieser einen nicht unerheblichen Teil unserer Freizeit ein, doch wir kuschelten auch – und redeten. Vieles von dem, was ich bereits geahnt hatte, bestätigte sie, und es war gut, die Dinge aus ihrem Mund zu hören. Manches war jedoch wirklich überraschend.

So erfuhr ich zum Beispiel, dass sie gelegentlich kleinere Roadtrips machte. Es schien ihr schwerzufallen, darüber zu reden, doch sie verriet mir irgendwann von einem kleinen Örtchen ein paar Stunden entfernt von hier, wohin sie sich gelegentlich zurückzog, wenn sie Zeit für sich brauchte. Es hätte mich wohl nicht treffen sollen, dass sie sich nach jenem Abend im Diner dorthin geflüchtet hatte. Ich entrang ihr das Versprechen, mir den Ort eines Tages zu zeigen, froh, dass sie bereit dazu war. Neben Tracy war ich damit der Zweite, der davon erfuhr – und der Erste, der sie begleiten durfte. Der Gedanke gefiel mir.

Eines Abends, als wir gerade bei mir im Bett lagen, die Beine ineinander verschlungen und noch immer erhitzt von der Nähe zueinander, klingelte Nicas Telefon. Sie stöhnte auf, tastete aber danach – und erstarrte, sobald sie einen Blick auf das Display geworfen hatte. Irritiert spähte ich ebenfalls drauf und sah, dass ihre Eltern anriefen.

»Willst du nicht drangehen?«, fragte ich sie verwundert.

Sie zögerte immer noch. »Ich weiß nicht. Wir haben nicht viel gesprochen, seit sie gefahren sind.«

Mein Magen verknotete sich. Ich ahnte, dass dies mit mir zusammenhing, und mich erfüllte das dringende Bedürfnis, diese Situation zu klären. »Sie wollten dir nie etwas Böses. Das wollte keiner von uns.« Ich atmete tief durch. »Sie lieben dich und du liebst sie. Lass nicht zu, dass dieses Verhältnis verdorben wird. Glaub mir, aus eigener Erfahrung kann ich dir sagen, dass eine zerrüttete Beziehung zu den eigenen Eltern wirklich belastend ist.«

»Okay«, murmelte sie leise. »Ich gehe dran. Unter einer Bedingung.«

Ich wölbte die Augenbrauen. »Und welche?«

»Du erzählst mir alles.«

Sie musste ihre Worte nicht weiter ausführen, ich wusste auch so, wovon sie sprach. Obwohl die Aussicht mich nicht gerade begeisterte, nickte ich ihr zu.

Triumphierend lächelnd nahm sie den Anruf entgegen, vermutlich im letztmöglichen Moment.

Ich zog sie in meine Arme, wurde Zeuge eines Gesprächs, das spürbar angespannt begann, jedoch immer lockerer wurde. Einzig, als Nica von den Sturmschäden berichtete, wurde der Grundton wieder ernster, doch kurz danach schon entspannte sie sich in meinen Armen, während ihre Eltern ausführlich über ihre Erfahrungen in Florida berichteten.

Als Nica etwa zwanzig Minuten später auflegte, leuchteten ihre Wangen pink. »Ich glaube, ich komme darüber hinweg.«

Mir war sofort klar, worauf sie anspielte, und es erleichterte mich enorm. »Das freut mich sehr zu hören. Auf Dauer macht es alles wesentlich leichter, weißt du?«

Sie reckte sich, um das Handy auf den linken Nachttisch zu legen – der, der seit ihrer ersten Nacht bei mir zu ihrem geworden war »Ich weiß. Hör zu, mir ist klar, dass ich mich zu Beginn ziemlich kindisch verhalten habe.« Sie rutschte herum, bis sie zwar in meinen Armen lag, mir aber in die Augen sehen konnte. »Ich war dir gegenüber nicht sonderlich fair, das weiß ich. Damals kam so viel zusammen. Mittlerweile weiß ich, dass alles seine Richtigkeit hat. Spätestens jetzt, nach dem Sturm, hast du bewiesen, dass du der bessere Kandidat bist. Ich wäre völlig aufgeschmissen gewesen. Anfangs jedoch konnte ich nur daran denken, wie unfair es ist. Ich habe mir jahrelang den Arsch für den Pub aufgerissen, habe jeden Cent, jedes Trinkgeld gespart, wenn ich es nicht gerade den Wynchesters gespendet habe, um eines Tages genug Eigenkapital für den Kredit zu haben. Und dann kamst du.« Sie seufzte so tief auf, dass ich schuldbewusst zusammenzuckte, doch ehe ich etwas erwidern konnte, fuhr sie fort. »Schon damals habe ich gespürt, dass du Potential hast, um mehr zu werden. Trotz deiner ganzen Großstadtattitüde …«

»Hey!«, fiel ich ihr ins Wort.

Grinsend zwickte sie mir in die Wange. »Ich fühlte mich einfach doppelt betrogen. Dabei konntest du wirklich nichts dafür. Es war ja nicht so, als hättest du von meinem Kaufinteresse gewusst, oder?«

Eilig schüttelte ich den Kopf.

Sie nickte, als wäre ihr das längst klar gewesen. »Na also. Es war alles so dämlich. Anstatt mich direkt mit dir zusammenzuraufen, hatte ich diese Wut in mir. Auch, dass meine Eltern kurz darauf verschwunden sind, hat es nicht leichter gemacht. Sie haben ja nicht einmal Thanksgiving abgewartet! Oder Julias Hochzeit. Es war einfach alles zu viel.«

»Und jetzt?«, fragte ich sie leise. »Ist jetzt immer noch alles zu viel?«

»Ja und nein«, erwiderte sie, ohne zu zögern. »Einerseits ist es natürlich immer noch empörend, dass ein Fremder den Pub gekauft hat, andererseits …« Sie brach ab, weil ich sie für ihre Worte durchkitzelte. Ihr fröhliches Kreischen hallte durch mein Appartement, das vermutlich nicht mehr allzu lang mein Zuhause bleiben würde. »Schon gut«, presste sie schnaubend hervor. »Eigentlich ist es jetzt ganz okay so, wie es ist.«

»Ganz okay, hm?« Belustigt starrte ich auf sie hinab. Ich wusste, was sie eigentlich sagen wollte, doch ihr Stolz war ihr im Weg. Mal wieder. Aber das war in Ordnung, mittlerweile kannte ich sie ausreichend, um sie einschätzen zu können.

Mein Herz begann zu flattern. »Wenn ich dir jetzt sage, dass ich Neuigkeiten habe …«

»Gute oder schlechte?«, fiel sie mir eilig ins Wort.

Ich zuckte mit einer Schulter. »Ansichtssache. Wie gerne bist du hier? In diesem Appartement, meine ich?«

Ihre Miene verschloss sich zunehmend. »Wenn du mir jetzt sagen willst, dass du nach New York zurückkehrst …«

Ich lachte auf. »Großer Gott, nein! Wie kommst du denn auf diese Idee?« Wie abstrus sie war, spürte ich in diesem Moment überdeutlich. Kopfschüttelnd pikste ich ein weiteres Mal in ihre Seite. »Eigentlich dachte ich mir, dass es Zeit wird, mir etwas anderes zu suchen. Das hier war immer nur eine Notlösung, eine erste Anlaufstelle. Ich habe nie wirklich geplant, langfristig hierzubleiben. Selbst nicht, als ich den Pub gekauft habe.«

Sie sah mich mit großen Augen an. »Und jetzt schon?«

Ich nickte. »Jetzt schon, ja.« Ich atmete tief durch, ließ die Worte wirken, spürte, wie ihre Wahrheit sich zwischen uns entfaltete. »Harald hat mir einen Kontakt vermittelt. Eine Freundin seiner Tochter möchte ihr Haus verkaufen, und ich dachte, wir könnten es uns mal ansehen.«

»Wir?«, brachte sie so krächzend hervor, dass ein breites Lächeln meine Lippen umspannte.

»Wir, genau. Immerhin werden wir auch dort viel Zeit miteinander verbringen, oder nicht?«

Sie sah mich blinzelnd an, wie das buchstäbliche Reh im Scheinwerferlicht.

Ich strich eine Strähne aus ihrem Gesicht. In letzter Zeit hatte sie angefangen, ihr Haar immer häufiger offen zu tragen. Ich hegte den Verdacht, dass es damit zusammenhing, dass ich ihr mal gesagt hatte, wie gern ich es mochte, wenn es offen über ihren Rücken fiel. »Mir ist es ernst mit dir, Nica. Ich mag in der Vergangenheit nicht der Typ für so etwas gewesen sein, aber bei dir wusste ich sehr früh, dass du besonders bist. Ich habe lange darauf warten müssen, dass wir endlich zueinanderfinden, das werde ich ganz sicher nicht aufs Spiel setzen. Ich möchte hierbleiben. Ich will mit dir zusammensein. Und ich wünsche mir, dass wir Entscheidungen, die uns beide etwas angehen, auch zusammen treffen.«

Es dauerte eine Weile, doch schließlich zeigte sie eine

Regung. Erst gab sie ein leises Krächzen von sich, dann zuckten ihre Mundwinkel sanft in die Höhe. »Okay«, sagte sie schlicht – und schob sich an mir hoch, um mich zu küssen.

So war sie. Meine wundervolle, verrückte, liebevolle, humorvolle Freundin.

Nica Clarkson. Ich fühlte mit jeder Zelle meines Körpers, dass sie die Eine war. Und mehr noch als das – sie war der Grund, wieso ich endlich hier angekommen war. Zum ersten Mal in meinem Leben fühlte ich mich vollkommen zuhause.

Ich hatte sie bekommen. Meine zweite Chance auf Glück. Auf echtes Glück mit Substanz – nicht all diese leeren Luftschlösser, denen ich so lange nachgejagt war. Nica hatte mir diese Chance gewährt. Ich hätte niemals für möglich gehalten, dass mir dieses Glück ausgerechnet in einem kleinen Ort wie Paradise zuteilwerden würde, doch so war es geschehen.

Und ich würde den Rest meines Lebens dafür aufwenden, dieses Glück festzuhalten.

Nica
Epilog

Ich verdrehte ungeduldig die Augen. »Ist das dein verdammter Ernst?«

Miles grinste mich an. »Jepp. Wieso auch nicht?«

Ich verwendete all meine Konzentration, um ein weiteres Mal mit den Augen zu rollen – dieses Mal aber noch ausdrucksstärker. »Weil das unsere Eröffnung ist. Ich war da. Die ganze Zeit über. Schon vergessen? Ich weiß, was sich geändert hat. Wenn du nicht beschlossen hast, irgendwelche bedeutsamen Dinge kurzfristig über den Haufen zu werfen, weiß ich also ganz genau, was auf mich zu kommt.« Ich stockte, musterte ihn aus zusammengekniffenen Augen. »Das hast du doch nicht, oder?«

Ich bildete mir ein, dass er eine Millisekunde zu lang zögerte, doch dann schüttelte er den Kopf. »Nö, natürlich nicht. Ich bin schließlich nicht lebensmüde.«

»Verdammt richtig.« Ich verschränkte die Arme vor der Brust. »Warum zum Teufel sollte ich mir also von dir die Augen verbinden lassen?«

Miles lächelte mich fein an. »Darum.«

Ich schnaubte los. »Das ist die dümmste Begründung seit Entstehung der Menschheitsgeschichte, das ist dir klar, oder?«

»Natürlich ist mir das klar, aber besser kann ich es nicht sagen. Du wirst schon noch verstehen, wieso.« Er wedelte mit dem dämlichen Tuch. »Also, was ist? Die ersten Gäste werden bald eintreffen. Kann ich dir die Augen verbinden oder wirst du noch länger schmollen?«

Das entlockte mir tatsächlich ein tiefes Grollen – und das

Bedürfnis nach Rache. Die würde ich auch bekommen, schwor ich mir feierlich. Aber sowas von. Es machte Spaß, sich an Miles zu rächen, ihn im Allgemeinen zu verarschen. In dieser Hinsicht stand er mir in nichts nach. Manchmal verging kein Tag, an dem der eine den anderen nicht auf die Schippe nahm. Die Aussicht, ihn für heute büßen zu lassen, ließ meine Mundwinkel zucken. »Na gut«, erwiderte ich daher so süß, wie ich nur über mich bringen konnte. »Weil du es bist, und weil du so lieb gefragt hast.«

Sein Mund klappte auf, jedoch unverrichteter Dinge wieder zu. Vermutlich, weil er wusste, was ihm dafür blühen würde.

Tja. Eins zu null für mich, Kumpel.

Miles umrundete den Wagen und legte mir die Augenbinde um, ehe ich es mir anders überlegen konnte. Dann packte er nach meinem Arm, um mich aus dem Auto zu ziehen.

Seit jenem Unfall im Wald waren knapp vier Wochen vergangen. Meinen Knöchel merkte ich zu etwa fünfundneunzig Prozent der Zeit nicht, und wenn doch, behielt ich es für mich – so wie jetzt, als ich mit dem falschen Fuß auftrat und ein kurzer Schmerz durch mein Bein zuckte. Ich wollte nicht, dass er schon wieder durchdrehte. Miles hatte, seit wir zusammengekommen waren, eine Seite offenbart, die mir vorher gar nicht so bewusst gewesen war. Auch wenn sie im Großen und Ganzen liebenswert, ja, sogar richtig toll war, konnte sie bisweilen nerven.

Er hatte einen ausgeprägten Beschützerinstinkt. Und der konnte über das Ziel hinausschießen. Weit hinaus. Vor allem, wenn ich den Eindruck erweckte, als könnte es mir nicht gut gehen.

Also blieb ich still. Meinen angespannten Gesichtsausdruck konnte ich schließlich auf den Umstand führen, dass mir nicht gefiel, dass er meine Augen verbunden hatten. Langsam führte er mich die Straße hinab. Wir hatten ein paar hundert Meter weiter geparkt. Obwohl ich den Weg kannte wie meine Westentasche und Miles mich sicher führte, gefiel es mir nicht, dass ich ihn blind bestreiten musste.

Und wozu?

Ich begriff es nach wie vor nicht, um ehrlich zu sein. Es war ja nicht so, als wäre mir das Interieur des Pubs neu.

Heute Abend würden wir die große Neueröffnung feiern. Wir rechneten mit mindestens der Hälfte der Anwohner von Paradise. Die meisten hatten angeboten, etwas mitzubringen, und wir hatten beschlossen, im neu gestalteten Hinterhof ein großes Buffet aufzubauen. Miles hatte sogar eine große Feuerschale besorgt. Wie schon die gesamte Woche über ging ich in Gedanken die To-do-Liste durch.

Wir hatten uns um alles gekümmert. Der Pub war so, wie er sein sollte – und bereit, seine Pforten wieder für alle zu öffnen.

»Fast da«, murmelte Miles warm an meinem Ohr. Ich erschauderte.

Ein Geräusch ertönte, das mein Misstrauen weckte. Zwar spitzte ich meine Ohren, konnte jedoch nicht genau sagen, was mich da getriggert hatte. »Nimmst du mir dann endlich das verdammte Ding ab?«, murrte ich hoffnungslos.

Und zu meiner großen Überraschung sagte Miles: »Ja.«

Mir stockte der Atem, als er den Knoten an meinem Hinterkopf löste. Etwas blähte meinen Magen auf, eine Mischung aus Glück, Vorahnung und Anspannung. Der weiche Stoff des Tuchs glitt von meinem Gesicht, und ich wusste nicht, wohin ich zuerst blicken sollte. Wir standen auf der anderen Straßenseite, vor uns ragte der Pub in die Höhe. Die Fassade war, wie besprochen, dunkelrot angestrichen worden, mit goldenen Akzenten an den Fenstern und der Tür. Die alten Gitterfenster waren im Zuge des Umbaus ebenfalls gegen neue, hochwertigere ausgetauscht worden.

So weit, so gut.

Was in der Tat überraschend kam: Vor dem Pub, rechts

und links vom Eingang, standen meine Eltern. Meine Eltern, die angeblich gestern noch in Miami gewesen sein wollten, was, wie ich glasklar feststellte, eine Lüge gewesen war. Sie lächelten mich breit an.

Doch all das … es konnte mich nicht auf das Offensichtlichste vorbereiten. Der Grund, wieso Miles mir die Augen verbunden hatte.

Also doch eine Veränderung ohne Absprache!

Ein Schluchzen entrang sich meiner Kehle, während ich zu ihm herumwirbelte – und von seinen starken Armen umfangen wurde. Seine Lippen strichen über meinen Scheitel, während ich den Anblick absorbierte, der sich in meine Netzhaut gebrannt hatte – und vermutlich nie wieder von dort verschwinden würde.

Dunkelrote Fassade.

Goldene Akzente.

Und ein neues Schild aus antik wirkendem Messing, auf dem in klaren, großen, geschwungenen Lettern der Name des Pubs stand.

Nicht länger der *Ol'Mans Pub*.

Nein.

Sondern *Nica's Pub*.

Nicht ein einziges Mal in all den Wochen des Umbaus hatte Miles etwas angedeutet. Rein gar nichts hätte mich auf diesen Moment vorbereiten können. Immerhin begriff ich jetzt, wieso er meine Idee, das Schild eigenhändig zu gestalten, abgelehnt hatte – eine Tatsache, die mich zu jenem Zeitpunkt etwas verletzt hatte. Ein neuer Schwall Tränen schoss aus meinen Augen. Tränen der Überraschung, des Glücks, der Dankbarkeit.

»Es ist dein Pub«, flüsterte Miles. »Das war er immer. Und ganz gleich, wer auf dem Papier als Besitzer dasteht, daran wird sich auch nichts ändern. Ich habe es dir gesagt. Du bist seine Seele. Ohne dich würde hier gar nichts laufen.«

Wärme erfüllte mich.

Wärme.

Liebe.

Dankbarkeit.

Dieser Mann. Er hatte wirklich alles in meinem Leben umgekrempelt, hatte mir so viele Gründe geliefert, ihn zu lieben.

Das hier jedoch – es übertraf alles. Bei weitem sogar. Begleitet von einer Mischung aus Schluchzen und Lächeln stellte ich mich auf die Zehenspitzen, um ihn zu küssen. Tränenfeucht und glücklich – und erleichtert, dass er mir dieses Geschenk gemacht hatte, bevor halb Paradise uns über die Schulter sah.

Dieser Mann war für die Ewigkeit. Und ich würde alles daransetzen, damit er diese Ewigkeit mit mir verbrachte.

Die Eröffnungsfeier wurde ein voller Erfolg. Und das nicht nur, weil ungelogen jeder mit der Umbenennung des Pubs einverstanden war.

Sie alle auf einem Haufen zu sehen, gemeinsam feiernd und die Änderungen im Pub bestaunend, machte etwas mit mir.

Meine Eltern waren da, gleichermaßen stolz, aber auch peinlich berührt beim Anblick dessen, was alles möglich gewesen war. Außerdem waren sie unbestreitbar glücklich darüber, dass Miles und ich uns zusammengerauft hatten. Mehr als das.

Harald und seine Freunde hatten direkt die Sofa-Ecke in Beschlag genommen. Für sie war es keine Überraschung gewesen. Nichts davon. Sie hatten uns in all den Wochen geholfen, und alleine dafür hatten sie sich diese Ecke und ein gelegentliches Freibier auf Lebenszeit verdient.

Scott, Noah und Julia kamen, der Spieleclub, die Pemplefors, Lucy, Ben und Tracy und die Myers, Ginny und Carlo, alle Mitarbeiter des Diners, das heute extra später öffnen würde, und auch die Wynchesters. Joanne überreichte mir ein riesiges, gerahmtes Bild des Hinterhofes, wie er einst ausgesehen hatte. Ich wusste nicht, woher sie es hatte, freute mich aber riesig darüber, und Miles versprach mir, dass ich es aufhängen durfte, wo auch immer ich wollte.

Mit großer Überraschung stellte ich fest, dass sogar Dr. Brenner vorbeikam. Er war der hiesige Tierarzt, und ich kannte ihn nur deshalb, weil ich ihn einmal bei Joanne getroffen hatte. Er lebte noch zurückgezogener als die Wynchesters und blieb meistens für sich. Natürlich nahm Sheila dies zum Anlass, um sich direkt an seine Fersen zu heften. Sheila, die nach wie vor so tat, als sei ich Luft, während sie Miles nicht mehr ganz so offensiv anflirtete, aber immer noch sehr anhänglich war.

Der arme Dr. Brenner. Womöglich war er nun ihr nächstes Opfer.

Kopfschüttelnd ließ ich meinen Blick schweifen. Der Pub platzte aus allen Nähten. Fast nur bekannte Gesichter, doch auch einige, die mir neu waren. Lächelnd suchte ich Miles' Blick. Er stand gerade bei meinen Eltern und fachsimpelte mit ihnen über die Neuerungen. Mein Dad war ziemlich beeindruckt.

Eher zufällig schweifte Miles' Blick zu mir – und wie so oft, wenn wir einander ansahen, schien alles um uns herum zu verblassen. Ich wusste nicht, woher diese Chemie zwischen uns kam. Sie war von einer anderen Welt, absolut atemberaubend, und sie ließ einfach nicht nach. Selbst jetzt, als wir zusammen waren, und das schon seit ein paar Wochen.

Wir hatten uns das Haus angesehen. Miles zog ernsthaft in Erwägung, es zu kaufen, auch wenn es dauern würde, bis er – oder wir – dort einziehen konnten, weil es einiges zu tun gab. Doch Harald hatte uns bereits seine Unterstützung zugesagt. Zwischen ihm und Miles hatte sich eine überraschend enge Freundschaft entwickelt. Manchmal kam es mir so vor, als würde Miles ihn wie eine Art Vaterfigur betrachten. Mittlerweile wusste ich, wie kompliziert die Familiengeschichte der Fitzpatricks war. Miles hatte mir alles erzählt, an einem Abend mit einer Flasche Wein und Tapas, die wir zuvor selbst zubereitet hatten. Er war tief verletzt, aber es schien, als hätte er endlich einen Schlussstrich gezogen. Alles sah danach aus, als wäre er bereit, vorwärtszuschauen. In eine Zukunft, die New York nicht länger beinhaltete.

Und dann war da die Sache mit dem Pub.

Nica's Pub.

Oh Gott.

Meine Augen wurden feucht. Ungefähr zum hundertsten Mal heute Abend. So wie jedes Mal, wenn ich daran dachte, was Miles für mich getan hatte.

Oder wenn mich irgendjemand darauf ansprach.

Ich war *glücklich*.

Obwohl Miles nach wie vor der Besitzer des Pubs war, fühlte ich mich zum ersten Mal seit Jahren völlig mit mir im Reinen. Ich musste nicht länger diskutieren und bangen. Obwohl ich den Pub nicht gekauft hatte, gehörte er mir irgendwie dennoch. Diesen Stempel würde mir niemand jemals nehmen können.

All das verdankte ich einem Mann, dem ich es zu Beginn so verdammt schwer gemacht, den ich ungnädig in eine Schublade gesteckt hatte.

Mittlerweile wusste ich, wie viel mehr in ihm schlummerte. Ich wusste, wie wundervoll er war. Wie liebevoll. Witzig. Und voller Zuneigung, die er großzügig um sich herum verteilte.

Miles Fitzpatrick, der flatterhafte Kerl aus New York, und ich.

Eine explosive Mischung. Ein perfektes Team.
Und das war alles, was zählte.

Ende

Danksagung

Es kommt mir vor wie gestern, dass ich die Geschichte von Julia und Scott in die Freiheit entlassen habe – und nun sind auch Miles und Nica flügge geworden.

Es ist, wie ich vermutet habe: Paradise ist zu meinem absoluten Wohlfühlort geworden, in den ich gerne immer und immer wieder zurückkehre.

Hoffentlich geht es dir auch so?

Im Epilog habe ich übrigens einen Hinweis darauf versteckt, mit wem es weitergehen wird. Ist er dir aufgefallen? Oder lässt du dich überraschen?

Mein Mann - ebenso wie meine Kinder - waren mal wieder besonders rücksichtsvoll und haben mir viel Zeit ermöglicht. Zeit, um in Paradise abzutauchen und diese Geschichte zu schreiben. Dafür danke ich euch von Herzen! <3

Meine wundervolle Selina hat mir auch bei dieser Geschichte mit Rat und Tat zur Seite gestanden. Danke Süße, dass du mir so offenes und schönes Feedback gibst, für deine Reels, deine Freundschaft, einfach alles! Ich hab dich lieb!

Ein riesiger Dank geht an meine wundervollen Vorableser Jens, Miri, Susi und Susanne, die mir wieder enorm weitergeholfen haben. Danke dafür!

Meine Coverdesignerin hat auch wieder absolut gezaubert – danke dafür, von Herzen! <3

Auch möchte ich meinem Dreamteam danken – ihr unterstützt mich so toll und das ganz ohne Wenn und Aber. Das rechne ich euch wirklich hoch an!

Und natürlich danke ich DIR. Dafür, dass du meine Geschichten liest. Für jedes Feedback, für jedes Wort, dafür, dass du mich auf meinem Weg begleitest. Das bedeutet mir so, so viel!

Ich hoffe, wir lesen uns bald wieder. Ob in Paradise oder auch woanders. Bis bald!

Deine Emma
Nieheim im August 2022

Über den Autor

Geboren und aufgewachsen ist Emma S. Rose im schönen Ostwestfalen. Im Mai 2014 verwirklichte sie ihren langgehegten Traum und veröffentlichte ihren Debütroman "Lina - Hoffnung auf Leben". Seitdem schreibt sie fleißig an neuen Werken.

Sie hat einen Master in Sozialer Arbeit gemacht und auch in dem Bereich gearbeitet, mittlerweile aber ist sie hauptberuflich Autorin.

www.emma-s-rose.de
emma.rose@gmx.net

Printed in Germany
by Amazon Distribution
GmbH, Leipzig

27005784R00173